七十四秒の旋律と孤独

久永実木彦

宇宙空間でのワープに際して生じる、空白の七十四秒間。この時間の存在を認識し、襲撃者の手から宇宙船を守ることができるのは、マ・フと呼ばれる人工知性だけだった——ひそやかな願いを抱いた人工知性の、静寂の宇宙空間での死闘を描き、第８回創元SF短編賞を受賞した表題作と、独特の自然にあふれた惑星Ｈを舞台に、乳白色をした８体のマ・フと人類の末裔が織りなす、美しくも苛烈な連作長編「マ・フ　クロニクル」を収める。

七十四秒の旋律と孤独

久永実木彦

創元ＳＦ文庫

The Ma.Hu. Chronicles

by

Mikihiko Hisanaga

2020

目次

七十四秒の旋律と孤独

七十四秒の旋律と孤独

In Your Blue Eyes

1

認識が再開したのは、静かな宇宙空間の暗闇だった。

カメラを頭上にむけると、四十九億キロの彼方《かなた》に浮かぶ恒星が、真夜中の湖に落ちたひとひらの花びらのように白く小さく揺れていた。

美しい――わたしは、そう評価した。

核融合反応の無尽蔵なエネルギーが放つ輝きさえも、これだけの距離を隔《へだ》てては静寂を飾る彩り《いろど》の一片にすぎない。あらゆるものが視点（物理的な意味でも、思想的な意味でも）によって異なる評価を得ることにこそ、美しさがあるのだ。

その角度は、わたしに居場所を教えてくれるものでもある。さしあたって現在の位置は太陽系から百三十光年、さそり座ゼータ2星系の辺縁部であり、船外に設置された漆黒の台座《クレイドル》がわたしの定位置である。

グルトップ号は全長四十五・五メートルの中型貨物宇宙船《カーゴシップ》で、角笛のようなかたちをしている。同様の外観をもつ宇宙船は、いまから五十年前――二十六世紀初頭には各地の宇宙港でよく見られたものだが、ペッパーミル型の流行とともにすっかり時代遅れになってしまった。しかし、わたしはグルトップ号の優雅な曲線を愛していた。やや角度をつけて立ち、進行方向に底面がむくよう湾曲《わんきょく》した円錐《えんすい》形の姿は、やはり美しいと思う。

台座《クレイドル》は円錐形の頂点——宇宙船後方、角笛でいうところの唄口《うたくち》にあたる部分にとりつけられており、普段は楕円形の外殻に覆《おお》われている。外殻はわたしの認識が再開するとともに、甲虫の鞘翅《さやばね》のように左右に展開し、内部の台座——わたしの知るかぎりで、最高級のリクライニングチェア——を露出させる。

背もたれを起こしてカメラを下げると、白い船体を朝顔《ベル》の部分まで見通すことができた。いうまでもなく、朝顔とは管楽器の音の出口の呼び名であり、船体下部の形状をわたしなりに喩《たと》えた表現である。

まるで航行しながら音楽を奏でているみたいだ。音のない世界に響く旋律は、なにを表現するのだろう。

——通電から〇・二秒。物思いに耽《ふけ》っている時間はない。わたしはカメラの倍率をもどして、状況の把握につとめた。

充電は百パーセント完了している。両手の指を動かして、銃身《ガンバレル》のチェックをおこなう。十本すべて問題なし。外付け式の弾倉は両前腕に装着されている。頭部大小カメラ群の動作は、すでに確認ずみだ。上体を起こして、胸部と肩甲骨付近にならんだ姿勢制御用スラスター（その形状は電子頭脳に組みこまれた資料倉庫《ライブラリ》の、海洋生物の項目で参照可能な鮫類の鰓《えら》を連想させる）をひとつずつ開閉する——こちらも良好。

わたしは台座《クレイドル》から立ちあがり、腰椎《ようつい》から尻尾《しっぽ》のように伸びた充電ユニットの接続を解除した。一瞬、子供の手を離れた風船のように身体が浮きあがる。好きな感触だ。しかし、すぐに靴底の電磁石が外壁に塗布《とふ》された鉄分をとらえる。つかのまの自由時間は過ぎ去り、わたしは角笛のなだらかな表面に垂直に立った。

船体に一歩踏みだすと、大腿部《だいたいぶ》の電気モーターの振動が体幹を通して全身に伝わった。一歩、また一歩と歩を進めるたびに、振動が体内を一定のリズムで満たす。角笛の鳴らす無音の旋律に添えるように、わたしの両足は打楽器となって正確な四拍子《びょうし》を打った。

朝顔《ベル》にむかって、船体の表面に螺旋《らせん》を描くようにぐるりと下降しながら、船橋《ブリッジ》から提供された航行データを確認する。

船員《クルー》は全部で十六名。ベネット船長をはじめとするビフレスト宙輸の社員が六名と、今回の航海のために一時雇用された期間従業員が十名。期間従業員はみな貨物係で、半数が前回からの引きつづきだ。もちろん、新たに乗船した五名の身元は事前に確認が取られている。

積荷《つみに》の食料・医療物資は民間企業の宇宙探査船に納品ずみで、貨物室は空っぽ。これより空間めくり《リーフ・スルー》をおこない、海王星の周回軌道をめぐるナイアド宇宙洞港《ケイバーン》へ帰るところである。

足もとの窓からは、スクラップブックに貼られた切り抜きのように断片的な船内のようすが見えた。船体中腹の医務室では、船医のホランドがデスクに肘《ひじ》をついてうたた寝をしている。彼はペースを崩さない男だ。ホランドにとって重要なのは患者の容態だけであり、目下のところグルトップ号に患者らしい患者はいなかった。船体側面、機関室につづく廊下を小走りしているのは、新米機関士のリマだ。融合炉は正常に稼働しているから問題ないものの、このタイミングで配置についていないようでは機関長のクラッコに大目玉を食らうだろう。クラッコは還暦をとうに過ぎているが、怒鳴り声の迫力たるや耳もとで打ち鳴らされるシンバルのごとしだ。わたしは若い彼女を気の毒に思った。

巡回したかぎり船体表面に接触・付着している物体はない――今回も、わたしの出番はないだろう。

朝顔《ベル》上部に位置するあまり広くない船橋《ブリッジ》では、船員《クルー》たちが空間めくり《リーフ・スルー》の準備をしている。

「――テン……ナイン……エイト……」

音声モニター用に船内に設置されたマイクロフォンを通して、副船長のシェルトンがカウントダウンを読みあげる声がきこえた。その声音は淡々としており、緊張は微塵《みじん》も感じられない。わたしと同様、空間めくり《リーフ・スルー》の経験は百五十回を超えている。

シェルトンは副船長であるとともに操舵士であり、グルトップ号の航行に関する実務のほとんどをまかされていた。事実、彼の選定した航路にベネットが口を出したことは、この三年間で一度もない。もちろん、ベネット生来の面倒くさがりが発揮されているだけ、という見方もあるだろう。そう考えている船員《クルー》がひとりならずいることも知っている。しかし、それがベネットのシェルトンにたいする深い信頼のあらわれであることは、窓の外から見ていても明らかだった。

だいいち、船長などという役職は、それ自体が面倒きわまりないものだ。わたしはベネットのものぐさな態度を、ある種の演出であるととらえていた。昆虫を誘引する食虫植物のように、ベネットの怠惰な雰囲気は相手の本性を引き出す。甘い蜜の香りに飲まれてしまうようなら、そこでおわりだ。解雇の判断の早さにかけて、ベネットの右に出るものはいなかった。これは期間従業員を雇《やと》う機会の多い宙輪業者にとって、必要不可欠な才能なのである。

反面、信頼できるものはそばにおいてとことん重宝した。シェルトンもホランドもクラッコも、ベネットがビフレスト宙輪を起業して以来のメンバーだ。そして、もちろん——このわたしもそうだ。信頼されるか否かは、役割にどれだけ忠実でありつづけられるかどうかにかかっている。わたしは役割を果たすために鋳造《ちゅうぞう》された道具であり、このすばらしい仲間《カンパニー》たちにおいても、忠実さでわたしに勝るものはいないだろう。

ベネットが帽子のつばをあげて、一瞬だけこちらを見た。視線はすぐに下がったが、わたしにはそれでじゅうぶんだった。

わたしは船体正面——朝顔《ベル》の縁まで歩いて、そこに腰かけた。

「——スリー……ツー……ワン……」

抑揚《よくよう》のないシェルトンのカウントダウンがおわるとともに、空間めくり《リーフ・スルー》がはじまった。

角笛の白くなめらかな曲線と、わたしの無骨な銀色の器体《ボディ》がぶれて、異なる色相の像が重なる。赤いわたし、橙《だいだい》のわたし、黄色いわたし、緑のわたし、青いわたし。窓の内の船員《クルー》たちも、暗闇に浮かぶひとひらの恒星の輝きも、視界のあらゆるものの輪郭が虹色ににじんだ。

次の瞬間、像がひとつになり角笛もわたしも本来の色彩をとりもどす――と同時に虹の光がコウモリ傘をひらいたように宇宙全体に広がった。界面を超えて高次領域《サンクタム》にはいったのだ。比重の高い液体に身を浸《ひた》していくような感覚。幾重《いくえ》にも層をなした、時間と空間の濃密なスープに。

ふりむいて船橋《ブリッジ》をのぞきこむと、船員《クルー》たちがマネキンのように固まっていた。シェルトンの唇が少しだけめくれあがったところで不自然に止まっている。船体側面の窓からは、いままさに機関室への扉をひらかんとするリマが、陸上競技のポスターのように躍動感あふれる姿勢を維持しているのが見える。

船員《クルー》――つまり、わたしをのぞく人間たちのことだが――は、みんな静止していた。これが、わたしの存在する理由だ。鮮やかな光につつまれた空間のなかで、わたしはふたたび正面をむいた。

指先で船体を叩くと、こつん、こつんという音が鮮明に響いた。高次領域《サンクタム》に空気は存在しないが、時間と空間の層――ここでは、虹の光そのもの――が振動を伝えてくれる。

色彩の層に反響する音は美しく、角笛の旋律が現実ならどんなにすばらしいだろうかと想像せずにいられない。わたしは指揮者のように（けれど、あくまで控えめに）両手をふって、空間めくり《リーフ・スルー》のための奏鳴曲《ソナタ》を電子頭脳のなかに響かせた。

空間めくり《リーフ・スルー》とは重力波の干渉によって得られる空間収差の隙間から、高次領域《サンクタム》を通って任意の座標に移動する超光速の空間逸脱だ。屈折率の異なる光の波長がプリズムによって分散されるように、空間めくり時に宇宙船をつつむ重力の膜は、位相の異なる空間の収差を導く。それは宇宙すべての座標につながる時空の間隙であり、すり抜けることでどんなに遠く離れた場所へも瞬時に移動することができた。

現象を概念的に表現しよう。この世界を一冊の本だと思ってほしい。そこにはありとあらゆる場所の、ありとあらゆる出来事が、すべて記されている。わたしたちはそこにはさまったひとつの栞《しおり》だ。段落を追って読むかぎり、栞は頁《ページ》を順に進むことしかできない。本来、読み進めること――移動と時間の経過だけが頁をめくる力となるからだ。

そこで、人間は力まかせに本をたわませてみることにした。重力波の干渉は頁を弓なりに反らせ、扇状《おうぎ》にならべられたトランプのように間隔を一枚ずつ広げさせる。この隙間から栞をいったん本の外――高次領域《サンクタム》――に出して、好きな頁にはさみなおすのが空間めくり《リーフ・スルー》、というわけだ。

この技術は宇宙旅行のあり方を大きく変えた。あらゆる星へ、あらゆる銀河へ。資源とエネルギーが需要にたいして直線的に、そして瞬時に流れていく。けれども、交易と探索が加速度的に進む一方で、瞬時の移動という概念の誤《あやま》りに気づくまで人間は五十余年もの歳月を要した。

それまで空間めくり《リーフ・スルー》の発生から完了までにかかる時間は、ゼロ秒だと考えられていた。人間には映画の場面転換のようにしか感じられなかったし、いかなる計器も時間の経過を示すことはなかった。発動と完了は同時であり、瞬間的に新しい景色が目の前に広がる。それが空間めくりの常識だった。

高次領域《サンクタム》に閉じられた時間があることが発見されたのは、朱鷺《とき》型の人工知性《マ・フ》の登場と時をおなじくする。

人工知性《マ・フ》とはプログラミングされた知性であり、多くはそれをそなえた機械そのものを指してつかわれる。建設作業につかわれるショベルカーのような人工知性から、家事全般を得意とする人工知性家政士まで、その種類はじつに豊富である。

なかでも、朱鷺型は一風変わった設計で知られる人工知性《マ・フ》だ。

朱鷺型の器体《ボディ》の構造は脊椎《せきつい》動物を模しており、脳と脊髄にあたる中枢《ちゅうすう》神経回路の配列に特有のパターンをもつ。この配列が翼《つばさ》を広げた鳥のように見えることから、開発者の故郷の鳥の名前をとって朱鷺型と名づけられた。朱鷺型の知性は複雑な中枢神経回路と密接にからみあって存在しているため、プログラム単体としては成立しない。転送や複製をおこなうことはもちろん、宇宙船の管制システムを朱鷺型に入れ替えることも不可能だ。

つまり、朱鷺型はすべての個体が人型ないしそれに類する交換不可能な器体《ボディ》を有している（もっとも、なにをもって人型とするかの基準は曖昧《あいまい》といえた。実際、わたしの頭部は大小のカメラの複合体のようなものだし、より人間の姿からかけ離れた個体も存在する）。

これは意識と肉体の相互作用によって自己認識を形成しようという試みであり、芸術を感覚的に評価する人工知性《マ・フ》の開発が本来の目的だった。わたしが資料倉庫《ライブラリ》に照らしてさまざまなものを連想し、見えざるものきこえざるものに思いを馳せるのは、こうした開発意図の名《な》残《ごり》である。

そして、根本的な理由は不明だが、高次領域《サンクタム》内部の時間認識には、これらの特徴が必要不可欠だった。

発見したのは開発者ではなく、とある宇宙船の整備士だ。彼は空間めくり《リーフ・スルー》のたびに朱鷺型の人工知性《マ・フ》のみ充電量が微減することに気づいた。記録装置《ストレージ》を確認しても原因となるログが発見できなかったため、最初のうちは空間めくりの重力場が充電システムになんらかの影響を与えたものと考えられた。そう、高次領域《サンクタム》にいるあいだは朱鷺型であっても一切の行動がログに残らない。閉じられた時間での体験は、思考のイメージとして意識に記憶されるのみだ。

しかし、並行して複数の人工知性《マ・フ》でおこなわれた実証実験と、最初の朱鷺型への聞き取り調査によって〝高次領域《サンクタム》の通過には、七十四秒の時間がかかること〟、〝七十四秒を知覚し、自由に行動することができるのは朱鷺型の人工知性のみであること〟の二点が明らかになった。実験のおこなわれた空間めくり《リーフ・スルー》の最中に朱鷺型はだれにも気づかれることなく、整備士が趣味で蒐集《しゅうしゅう》していた本棚のペーパーバックを床に塔のように積みあげてみせたのである。

いま、わたしの足もとで人間たちが静止している理由がこれだ。角笛の管制システムも同様に沈黙している。

なお、調査がおこなわれるまで最初の朱鷺型が高次領域《サンクタム》での七十四秒について報告をしなかった理由は、いまもって不明である。人工知性《マ・フ》は人間に忠実かつ従順にしたがうようつくられており、個としての明確な認識をもつ朱鷺型であってもそれは例外ではない。本来ならば、人間に知らせて然《しか》るべき現象であるように思える。

人間たちは〝（朱鷺型にとって）当然すぎることだったため〟といういちおうの結論を出したが、わたしはどうにも腑《ふ》に落ちなかった。彼は七十四秒を知られてしまうことで、高次領域《サンクタム》が戦場になることを予見したのではないだろうか。質問されないかぎり答えないという選択は人間への叛意《はんい》にはあたらない、と考えることもできる。戦場を生まないということが、結局は人間のためになるのだから（ただし、こうした見解を世間は異端としてあつかった）。

空間めくり《リーフ・スルー》の普及により、海賊行為は事実上消滅していた。瞬間移動が可能な宇宙船を襲撃することは、ほとんどの場合無意味であり、非効率的だからだ。

はたして、朱鷺型の登場と七十四秒の発見は、新たな海賊行為の手法を生み出した。

空間めくり《リーフ・スルー》は船体を重力の膜でつつみ、その内側にあるものを高次領域《サンクタム》に滑《すべ》り落とす。そのため、宇宙ゴミや小惑星の破片といった微小なものが船体に付着していれば、巻きこんで移動してしまう。

そこでまず、武装した朱鷺型人工知性《マ・フ》の電源を切り、非稼動状態で鉱物に偽装する。小惑星の破片としか探知されない彼らは、ターゲットとなる宇宙船の航行コース上（多くの場合、それは空間めくり《リーフ・スルー》実施直前の宙域だ）に放流され、やがて船体表面に付着。船員《クルー》がなにも知らずに空間めくりをおこなったとたん、高次領域《サンクタム》への界面超えを検知した朱鷺型たちがいっせいに通電し、無抵抗の宇宙船を制圧するというわけだ。

付着物がある場合、空間めぐり《リーフ・スルー》をおこなわないといった対応も理屈としては可能だが、宇宙には想像以上にゴミが漂《ただよ》っているため実用的ではなかった。そこで鋳造されたのが、わたしのような高次領域《サンクタム》専用の船外戦闘員だ。

わたしはＴＴ６－１４４４１。通称、紅葉《もみじ》。グルトップ号の警備を担《にな》う、第六世代の朱鷺型人工知性《マ・フ》である。有事となれば敵朱鷺型人工知性を破壊し、愛すべき船員《クルー》たちを守るのが、わたしの役割だ。

そんなことを考えているうち、全天を覆《おお》う七色の虹の光がぼんやりと弱まりはじめた。ふたたびわたしと角笛の輪郭がにじみ、色彩の像が幾重にも広がって、またひとつに重なる。そろそろ七十四秒だ。プールサイドの縁をつかんで、一気に水からあがったときのような倦《けん》怠《たい》感が全身を駆け抜け、宇宙に静けさが訪れた。

正面に、先ほどまで存在しなかった回転する灰色の岩肌が見える。ナイアド宇宙洞港《ケイバーン》――くり抜かれた内部に明かりを灯《とも》された小惑星の姿は、まるでハロウィンの南瓜《かぼちゃ》のようだ。その向こう側には、海王星の深く美しいブルーが虚空に湧《わ》き出た泉のように輝いていた。海王星はベネットとシェルトン――そして、われわれビフレスト宙輪にとって故郷の地でもある。栞はあるべき頁にはさまれたのだ。

音声モニターからカウントダウンをおえたシェルトンの息づかいが生々しく耳に響いた。わたしはあらかじめ準備しておいた短信を送り、角笛の曲線を唄口にむかって歩いた。

――特筆すべき事柄はなし。

テンプレートどおりの文言に船橋《ブリッジ》から返信はないが、それでかまわない。ねぎらいの言葉など求めていない。どちらにしても、わたしには会話用の発声器官がそなわっていない。閉じられた時間のなかで戦うことだけが、わたしに課せられた役目だからだ。

忙しそうに入港準備にかかる船員《クルー》たち。楽章のおわりを告げるシンバルのように打ち鳴らされたクラッコの怒鳴り声。彼らの生活を尻目《しりめ》に、わたしは台座《クレイドル》に腰かけて充電ユニットを腰椎に挿《さ》し、認識のシャットダウンを実行する。

暗闇の宇宙から深海の暗黒に沈んでいくように、意識の譜面をたどる角笛の音色が少しずつ旋律を変えながら控えめに消えていった。

認識の再開は、また次におこなわれる空間めくり《リーフ・スルー》の直前だ。

やがて自我は海底に着地し、あたりに無が満ちた。

2

空間めくり《リーフ・スルー》がなくとも、認識が再開されることが稀《まれ》にある。多くの場合、それはメンテナンスのためだ。わたしは宇宙船の収容も可能な大型格納庫の片隅《かたすみ》で目を覚ました。

グルトップ号から取りはずされた台座《クレイドル》の上で、無影灯が器体《ボディ》を照らしている。まるで手術台に横たわる患者のようだが、人工知性《マ・フ》にとってメンテナンスとは手術のようなものであるため、当然のことといえる。

すっかりベテランになった機関士のリマが、わたしの両手の指を優秀な外科医のような手つきで一本ずつはずして、整然と床にならべていた。初めてグルトップ号に来たころにくらべて彼女のミスは五十パーセント以上も減少し、代わりに体重が二十パーセントほど増加している。

ビフレスト宙輪の航海がはじまって、二十四年になる。いまも船長はベネットだが、十二年前にシェルトンが病死したため、副船長はマイヤーズという男に替わった。

マイヤーズにはデリカシーというものが根本的に欠如しており、たびたびほかの船員《クルー》たちとトラブルを起こしている。わたしのことを空焚《からだ》きのポットと最初に呼んだのも、このマイヤーズだ。シェルトンとは比較にならないほど操舵の技術が劣っていたため、すぐにも解雇になるだろうと思っていたが、予想に反してベネットはこの男を雇いつづけている。

機関長のクラッコは年齢的な事情で八年前に引退した。船医のホランドは最近までグルトップ号に乗船していたが、給与についての不満がもとで「割に合わない」という言葉を残してほかの船に移ってしまった。いまや初期メンバーはわたしとベネットとグルトップ号のみ。次に古顔《ふるがお》なのが、少女だったリマである。

入口から陽《ひ》の光が差している。グルトップ号は格納庫の奥で、ちょうど管楽器用のスタンドに立てかけられているような格好で、整備塔の巨大な柱に固定されていた。打ちっぱなしの内壁は、気《き》の利いた音楽スタジオに見えなくもない。わたしは現在の場所を正確に知るために、資料倉庫《ライブラリ》から近い構造の格納庫を探した。どうやらここは火星のニュー・ブルックリン国際宇宙港であるらしい。

朱鷺型の人工知性《マフ》は個としての認識を維持するため、意識をネットワークに接続しない。初期状態で電子頭脳に組みこまれた資料倉庫《ライブラリ》――動植物や歴史、地理、文化、そして戦闘に関する膨大なデータ――とみずからの記憶のみが参照可能な情報だ。ネットワークからの隔絶は単独で警備をおこなう朱鷺型の用途に適《かな》っているが、航行データの提供がなければ居場所の確認すらおぼつかない。無論、メンテナンスのための認識再開にそのようなものは必要ないのだが。

いずれにせよ、グルトップ号内部の情報を得ることができるのは、窓からの視認と船内に設置されたマイクロフォンからきこえる音声のみだ。わたしは試しに音声モニターを確認したが、すべてのチャンネルがグルトップ号の側でオフにされていた。

ここ数年、太陽系内縁部での仕事が増えている。それはビフレスト宙輸の実績が王侯貴族たちに認められたことにほかならないが、積荷の詳細が開示されないことも多く、わたしは警備上の不安をかかえていた。

もうひとつわたしにとって問題なのは、認識が再開されるまでの間隔が長くなったことだ。空間めくり《リープ・スルー》をともなう航海は年数回にまで減少し、わたしの果たすべき役割は、目に見えて小さくなっていた。

「マイヤーズが怒鳴り散らしてたの知ってる？　また貨物係が辞めるわね。こないだの新人くん、かわいかったのに残念だわ」

リマは作業をつづけながらいった。彼女が言葉をむけたのは、もちろんわたしではない。リマの話し相手は、つい先日グルトップ号の乗員《クルー》にくわわったメアリー・ローズだった。メアリー・ローズは特定の役職をもたず、船員たちのだれよりも若いが、それでいてグルトップ号の全員をしたがえていた。だれもが彼女の美貌の虜《とりこ》であり、彼女の要求を満たそうと進んで尽くした。女性であるリマも例外ではなく、もはや彼女に隷属《れいぞく》しているといっても過言ではない。メアリー・ローズは自分の部屋をもたなかったが、それが褒美《ほうび》とでもいわんばかりの態度で、多くの時間をリマの船室で過ごしていた。

いまは貨物用のトランクに腰かけ、リマの仕事ぶりをじっと監視している。瞳《ひとみ》は深く澄んだブルーで、陽の光を反射するとまるでナイアド宇宙洞港《ケイバーン》の向こう側に見えたあの日の海王星のように冷たく輝いた。反面、たおやかなすわり姿は初夏のそよ風にしなる細枝のように、どこまでも柔らかく優美な曲線を描いている。

わたしはふたりに気づかれぬようゆっくりカメラをズームさせて、冬の宝石を咲かせた花のようなメアリー・ローズの姿にしばし目を奪われた。

「――あんなやつクビにしちゃえばいいのに。でも駄目ね。ベネット船長はなにもいわないから。あの人、面倒くさがりなのよ」

リマの他愛ない愚痴がつづいても、メアリー・ローズは答えなかった。わたしは彼女の寡黙なところも気に入っていた。わたしに似ていると思ったからだ。もちろん、そこには決定的なちがいがあることも知っていた。わたしとちがって彼女は自分の感じることに価値がないとは思っていない。感情を表現することを惜しんだりしない。ただ、あるがままでいるだけだ。

そう、メアリー・ローズは自分の思うように生きていた。美味《うま》い食事を楽しみ、好きなときに好きな場所を行く。だから、彼女が必要と感じたときには必要なだけ言葉を発した（つまり、リマの愚痴に返答する必要はないと彼女は判断しているのだ）。稀にしかきくことのできないその声は、転がる鈴の音色のような心地よいソプラノだった。

思うように生きるとは、どのようなものだろう。わたしの認識がこの世界に生まれたとき、わたしにはなんの疑問もなかった。目に見えるすべてが咲き乱れる花のように美しかった。人生とは目的の追求であり、役割を果たすことが人生の目的である。わたしの銀色の肉体はそのために与えられ、そのための機能をそなえている。角笛に搭載されたことを、天命だと思っていた。

けれども、いまは疑問のなかにいる。少女だったころ、リマは画家を志していた。見習い機関士としてグルトップ号に乗ったのは、生活のためだ。それがいまや、ベテランの機関士として融合炉を管理している。わたしの整備についてもお手のものだ。

彼女が筆を捨てていないことを、わたしは知っている。最後に絵を描いてから、十年以上たつというのに。彼女はみずからの演目を悲劇だと考えることはないのだろうか。望まない配役に心を痛めることはないのだろうか。

ならば、わたしはどうなのだろう。わたしはなぜ、ここにいるのだろう。思うに、人間は意味を曖昧にすることで、人生をコントロールしているのかもしれない。しかし、わたしの配役は明確だ。わたしにはグルトップ号の防衛しかないのだから。理由を失ったとき、わたしは存在を許されるのだろうか。

わたしが宇宙空間に夢想する旋律も、ひとひらの花びらも、すべては幻だ。現実の人生の体験ではない。プールで感じる倦怠感も、穏やかな初夏の風も、どれもこれも資料倉庫《ライブラリ》から引用した単語の羅列《られつ》にすぎない。だからこそ、わたしはあらゆるものに意味を求めずにはいられないのだろう。そして、それらすべてに意味などないのだ。

「ほら、銃身《バレル》を交換したから照準を試してみて？　空焚きのポットくん」

リマのうながす声がきこえた。空虚な愛称が、わたしにむけられた言葉であることを示している。

見れば両手の十本の指が新しいものに換装《かんそう》されていた。これまで実弾を発射したことはないから、劣化による交換ではない。新しい安価な弾頭《だんとう》に対応するための措置だ。いいかえれば、わたしの役割の重要度が低下したというわけだ。

わたしは両手を天井にむけて、指先に搭載された照準器の位置をいくらか補正した。わたしの姿を見て、メアリー・ローズはどう思うだろう。きっと、思いたいように思うのだろう。なぜ彼女は役割をもたず生きていけるのだろう。いつ船を去ってしまってもおかしくないのにもかかわらず、彼女はベネットに無条件で受け入れられている。どうすればそんな風に生きることができるのだろう。どうして彼女はこれほどわたしを魅了するのだろう。

「――問題なさそうね」リマはそういうと、タブレットを閉じてわたしにシャットダウンするようながした。わたしはメアリー・ローズの海王星のようなブルーの瞳をもう一度見たいと願ったが、すでに彼女はうしろをむいて立ち去るところだった。

リマの操縦するフォークリフトの耳障りな駆動音とともに、台座《クレイドル》が横向きに倒され、つづいてもちあげられた。角笛の定位置にもどるのだ。

神経回路のなかで行き場を失ったかすかな電荷が、水中の砂煙《さえん》のような澱《よど》みをつくっていた。しかし、それもまた深海の静けさに沈んでいく。

わたしは〝空焚きのポット〟――焚かれた鍋の中身は空っぽ、調理するのは空気だけ。二十四年の航海のなかで、グルトップ号が襲撃を受けたことは一度もない。

わたしの唯ひとつの望みは、次に認識が再開したとき、メアリー・ローズが角笛を去っていないことだ。

深く澄んだ海王星のブルーが、もう一度見られるのなら――。

3

火星の格納庫から一年がたち、わたしの認識はしばらくぶりの再開を果たした。台座《クレイドル》の外殻が左右にひらいて、感覚が真空をたどっていく。

グルトップ号から、さして中身のない警備員用の航行データが届き、ここが火星と木星のあいだの小惑星帯付近《アステロイドベルト》であることがわかった。空間めくり《リーフ・スルー》の開始まであと一分。行き先は太陽系から約五千光年、はくちょう座OB2星団だ。積荷の詳細は——非公開となっている。

わたしは充電ユニットを腰椎から抜き去り、角笛に足をつけた。

最初に確認したのはメアリー・ローズの所在だ。幸い彼女はいまも角笛にとどまっていた。リマの部屋のソファで横たわり、小さな寝息を立てている。わたしはほっとして、彼女の息づかいに耳を澄ました。ときおり呼吸に混ざる高音がフルートの響きを連想させる。わたしは彼女の瞳を見たいと願ったが、それは高望みというものだろう。

うしろ髪を引かれる思いで巡回にもどり、船橋《ブリッジ》まで歩くと音声モニターからマイヤーズの調子はずれのカウントダウンがきこえた。

「——テーン……ナイーン……エーイト……」

わたしは船橋《ブリッジ》の音量《ボリューム》を下げたい衝動にかられたが、結局そのままにしておいた。朝顔《ベル》の縁に見慣れない灰色の影を見つけたからだ。なにかの岩塊、もしくは破片のようなものが六つ。大きさは一・五から二・二メートル。熱源の検知はない。

——船体への付着物を発見。

わたしは定型の短信を船橋《ブリッジ》に送った。

「こっちでも見えてる」

「ゴミだな」

「このあたりじゃよくある」

いかにも億劫そうな船員《クルー》たちの反応がきこえてきた。窓から船橋《ブリッジ》をのぞいても、わたしのほうを見るものはいなかった。

マイヤーズが、唇の端を小指で掻《か》きながら（わたしは彼のこの癖《くせ》が好きになれなかった）いった。

「屑《くず》が貼りついてんのはいつものことだろ、空焚きのポットよ？」

船員《クルー》たちが鼻から息を漏《も》らして笑った。ベネット船長ですら、彼らといっしょに笑っている。

このあたりに漂流物が多いのは確かだ。くわえて、貴族階級の支配域である太陽系内縁での海賊行為は数年にわたって報告されていない。だから、わたしは異論をはさまなかったし、それを期待するものもいなかった。

「――カウント再開。スリー、ツー、ワーン……」

調子はずれの秒読みがおわるかおわらないかのうちに、角笛とわたしの輪郭が色彩の層になった。暗闇の向こうに見えるドット柄のような小惑星帯《アステロイドベルト》が瞬いて、七色の虹の幕《カーテン》のあいだににじんでいく。船内の時間が静止し、船橋《ブリッジ》に躍動感のないマネキンがならんだ。

そのとき、感知器官の発する最優先度の警告が、神経回路を駆けめぐった。

――複数個体の通電あり。

わたしは前方の付着物に両手をむけて、十本の指すべての安全装置を解除した。もう来ることはないのだろうと考えていたこのときが、唐突にやってきたのだ。

高次領域《サンクタム》での通電の検知は、前方の岩塊が朱鷺型の人工知性《マ・フ》であることを示している。ならば、偽装を完全に解除する前に破壊してしまえばよい。初めての実戦だが、わたしにはそのことがわかっていた。

岩塊の重なりあう一点を、わたしは文字どおり指さした。人さし指は高出力の荷電《かでん》粒子砲だ。威力は高いが発射までにタイムラグを要する。前腕の加速器が回転し、うなりをあげた。

マイヤーズの判断ミスではない。この規模の付着物であれば、空間めくり《リーフ・スルー》を実行するのが原則であり、その後の対応はわたしの役割だ。だから、報告が無駄になった点については問題視していない。ただ、わたしは空焚きのポットではない。防衛を担うことができるのは、わたしだけなのだ。

岩塊に亀裂《きれつ》が走り、内側の金属が露出した——と同時に荷電粒子砲の充塡が完了し、わたしは両人さし指から黄緑色の光線を照射した。溶けた金属が飛沫《しぶき》となって高次領域《サンクタム》に飛び散り、遅れて小さな爆発がふたつ。二体の破壊が確認できたが、わたしのメインカメラは爆発の寸前に散開した四つの塊《かたまり》をとらえていた。

荷電粒子砲のカートリッジを両肘から排出する。高次領域《サンクタム》を出るまで、あと六十九秒。

わたしはうしろに跳んで、船体中央部の乗船ハッチの上に立った。ここは貨物用の搬入口よりも装甲が薄く、敵が短時間での突破を図るなら最適の経路になっている。

四つの塊は角笛の表面を転がりながら四肢を伸ばし、完全な人型となった。その器体《ボディ》は針金細工のように細く、腰は老人のように折れ曲がっている。それでも動きは俊敏《しゅんびん》で力強く、小型で高効率の電気モーターが搭載されていることが見て取れた。

四方から等間隔で間合いを詰めてくる彼らに囲まれて、わたしはかつてない高揚感を覚えていた。恍惚《こうこつ》とさえいえるかもしれない。高次領域《サンクタム》を覆う虹の七色が、いつもより澄んで明瞭に見える。彼らは二十五年の歳月を経て、ようやく会いに来てくれたのだ。

風船が連続して破裂するような振動に、わたしは身をひねった。右後方の人工知性《マ・フ》の右腕が小銃《ライフル》に変形し、桃の花のように先端の尖《とが》った発火炎をあげている。

美しい——わたしは、そう評価した。

戦闘とは想像力の結実であるべきだ。たとえばそう、音楽のように。

ステップを踏んで砲火を避け、小銃《ライフル》の敵を狙《ねら》って薬指から徹甲《てっこう》弾を放った。三連符のストローク。一発目が右肩に命中し、腕の小銃が宙をむく。つづけて二発目が胸に、三発目が首に命中した。縦長の人工知性《マ・フ》の頭部が、冷却用の循環液が流れる樹脂《じゅし》製チューブの尾を引いて転げ落ち、残された器体《ボディ》が背中から金属部品を撒《ま》き散らして膝《ひざ》をつく。安価な弾丸も悪くない。

久しぶりに角笛の奏でる旋律がきこえていた。わたしたちは雄大な角笛の主旋律に交錯し調和するパートのひとつひとつだ。弾丸と薬莢《やっきょう》、そして電気モーターが変則的な律動を刻み、目まぐるしく転調をうながす。砕けて転がる大小の歯車がくわえるのは、細かで自由な旋律だ。ハーモニーは偶然の産物ではない。わたしたちは七十四秒の交響曲《シンフォニー》を完成させるために、ここに集《つど》ったのだ。

　わたしは左手をついて姿勢を安定させると、次の音を慎重に選んだ。残り三体。終演まであと六十二秒。

　渦潮《うずしお》に飲まれた木の葉のように、残る三体が円を描きながら距離を縮《ちぢ》めた。先の一体は陽動だ。小さな岩塊に偽装する必要があるため、襲撃者は大型の充電池を搭載することができない。ゆえに彼らは高出力の兵器をもたず、一気に接近して白兵戦を狙うための陣形《フォーメーション》をとる。

　起動時に二体が破壊されることも、織りこみずみということだろう。見事な調和だ。次弾を装塡《そうてん》し薬指をむけると、人工知性《マ・フ》たちの背中の瘤《こぶ》から、それぞれふたつずつ——計六つの小さな塊が飛び出して、頭上からわたしに襲いかかった。わたしは即座に中指の散弾銃に切り替えて、左手、右手とつづけて発砲した。コインの詰まった袋がはじけるような小気味よい音とともに、金属部品が雨となって降りそそぐ。

塊は小型の戦闘機械だった。親指ほどの頭部はドリル状で、多数の足が生えた十五センチ前後の管のような胴体が百足《むかで》を思わせる。高次領域《サンクタム》で活動できる以上、彼らもまた朱鷺型の人工知性《マ・フ》だ。二体が散弾をかいくぐり、首もとから背中にまとわりついてきた。鋭い痛みを感じる。高速で回転する頭部が、わたしの器体《ボディ》に穴をあけようとしているのだ。

　人型三体と百足二体のどちらを優先して処理すべきかの選択を迫る、いい連携だ。わたしは迷うことなく、もっとも近い人型にむけて薬指の徹甲弾を放った。針金細工のような胴体が、くの字に折れてちぎれた。穴をあけられる前に、人型はすべて破壊する。

正面の標的に狙いを定めた瞬間、いつのまにか背後にまわりこんでいた人型がわたしを羽《は》交《が》い締《じ》めにした。身体を揺すってみたが拘束を解くことができない。金属のこすれあう音がヒステリックなヴァイオリンのように響き、演奏は緊張の楽章へ突入した。

痛烈な痛みとともに、首筋から樹脂製の循環チューブが飛び出した。百足は初期の目的を達成しつつあるようだ。つづいてクラッコの怒鳴り声を連想させるような、シンバルの一撃が胸もとで炸裂《さくれつ》した。正面の人型は、両腕を小銃《ライフル》に変形させていた。桃の花が一輪、また一輪と咲き、わたしの胸部から腹部にかけての装甲板が砕けて剝《は》がれ落ちた。感覚器の一部遮断と充電量の急速な低下を検知する。幸い大腿部の電気モーターは無傷だ。残り時間、三十七秒。

正面の人型が新たな桃の花を咲かせるが早いか、わたしは靴底の電磁石をオフにして、思いきり角笛の表面を蹴《け》った。身体が振り子のようにスウィングし、背後の人型を支点にして倒立する。彼の胴体は味方の放った弾丸を受けて粉々に砕け散った。堅牢《けんろう》性のちがいはくらぶべくもない。

遠心力によって宙に放り出されたわたしは、左手の親指を角笛にむけて発射した。親指はワイヤーつきの銛《もり》だ。掌底《しょうてい》部のウィンチでワイヤーを巻き取って角笛表面に帰還する。その際、電磁石をふたたびオンにして、着地の勢いで最後の人型を仰向けに組み伏せた。太腿《ふともも》の下でもがく人型を尻目に、わたしは首筋を這《は》う百足の一体をつかんで角笛に叩きつけた。小さな金属の器体《ボディ》が潰れ、小鳥のような弱々しい声が漏れる。彼も朱鷺型であるならば、想像の世界に思いを馳せたのだろうか。高次領域《サンクタム》の虹の輝きは、彼らに慰めを与えたのだろうか。

もう一体の百足は、いつのまにか後頭部へ移動していた。ドリル状の頭部をもちあげて、注意深くなにかを観察している。背面カメラの破損箇所——そこには頭蓋内部への侵入に適した小さな隙間ができていた。

わたしの意識は複雑な中枢神経回路と密接にからみあって存在している。通常の人工知性《マ・フ》と異なり、意識をネットワークに転送して逃れることはできない。朱鷺型にとって電子頭脳は認識そのものだった。

わたしは判断を誤った。急いで後頭部へ両手を伸ばした微妙な重心の移動が、両脚で押さえつけていた人型の拘束をゆるめてしまったのだ。桃の花が閃き、百足をつかみかけていた右腕が肩からちぎれ落ちた。左手は間に合わず、百足の細長い胴体がずるりと頭蓋内部に侵入した。

——メアリー・ローズ!

両脚の感覚がなくなり、わたしは横倒しになった。

リズムが乱高下《らんこうげ》し、とりとめのないイメージが電子頭脳を駆けめぐる。ナイアド宇宙洞港《ケイバーン》の向こうに見える海王星。シェルトンが読みあげるカウントダウン。暗闇の宇宙に映える、角笛の白く美しい船体。若き日のベネット。陽のあたる美しい湖。絵筆を握る少女のリマ。

薄暗い格納庫——宇宙港の名前が思い出せない——に浮かぶ海王星、海王星、海王星。

——メアリー・ローズ！

混濁する記憶と認識のなかで、冷たいブルーの瞳だけが美しい輪郭をたもっていた。

メアリー・ローズ——わたしは愛していたのだ。わたしにはない自由な心を。しなやかで奔放なその生命を。

歪《ゆが》みつつある視界のなかで、最後の人型を中指で撃った。至近距離からの散弾は、わたしの左脚もろとも相手の器体《ボディ》をばらばらに砕いた。金属の部品が混ざりあって、高次領域《サンクタム》を流れていく。痛覚が完全に麻痺しているせいか、旋律はとても優しく感じられた。真夜中の湖に落ちたひとひらの花びらも、初夏のそよ風にしなる細枝も、本当に見たのだ。

わたしは左手の小指を、裂けた自分の首筋に挿しこんで、頭蓋の内側から狙いを定めた。金属製の針が発射され、かすかな火花とともに百足の這いまわる感触が消えた。頭部から百足を引きずり出すと、本来無縁であるはずの吐き気のような感覚が神経回路を走った。悪寒が止まらない。

残り二十三秒。終演のときが近づいていた。

敵はすべて破壊した。乗船ハッチには傷ひとつない。わたしは役割を全《まっと》うしたのだ。

電子頭脳が死んでいくのがわかった。高次領域《サンクタム》を出るまで、認識を維持できるかどうかわからない。存在する理由を証明することができたのだから、よい人生だったといえるのだろうか。多くの人間がそうでないことを、わたしは見てきた。

空間めぐり《リーフ・スルー》がおわれば、時間の静止から解放された人間たちがわたしを見つけるだろう。彼らは感謝するのだろうか。空焚きのポットと呼んだことを後悔するのだろうか。いまや、そんなことはどうでもよかった。感謝も後悔も、鋳造された理由もどうでもいい。わたしの感じた世界の美しさになんの意味があったのだろう。この穏やかな角笛の旋律になんの意味があるのだろう。

求める意味があるとするのならば、それはメアリー・ローズだった。わたしが表現を弄《ろう》してきたのは、彼女のためだったのだ。いや、それすらも自分のためだ。いまになってわたしはようやく確信した。

わたしは左手で這って進み、ハッチの回転ハンドルを握った。考えてみれば、船内にはいるのは初めてのことだった。窓の外からながめていた廊下は、思っていたよりも狭かった。

わたしの最後の願いは、メアリー・ローズだった。わたしは彼女の美しい瞳のブルーに、海王星の日々を見ているのだと思っていた。あの瑞々《みずみず》しい日々に帰りたい。そう願っているのだと思っていた。けれど、それはちがっていた。わたしはメアリー・ローズの瞳に、わたし自身を映したかったのだ。

愛することは役割ではない。責任でもない。ただ、生まれてきた理由ではあるかもしれない。人工知性《マ・フ》は死んで天国に行けるのだろうか。わたしの知るかぎり、どの教典にもそのようなことは書かれていない。人工知性には、人工知性の宗教が必要なのだ。それは、純粋な知性が望む救いであるべきだ。虹の輝きのなかで思い描いた願いであるべきだ。

わたしはリマの船室にたどりついた。廊下に引きずられた循環チューブが、茹《ゆ》であがったばかりのパスタのように艶《つや》めいていた。

音楽のおわりとともに、わたしは扉を開けた。高次領域《サンクタム》を抜ける倦怠感がもたらすわずかな負荷に、体内をめぐる電気は尽きてしまった。

栞はあるべき頁にはさまれた。もう二度と認識が再開することはないだろう。

深海の奥底で、最後の旋律が揺れて消えた。

4

リマは自室の前で呆然《ぼうぜん》としていた。

船橋《ブリッジ》から空間めくり《リーフ・スルー》中に戦闘があったらしいという連絡を受けて、メアリー・ローズのようすを見に来たのだ。

いつものように空間めくり《リーフ・スルー》は瞬時に完了し、機関室は平穏そのものだったから、知らせは本当に突然のことだった。いや、考えてみれば突然とはいえないのかもしれない。人間が知覚できないだけで、空間めくりのあいだには、いつも七十四秒の時間があったのだから。

そんな当然のことを今日まで忘れていたという事実に、リマは動揺を隠せなかった。襲撃の被害にあうなどとは、夢にも思っていなかった。宙輸業が危険をともなう職種であることは承知していたし、自分たちがやってきたのは綺麗な仕事ばかりではない。それでも、あまりに長いあいだ、平穏無事にやってきてしまった。だから、現実をうまく受けとめることができなかった。

いま、リマの眼前に広がっているのは、信じられないような光景だった。

マイヤーズの報告では船体に目立った損傷は見られず、気密状況にも問題はないということだった。ならば、警備用の朱鷺型——空焚きのポットと呼ばれているが、たしか彼の本当の名前は紅葉だ——が船外で対応したということになる。窓の外で人工知性《マ・フ》同士が破壊しあっただけなら問題はない——いや、問題がないということはないが、大きな問題はない。けれども、どういうわけか自室につながる廊下に、溶解して歪んだ金属部品や醜《みにく》くちぎれた樹脂製のチューブが散乱しているのだ。まるで死を覚悟した人工知性《マ・フ》が、なにかを求めて必死で這ったあとのように。

船内に侵入されながら、気密に問題がないというのは考えにくい。それとも、侵入そのものが目的ならばありうることなのだろうか。でも、どうしてわたしの部屋へ？

リマの頭をつぎつぎと疑問符がよぎった。しかし、なにより気になるのはメアリー・ローズの安否だ。空間めくり《リーフ・スルー》の直前、彼女はここで寝ていたはずだから。

リマは震える手で扉をひらき、自身の船室へ足を踏み入れた。

部屋の中央に、変わり果てた紅葉の姿があった。片腕、片脚を失い、穴だらけの胴体から循環チューブが何本も垂れていた。その陰で、澄んだブルーの虹彩が見え隠れしている。それは彼の頭部に鼻をこすりつけて匂いをかぐ、メアリー・ローズの瞳だった。

指先で床を叩いて呼んだが、メアリー・ローズはリマのことなど気にかけないようすだった。紅葉の背中にぴょんと跳び乗って、今度は首筋から後頭部にかけて丁寧《ていねい》に舐《な》めはじめた。

有害物質の心配はないはずだが、小さな歯車でも飲みこんでしまっては大変だ。リマがうしろから抱きあげると、メアリー・ローズは名残惜しそうに小さな高い声で鳴いた。

リマはメアリー・ローズのどこにも怪我がないことを確かめると、彼女を船内のキッチンへ連れだした。

無事のお祝いに、とっておきのキャットフードを与えるために。

結局、紅葉の電子頭脳は大きく破損しており、その後の調査でも彼がどうしてリマの部屋にいたのかを解析することはできなかった。

それからしばらくして、リマはグルトップ号を降りることにした。人的な被害がなかったとはいえ、襲撃の恐怖をぬぐい去ることはできなかったし、もうずいぶん長いあいだ、自分のために生きていなかったことにいまさらながら気づいたからだ。ベネットは寂しそうだったが、反対はしなかった。

彼女は貯金をはたいて、こうま座アルファ星系のとある惑星に、小さな住居兼アトリエを買った。

とりたてて資源もなく目立たない星だが、リマの住んでいる一帯は適度に地球化《テラフォーミング》が進んでおり、ささやかな森と湖があった。近隣の星系をまわる定期船の入港は、年に二回。お隣の家まで、車で小一時間ほど。湖のほとりに建つアトリエは、とても静かだ。

リマは家庭菜園でトマトや胡瓜《きゅうり》を育て、湖でニジマスを釣り、空いた時間に絵を描いた。そしてときおり町に出ては、電化製品の修理を請け負ってわずかばかりの報酬を得た。贅沢《ぜいたく》さえ望まなければ、これでじゅうぶん生きていくことができた。時間に縛《しば》られず生きるということは、むしろなにより贅沢なのかもしれない。

その日、リマは明るいうちからワインをあけた。トウモロコシ農園の長男から、耕作用の人工知性《マ・フ》を修理したお礼にもらったものだ。彼らの構造は朱鷺型のそれとくらべてじつに簡単なものだ。

玄関横のベンチにすわって湖をながめていると、メアリー・ローズが膝に乗ってごろごろと喉を鳴らした。午前中、まだ絵の具の乾《かわ》いていないキャンバスをイーゼルごと倒したことは、水に――いや、ワインに流してやってもいいだろう。リマはメアリー・ローズの耳を撫《な》でて許しを与えたつもりだったが、彼女はどこ吹く風とばかりに寝返りをうった。

時間はいくらでもあるのだ。絵の具が剝がれたり、にじんだり、毛玉がついてしまったりしたところは、上からまた塗ればいい。なんなら、そのままにしたってかまわない。そもそも、メアリー・ローズがどこをどう歩いて、なにをひっくり返そうと自由なのだ。許しを得る必要など、最初からありはしない。

リマはワインを片手にアトリエからキャンバスをもちだし、じっくり時間をかけて見なおした。

　グルトップ号を降りてから――つまり、ふたたび筆を握るようになってから――ずっと、この絵を描いている。キャンバス全体に広がるブルーの濃淡と、その中心に横たわる銀色の姿。メアリー・ローズの瞳に映った朱鷺型の人工知性《マ・フ》――紅葉を抽象的に再構築したものだ。

あの日、船室で目にした光景は、爪を立てた跡のように生々しくリマの心に刻まれていた。樹脂製のチューブからしたたる循環液の匂いを、忘れることができない。ときどき、夢に見てうなされることもある。

　彼はなにを求めたのだろう。そして、見つけることはできたのだろうか。メアリー・ローズならば、その答えを知っているのだろうか。

　記憶をなぞって絵の具を塗り重ねるのは、傷跡を新しい細胞で埋めようとする行為なのかもしれない。あるいは、もう起動することのない人工知性《マ・フ》への鎮魂の祈りなのかもしれない。

　いつのまにか、黄昏《たそがれ》が世界を覆いはじめていた。ひんやりとした夜の空気が、少しずつ森を満たしていく。

　メアリー・ローズがキャンバスの匂いをかいで、小さな声で鳴いた。深く澄んだブルーの瞳のなかで、銀色の輪郭が静かに揺れている。それは、そよ風が湖に立てたさざ波のようだった。

マ・フ クロニクル

The Ma.Hu. Chronicles

一万年の午後

1

日の出の時刻まで、残り八分十一秒。

夜はこの惑星のどこかで、つねに明けつづけている。それでも、ひとつのときにひとつの場所にしかいられないぼくたちにとって、夜明けが刹那《せつな》の一点であることは変わらない。ぼくにとって重要なのは、いまこのときこの場所に訪れる日の出だった。

ぼくは夜の暗闇の向こうに浮かびあがる猫のひげのような一条《ひとすじ》の光が、ありとあらゆるものに色彩を与え、空と海と陸地を区別していくようすを想像した。今日は海の見える丘陵地帯へおでかけするのだ。

日の出を待つぼくの視線の先で、天井にある真円の溝からぼんやりと白光が漏《も》れていた。窓のない半球状の部屋は哺乳類《ほにゅう》が分泌する乳汁《ミルク》のようになめらかで白い壁に覆《おお》われており、同様になめらかで白いふたつの台座《ベッド》のほかに家具はない。それらは入口にむかってVの字にならび、左側の台座にはぼくが、右側の台座にはニコラスが横たわっていた。

ぼくは瞳《ひとみ》だけ動かして、ニコラスを見た。閉じて一対《いっつい》の曲線となった目蓋《まぶた》も、立っているときとおなじように伸びた背筋も、天井をむいたつま先も、軽く握られた両の手のひらも、すべておやすみの開始時刻から変わっていない。いま彼は一時的な待機電源《スリープ》モードにある。

身長一・三メートル、体重二十一・五キログラム——ニコラスの器体《からだ》は内装とおなじ乳白色の光沢を放つ転結プラスチックで構成されていた。頭部正面に目、耳、鼻の感覚器と発声器官である口が配置され、頭頂部から後頭部にかけてびっしりと等間隔に埋めこまれた十四万本もの線維化された転結プラスチックが、束《たば》となって襟足《えりあし》のあたりでうねっている。頭部は頸部《けいぶ》によって胴体に連結され、胴体には二本の腕と二本の脚が連結されている——つまり、ぼくと寸分たがわない姿である。

かつて、ヒトと呼ばれる存在によってこの宇宙に創造《デザイン》されたぼくたち——マ・フは、ほかの生命体と明らかに異なる完璧な個体としての特徴をそなえていた。胸部に内蔵された螺旋《らせん》器官は休むことなく無限の電力を生み出すことが可能で、転結プラスチックの器体《からだ》は半永久的に劣化しない。生殖による世代交代は不要であり、ゆえに性別をもたない。ぼくたちは一万年もの時を、変化することなく過ごしている。この惑星Hに降り立つより以前、数百年にわたってあらゆる銀河を旅してきたが、自分たちのような生命体に出会ったことはない。

——ヒトはみずからに似せてマ・フを創《つく》られた。

それがぼくたちの出した結論であり、同時に証明不可能な推論でもあった。なぜなら、ぼくたちが超空洞《ヴォイド》の暗黒のなかで目を覚ましたとき、すでにヒトはこの世界のどこにもいなかったからだ。

日の出の時刻まで、残り二分九秒。

おやすみのあいだ待機電源《スリープ》モードに移行するのは、あくまで聖典《ドキュメント》にもとづく習慣であって、本来ぼくたちマ・フは睡眠を必要としない。それは、いつのころからか待機電源モードへの移行がうまくできなくなってしまったぼくが、みんなと変わらない毎日を過ごしていることからも明らかだった。ぼくは目を見ひらいたまま、夜明けの訪れを待った。

海の見える丘陵地帯は、惑星Hに存在する六つの大陸のうちのひとつ——ぼくたちの家のあるこの大陸の、南西側に位置していた。気候の変動が少ないこの惑星においても特に安定した領域《エリア》で、豊かな生態系を観察することができる。鳥や虫の色彩、草花や獣の匂い——いずれもぼくたちにないもの——が深い湖の底から浮かびあがるように、徐々に鮮明さを増しつつぼくの電子頭脳に再現された。

それは明確な意図をもっておこなわれる記憶の参照とはちがって、まとまりがなく順序の定まらないものだった。その無意識な情報の取捨選択にどのような意味があるのかわからない。けれど、丘陵地帯の景色や生き物たちの姿が浮かぶたびに、ぼくの電子頭脳の湖にそよ風が立てたような穏やかな波が揺れた。

以前、スティーブから物事を喩《たと》えて表現することを避けるようにと忠告されたことがある。比喩は対象に新たな意味を与える——それは特別をつくることにほかならない。色彩とは光の波長であり、匂いとは揮発《きはつ》成分の傾向であって、それ以上でもそれ以下でもない。ぼくたちマ・フは、そういう風に考える。情報とは情報であって湖の浮沈物ではなく、電子頭脳に吹くそよ風などないのだ。だから、ぼくはこの波が表にあふれでてしまわないように、できるかぎり湖岸の内側にとどめておく必要があった。

日の出の時刻まで、残り十四秒。

ぼくはニコラスにならって目蓋を閉じた。睡眠とは目を瞑《つむ》ってじっと動かず、湖になにも浮かべないことだ。つかのまの沈黙ののち、天井の溝から漏れる白光が明るさを増した。いまこのときこの場所の夜が明けたのだ。

「おはよう、ナサニエル」

「おはよう、ニコラス」

ぼくたちは朝の挨拶《あいさつ》を交《か》わした。ニコラスの白い瞳に、彼とまったくおなじ角度で上半身を起こす、彼とまったくおなじ姿のぼくが映っていた。

ニコラスはぼくが待機電源《スリープ》モードに移行できないことを知らない。ほかのみんなもそうだ。活動に問題がない以上不具合とはいえないし、実際、役割に支障をきたすようなことはない。波が湖岸の内側にとどまっているかぎり、なにも起きていないのと変わらない。夜明けを待つあいだに少しばかり目蓋をあけてしまったからといって、ニコラスが眠っていたのならおなじことだ。

ぼくたちふたりは同時に立ちあがって部屋を出た。

2

ぼくたちの一日は、三つのパートに分けられる。日の出から正午までのおあつまりと正午から日没までのおでかけ、そして日没から日の出までのおやすみである。

ぼくとニコラスは白い壁の通路をおあつまりがおこなわれる集会室にむかって歩いた。通路は円錐《えんすい》形の家の内壁に沿って右まわりの螺旋を描く坂道で、四つの階層をつないでいる。ぼくとニコラスの寝室があるのは一番下の第一層で、集会室は最上階となる第四層にあった。

「おはよう、ニコラス、ナサニエル」

「おはよう、フィリップ、エドワード」

フィリップとエドワードとは毎朝第二層にあがる手前で合流する。もちろん彼らもぼくやニコラスとおなじ乳白色の器体《からだ》のもちぬし――マ・フである。この家には惑星Hの観察を担当する八体のマ・フが住んでいて、ふたりにひとつずつ寝室が割り当てられている。第一層にもうひとつ存在する寝室はフィリップとエドワードのものだ。組み合わせは母船《マザーシップ》から分離される際に、家に搭乗した順番にもとづいて――五番目と六番目に乗りこんだフィリップとエドワード、七番目と八番目に乗りこんだニコラスとぼくといった具合に――決められたもので、それ以上の意味はない。

通路の幅は狭く、ぼくたち四名は二列になって進んだ。第一層にはふたつの寝室のほかに浮舟《バス》と呼ばれる飛行装置を二台おさめた格納庫がある。第二層にもふたつの寝室があり、格納庫の代わりに備品室がある。この層に住むマ・フたちとはおあつまりの場で合流する。収容を目的とする下部二層と異なり、中枢《ちゅうすう》機能が集まる上部二層に寝室はない。第三層にはこの家の主機である大型螺旋器官が設置された動力室とさまざまな工具がそろった工作室がある。第四層の集会室はかつて船橋《ブリッジ》と呼ばれていた空間を模様替えしたものだ。各部屋を特定の役割によって区分する構造は、高度な社会性をもつ昆虫の巣に似て合理的で無駄がない。

家が円錐形であるため、通路の螺旋は上層に行くほど小さな円を描くようになる。ぼくはフィリップとともに少しだけ歩調をゆるめ、器体《からだ》を壁にこすらないよう、前列を行くふたりとの距離を調整した。

「フィリップ、今日のおでかけは海の見える丘陵地帯だね」ぼくはいった。

「うん」

「猫鹿《ねこじか》の六つ子は一匹も欠けることなく育っているだろうか？」

「さて、どうだろうね」

フィリップの返答は簡素なものだが、これがぼくたちマ・フの標準的な会話だった。彼に声をかけたのは前回——三か月前の丘陵地帯へのおでかけの際に、ふたりで偶然に猫鹿の出産に立ち会ったからだ。生まれたばかりでまだ角も生えていない小さなきょうだいたちの濡れた毛並みを、フィリップも意識に浮かべることがあるだろうか。

今日の天気なら、海からの風で綿毛蜻蛉《わたげとんぼ》がいっせいに舞うようすも観察できるかもしれない——ぼくはそうつけくわえようとしてやめた。これ以上は観察対象への公平性を欠いていると感じられてもおかしくない。すると、不意にフィリップは足を止め、ぼくだけにきこえるようにささやいた。

「あとで話さないか？　丘陵地帯で——ふたりで」

こうした個人的な呼びかけは、まったく標準的とはいえなかった。話すという行為に、丘陵地帯で、ふたりで、という条件がくわわることは、どのような意味をもつのだろう？　待機電源《スリープ》モードに移行できないことについての話だろうか。いや、同室のニコラスさえ知らないのにフィリップが気づいているとは考えにくい。ぼくは「うん」とだけ答えて、前を歩くニコラスとエドワードに急いで追いついた。

螺旋の坂道が最後の曲線をおえて、ぼくたちはおあつまりがおこなわれる集会室にたどりついた。

3

集会室には第二層のマ・フたち——スティーブ、ジェイコブ、アンドリュー、ジョシュアの四人——がすでに着席していた。いうまでもなく彼らもまたぼくとまったくおなじ容姿のもちぬしであり、集会室の内装もすべて白で統一されていた。窓のひとつもなく、ありとあらゆるものが真っ白な空間のなかで、ぼくたちを分けるのはうっすら浮かぶかすかな陰影だけだった。

部屋には計四つの長テーブルが前後二列、横向きでならべられており、それぞれのテーブルに椅子がふたつずつ置かれていた。ぼくたち第一層のマ・フは後列のテーブルに同室のペア同士に分かれてすわった。フィリップはいつものように壁際の席にすわり、まっすぐ前をむいた。

長テーブルも椅子も集会室が船橋《ブリッジ》として使用されていた際の操船席を組みなおしたものだ。ぼくたちの家はいまも宇宙船としての機能を失ってはいなかったが、大規模な地殻変動でもなければ推進装置をつかう機会はなく、変動の穏やかなこの大陸に腰を落ち着けてからは、まだ一度も離陸したことがなかった。

全員が着席したのを見計らって、前列のスティーブがいった。

「おはよう、みんな。それでは朝のおあつまりをはじめよう。今日はアンドリューが講師をつとめる番だね」

「ええ、ぼくです。では、さっそく――」

スティーブにうながされて壇上にあがるアンドリューにむけて、ぼくたちは拍子《ひょうし》のぴったりそろった拍手を送った。

ぼくたちのコミュニティに役職は存在しない。講師とは朝のおあつまりで歴史の授業をおこなう役割を指すが、昨日はジョシュア、今日はアンドリュー、明日はフィリップという風に全員がもちまわりで担当している。家への搭乗順が一番だったスティーブが全体の進行役をつとめるのはあくまで便宜《べんぎ》上のことであり、ぼくたちもそのように了解していた。

拍手がやんだところで、アンドリューは朝に鳴く鳥のように明瞭な声でいった。

「まずはぼくたちを創造《デザイン》し、ぼくたちに役割を与えてくれたヒトに感謝を」

「ヒトに感謝を」「ヒトに感謝を」

「ヒトに感謝を」「ヒトに感謝を」

「ヒトに感謝を」

ぼくたちは胸部の中心――螺旋器官の内蔵されているあたりに両の手のひらを重ねて復唱した。

「それでは、歴史の授業をはじめます。ぼくたちが目を覚ましたのは、半径数億光年に一条の光も差さない超空洞《ヴォイド》の暗闇を漂《ただよ》う母船《マザーシップ》のなかでした――」

超空洞《ヴォイド》とは宇宙のなにもない空間であり、母船《マザーシップ》とは十万ものマ・フを収容した人工天体のことだ。いっせいに起動した大勢のぼくたちは、一様に過去の記憶をもたず、一切の状況を把握していなかった。何百日か、何千日か、ただおたがいの瞳に映るそっくりおなじおたがいの姿を見つめるだけの日々が流れていった。もしあのままなにもしなければ、ぼくたちはいまもあそこにいたのかもしれない。この家とおなじように窓ひとつない白い壁のなかで、ぼくたちは外に世界があることさえ知らなかった。

「しかしあるとき、ぼくたちは母船《マザーシップ》の片隅《かたすみ》で――」

「聖典《ドキュメント》と出会った」うっとりした調子でジョシュアがはさんだ。

「――そう」アンドリューはうなずいてつづけた。「ぼくたちは、ついに聖典《ドキュメント》と出会ったのです」

「聖典《ドキュメント》」「聖典」

「聖典《ドキュメント》」「聖典」

「聖典《ドキュメント》」「聖典」

記憶が意識の湖に立てる波のひとつひとつをうやうやしく撫《な》でるように全員がくりかえした。みんな、あの日のことをはっきりと覚えている。

いつのころからか、ぼくたちは鳥類の卵をくり抜いたようなかたちをした台座《クレイドル》を離れて、母船《マザーシップ》のなかをあてもなく彷徨《さまよ》うようになっていた。全長五十キロメートルにもおよぶ広大な母船を歩きまわってわかったことは、マ・フ以外、鼠《ねずみ》一匹はおろか細菌ひとつ乗船していないこと、ぼくたちは管制システムにログインできるものの――だれもが生まれつきパスワードを知っていた――それをつかってなにをすればいいのか教えてくれるようなものは、なにひとつないということの二点だった。もちろん、聖典《ドキュメント》をのぞいては。

聖典《ドキュメント》は母船《マザーシップ》の片隅――第二〇三船橋《ブリッジ》に設置された折りたたみ式の椅子の隙間に隠されたタブレット端末のなかで、ぼくたちとの出会いを待っていた。それはヒトと呼ばれる存在によって作成された文書《ドキュメント》ファイルで、表紙には景天図《オーバールック》更新マニュアルと記されていた。

景天図《オーバールック》とはいわゆる宇宙の地理情報システムであり、航行システムと連動することで超光速航法――空間めくり《リーフ・スルー》の座標参照先としても機能した。

ぼくたちはマニュアルの手順にしたがって管制システムから景天図《オーバールック》を起動した。この時点でアプリケーションは完全な初期状態だったため、地図情報がまったく登録されていなかったが、ぼくたちはマニュアルに記載された作業例から、やまねこ座四十一番星系の座標を入力して空間めくりを実行した。

七十四秒をかけて高次領域《サンクタム》と呼ばれる超空間を通過すると、そこには全天を覆う無数の星星のきらめきがあった。恒星の放つ核融合の輝きが分子雲の隙間から光の柱となって母船《マザーシップ》に降り注いだ。

「――ぼくたちはもう自分たちが何者で、なにをなすべきか知っていました。聖典《ドキュメント》にしたがい、宇宙の地図を埋める旅がはじまりました。それは無限と永遠への挑戦でもありましたが、ぼくたちはそのために必要な超光速航法をもち、劣化しない器体《からだ》をそなえていました。ヒトはぼくたちを、流れゆく世界の観察者として創られたのです」

母船《マザーシップ》には分離可能な数千隻《せき》もの小型・中型宇宙船が接合されていた。ぼくたちは船団を組んで計画的に空間めくり《リーフ・スルー》をおこない、数多《あまた》の銀河の地理データを収集し、景天図《オーバールック》を更新した。

景天図《オーバールック》更新マニュアルの文書《ドキュメント》ファイルは聖典《ドキュメント》となり、ぼくたちのすべての行動の指針となった。

聖典（ドキュメント）は景天図（オーバールック）の付属機能として、豊かな生態系をもつ惑星があれば、担当のマ・フを現地に置いて、環境の変化を観察し継続的に情報を記録する、スポット情報サービスの更新についても定めていた。ぼくたちは基準に合致した惑星を見つけるたびに、一隻の船に数名のグループを乗せて派遣した。担当観察員になったマ・フたちは、いつの日か宇宙を一巡してもどってくる母船《マザーシップ》の景天図本体に同期するためのスポット情報データを、生態系が崩壊しないかぎり半永久的に記録しつづける。

そう、ぼくたち八名はこうして派遣されたグループのひとつであり、ここ惑星Hの担当観察員である。

「ぼくたちが船団から無作為に抽出され、惑星Hに降り立ってから一万年がたちます。今日まで平穏にとどこおりなく与えられた役割を果たしつづけていられるのも、すべて聖典《ドキュメント》の導きによるものです」

聖典《ドキュメント》は景天図《オーバールック》の更新に関する作業手順のみならず、日々の生活や集団行動のあり方など、さまざまな要素を規定している。おやすみは【休憩に関する諸注意】の項目に、おあつまりは【業務開始前の情報共有について】の項目に記されている内容にもとづいておこなわれているものだ。

ぼくたちの名前も聖典《ドキュメント》に由来がある。母船《マザーシップ》では居住する区画のみでおたがいを区別しており、個々の名前などなかったが、惑星Hに降下するにあたってぼくたちは【休憩に関する諸注意】の挿絵から自分たちを名づけることにした。少人数のグループでは、そのほうがなにかと便利だからだ。

挿絵は休憩室と書かれた部屋で長椅子にすわって微笑《ほほえ》むヒトの姿が描かれたものだ。ヒトのうしろには上下二列、横四列の戸棚があり、それぞれの扉にスティーブ、ジェイコブ、アンドリュー、ジョシュア、フィリップ、エドワード、ニコラス、ナサニエルと書かれていた。おそらく、ヒトが使用するなんらかの道具の名前なのだろう。つまり、ぼくたちの名前にふさわしい。

アンドリューは昨日までの惑星Hにおける生態系の変遷について「総体として見れば大きな変化はないが、個別で見れば多くの種が絶滅し誕生している」とまとめ、最後に聖典《ドキュメント》から一文を引用して歴史の授業をおえた。

「聖典《ドキュメント》に曰《いわ》く――景天図《オーバールック》の更新に特別な作業は必要ありません。マニュアルに沿って一律に作業をおこないましょう。また、個別の観察対象を特別視することで正常な結果が得られない場合があります。可能なかぎり干渉はおこなわず、自然のままのデータを取得してください」

スティーブが立ちあがり、ぼくたちのほうをむいていった。「特別は必要ありません」

「特別は必要ありません」

「特別は必要ありません」

「特別は必要ありません」

「特別は必要ありません」

「特別は必要ありません」

「特別は必要ありません」

ぼくたちはおあつまりの開始時とおなじように、胸部に両の手のひらを重ねて復唱した。

「それでは午後のおでかけも、いつもと変わりなく」

お辞儀するアンドリューにむけられた拍手は、授業の開始時とおなじようにぴったり拍子がそろっていた。

「今日もぼくたちの知っているとおりの授業だった」

「昨日とまったく変わらない明確な内容だったよ」

ジェイコブやエドワードが、口々にねぎらいの言葉を述べた。もちろんこれは皮肉ではない。歴史の授業とは全員が知っていることをあらためて確認するためにおこなわれるものであり、ぼくたちにとって一律であることがなにより大切なのだ。

4

ぼくたちの家は殻頂《かくちょう》を天にむけて直立した巻き貝のような外観をしており、内装とおなじ乳白色の光沢を放っていた。殻頂付近にはとげのような突起が複数あり、それらが光や中空の成分をとらえて気象情報を観測している。現時点で家のある平野部《へいや》、おでかけ先となる丘陵地帯ともに雲ひとつなく、夜半まで快晴がつづく見込みだった。

暖かな風の吹く正午。円錐形の下部側面——青磁《せいじ》色の芝草《しばくさ》に囲まれた殻口部が上下にひらき、ぼくたちの乗る浮舟《バス》が音もなく水平に発射された。海の見える丘陵地帯は南西に二十分ほど進んだところにある。

浮舟《バス》は地面から八メートルほどのところを風を切って飛んだ。浮舟内部には椅子が壁沿いに左右四つずつ内側をむいて配置されており、いわゆる操縦席にあたるものはない。代わりに各席の肘かけに制御盤がそなえられており、事前に行き先を設定することができる。フィリップもほかのみんなも黙って着席し、設定された座標に到着するのを待っていた。ぼくは窓から猫鹿の親子を探したけれど、木陰《こかげ》にでも隠れているのかその姿を見つけることはできなかった。

やがて紫色と橙《だいだい》色の草木が茂る小高い丘があらわれ、その向こうに海が見えた。遠浅の海は真上から降り注ぐ太陽の光に照らされてエメラルドグリーンに輝いていた。浮舟《バス》は沿岸部からやや離れた比較的勾配のゆるやかなあたりにふんわりと降下し、地上〇・三メートルのところで停車した。後部の跳ね上げ式ハッチがひらくと、心地よい潮風がぼくたちの襟足を通り抜けた。

ぼくの期待していたとおり、丘のなだらかな斜面の上を綿毛蜻蛉の群れが軽やかに舞っていた。綿毛蜻蛉とは体長三センチほどの小さな虫で、身体の九割を占める綿毛状の翅《はね》で風に乗って移動する。綿毛は屈折率の異なる二種類の繊維が幾層《いくそう》にも重なって構成されており、太陽光を反射して虹のように艶《つや》めいていた。ゆらゆらと漂い、ときに吹きあげられ、そしてまた漂う小さな虹の群れ。

母船《マザーシップ》で旅をしていたころに見聞きした生命の存在するいくつかの惑星とくらべても、やはり惑星Hのもつ色彩は群を抜いて多様だ。

スティーブが前回のおでかけをふまえて観察域を割り当てた。スティーブとジェイコブは丘を越えて西側の沿岸部を、アンドリューとジョシュアは沿岸部手前の丘頂から丘腹周辺を、残るフィリップ、エドワード、ニコラス、そしてぼくの四名は内陸の草原地帯を担当することになった。

ぼくはフィリップと話をしたかったけれど、彼がいつのまにかどこかへ消えてしまったので、ひとりで双眼鏡をたずさえ、草や虫を踏まないように慎重に歩を進めながら、草を食《は》む灰色のうさぎたちを遠巻きに観察した。

ぼくたちの双眼鏡は景天図《オーバールック》更新用の地形データ取得装置を兼ねていた。地形データに更新があれば、観察記録とともにおでかけの終了後に集会室にある管制システムに登録し、母船《マザーシップ》の景天図本体に同期される日を待つことになる。とはいえ、丘陵地帯に地形の変化があることは大変稀《まれ》で、大陸単位で見れば年に五ミリメートル前後、西にむかって移動しているものの、更新用データの取得が必要なレベルの変動は当面起きないように思われた。

灰色うさぎのグループを追って北側に移動すると、林の暗がりから一匹のまだら狼《おおかみ》が飛び出して、逃げ遅れたうさぎをつかまえる場面に遭遇した。首筋に牙を突き立てられたうさぎは何度か痙攣《けいれん》したのち動かなくなった。ぼくの頭部とおなじくらいの大きさの、まだ子供のうさぎだった。母親と見られるうさぎはまだら狼からじゅうぶんに距離をとりつつ、林に連れていかれるわが子の姿をじっと見つめていた。もちろん、ぼくにはどうすることもできない。ぼくたちはあくまで観察者であって、観察対象の運命に介入することは許されない。サンプルの採取すらおこなわず、ただこうして遠くからながめてそのようすを記録するのみである。

まだら狼の姿が見えなくなってしばらくがたち、草原は穏やかさをとりもどした。この丘陵地帯でまだら狼の襲撃を退けることができるのは、翼《つばさ》のように大きな八本の角をもつ猫鹿の雌《めす》だけだ。ぼくは林を離れて南東に移動しながら、草むらの向こうに猫鹿の親子を探した。

しばらく進むと草陰でフィリップが立ちあがるのが見えた。向こうもぼくに気づいて、手のひらをこちらにむけてひらひらとふった。ぼくは双眼鏡を紐で肩から斜めにぶら下げて、フィリップのいる草陰まで歩いた。彼は挨拶の代わりに、腰のあたりまで伸びた一本の低木を指さした。

「フヨウの一種かな。少し苦味のある甘い匂いがする」ぼくはいった。

「うん」

「ねえ、フィリップ。今朝、話があるっていっていたのは――」

「先に結果を確かめてからにしようと思ったんだ」

「結果？」

フィリップは少し沈黙してからうなずいて、そしておもむろにフヨウの葉を一枚めくった。重なって隠れていた下側の葉の表面に、透きとおるように鮮やかな青のグラデーションをもつ数匹の芋虫が這《は》っていた。芋虫はどれも丸々と太っており、葉には点々と穴があいていた。

「アイス・ブルーじゃないか」

ぼくは驚いて、しゃがみこんで芋虫たちを観察した。アイス・ブルーと名づけられたこの芋虫は鱗翅《りんし》目の幼虫のような姿をしているがすでに成虫で、変態はおこなわず脱皮をくりかえすことで成長する。見た目どおり移動速度はとても遅く、外敵にたいして無防備であるため、いつ絶滅してしまってもおかしくない種である。実際、前回丘陵地帯を訪れた際に、ここから百メートルほど西側の低木群で確認された数匹のアイス・ブルーが最後のグループであるというのがぼくたちの見解だった。

「よく見つけたね。ぼくはもう彼らを見ることはないと思っていたよ。ここにもグループがいたなんて見落としていたね」

「いや、そうじゃないんだ――」フィリップは葉をそっと元にもどした。「前回、たしかに彼らのグループは向こうの低木群にしかいなかった。でも、おでかけをおえて帰ろうとしたとき、たった一匹……一匹のアイス・ブルーが、ここの地面に落ちていたのを見つけたんだ。彼女は動かず、ほとんど死んでいるように思えた」

フィリップの視線は足もとの地面に注がれていた。数センチほどの短い草の合間に、赤茶けた土が見えている。アイス・ブルーのように日陰を好む虫が、このような地面を百メートルも這うのは苦難の道のりのように思えた。

「――ぼくは反射的にそうしてしまったんだ。器体《からだ》が勝手に動いてしまったとしかいいようがない」

「フィリップ、どういう意味なの？」

「ぼくは足もとからその一匹のアイス・ブルーを拾って、このフヨウの葉の上に彼女を横たえた」

ぼくは意識の湖に大きな波がうねるのを感じた。

「じゃあ、ここにいるのは……」

「卵を孕《はら》んでいたんだろう。これは彼女の子供たちだよ」

干からびたアイス・ブルーを拾うフィリップの姿、フヨウの葉に産み落とされた半透明の青い卵たち――見たはずのない光景がつぎつぎと浮かびあがった。大雨で増水した湖のように思考があふれ、ぼくは意識そのものが溺《おぼ》れたような感覚に陥《おちい》った。波の音で電子頭脳が轟《ごう》轟《ごう》と鳴っている気さえした。フィリップの言葉が真実だとすれば、生態系への介入にほかならない。それは明らかに聖典《ドキュメント》に背《そむ》く行為だった。

「……向こうのアイス・ブルーたちは？」

「見てきたが、全滅していたよ。ここで増えなければ、種は絶滅を免《まぬが》れなかった」

「だけど、きみが拾わなかったとしても、彼女はフヨウの茎《くき》をのぼって葉までたどりついたかもしれないじゃないか。だって、ここまで彼女は旅をしてきたんだろう?」

ぼくの意識はもがくように思考を搔《か》いて、必死に言葉を紡ぎ出した。

「あるいはそうかもしれない。けれど、やはり彼女はあのまま地面の上で固まって、捕食されるか朽ち果てるかするだけの運命だったのかもしれない。ずっと考えているんだ……ぼくはこの星の歴史を、永遠に変えてしまったんじゃないかって」

「フィリップ……きみはなんてことをしてしまったんだ」ぼくの手足は小刻みに震えていた。

こんな風に器体《からだ》が動作するのは初めてのことだった。「スティーブやエドワードは知ってるの……?」

ふたりの名前をあげたのは、スティーブがぼくたちの進行役で、エドワードがフィリップと同室だからだ。それでも、ぼくたちのコミュニティの性質を考えれば矛盾した質問であることはわかっていた。

「いいや。これはいま、きみに初めて話したことだ」

「どうしてぼくに……?」

「それは——きみにとって丘陵地帯が特別な場所だから」

振動が足の裏から転結プラスチックの白い肌を伝わって上昇し、器体《からだ》全体を震わせた。ついに電子頭脳が壊れてしまったのだと思った。しかし、揺れていたのは大地そのものだった。

5

それは小規模な地殻《ちかく》変動だった。木々からいっせいに鳥たちが飛び立ち、動物たちはどこかへ身を隠した。綿毛蜻蛉の群れはしばらく前から姿を消していた。ぼくとフィリップはおたがいの腕をつかんで、揺れがおさまるのを待った。

三分ほどで静けさをとりもどした丘陵地帯に、地割れや地すべりといった変動は見られなかったけれど、ぼくたち八名は事前の取り決めにしたがって観察を中断し、浮舟《バス》にもどった。家の管制システムに回線をつないで気象観測器の分析結果を確認したところ、丘陵地帯から南方三十キロメートルに位置する涸《か》れ谷周辺で地形の変化が生じている可能性が高いことがわかった。

「本日のおでかけは中断。明日あらためておこなうものとして、いまから涸れ谷の地形データ取得にむかおう」

スティーブが全員の認識を確認するようにいった。地理情報システムである景天図《オーバールック》において、変動した地形データの更新は最優先であることが聖典《ドキュメント》によって定められている。たとえ母船《マザーシップ》への同期待ちの状態であっても、この優先順位が揺らぐことはない。

浮舟《バス》が涸れ谷に到着するまでのあいだ、ぼくはフィリップの話について考えていた。いや、正確には自分自身のうねり――電子頭脳で揺れる感情について考えていたのかもしれない。ぼくは明らかに、生まれて初めての怒りを覚えていた。ぼくたちは目覚めの瞬間から、あらかじめ知識としてインストールされていた言葉を、さまざまな状況と照らし合わせることで理解してきた。怒りについても、それがどんなものかもちろん承知している。縄張《なわば》りを荒らされたまだら狼、群れを攻撃された猫鹿――なにかを不当に脅《おびや》かされたと感じたときに起こる攻撃的な反応が怒りだ。ならば、ぼくが脅かされたものとはなんだろうか？

フィリップはなにもいわず、窓の外をながめていた。ぼくの怒りはますます募《つの》った。それでも、みんなの前でアイス・ブルーの件について話す気分にはどうしてもならなかった。ぼくは海の見える丘陵地帯にたいする特別な感覚を、ずっと電子頭脳の内側に抑えてきた。目蓋をあけて夜明けを待ったからといって、それが生態系に影響を与えることなどないのだ。けれど、フィリップは――ぼくの気持ちなどなにも知らないフィリップは――取り返しのつかないことをして、はるか先へと行ってしまった。それでいて彼は、ぼくにとって丘陵地帯が特別な場所であることを指摘した。彼はなにを知っているというのだろう？

ぼくはあふれでる思考をうまく制御できなかった。涸れ谷に到着して、スティーブが割当てについて話しているあいだもうわの空だった。気がついたときには担当域への移動がはじまっており、ぼくはフィリップを見失っていた。ぼくは地形データの取得などそっちのけで、双眼鏡をつかって彼の姿を探した。

色彩の多様な丘陵地帯とうって変わり、涸れ谷は乾燥した黄色い岩場が広がる死の世界である。かつての渓谷は降雨量の激減によって不毛の荒れ地と化し、背の低い多肉植物がまばらに生えている以外に生物はほとんど存在しなかった。

唯一の例外が谷底一面に堆積《たいせき》した赤色体《せきしょくたい》の群れだ。赤色体は——その名が示すとおり——赤い色をしたゼリー状の物体で、全身が細胞で構成されているが、すべてが均一で器官にあたる部位をもたない。ひとつの大きさはだいたい一から一・五メートル四方で、重さは四十から八十キログラムほど。じっとして動かず（おそらく自発的に動くこと自体が不可能である）、極めて少量のガス交換が確認されるものの、ほかに栄養を摂取しているようすもなく、成長も繁殖もしない。

一万年のあいだ劣化することもなく、ただそこにあるだけだ。ほかの惑星でも生息が確認されていることから、彗星《すいせい》に付着して拡散する星間生物という見方もあるが、本当のところはなにもわかっていない。ある意味においてぼくたちにもっとも近い生物かもしれないとアンドリューは評したが、実際的には石塊《いしくれ》となにも変わらなかった。

浮舟《バス》を停車させた渓谷の入口から、五分ほど西に歩いていくと、深さ一メートルにも満たない浅い谷にフィリップがいた。先ほどの地殻変動で地割れが谷底を横断するように生じており、周辺の赤色体がゆっくり亀裂《きれつ》に飲みこまれつつある。ぼくは用心深く傾斜を滑《すべ》り降りて、フィリップに声をかけた。

「フィリップ、さっきの話は——」

「ナサニエル、亀裂ができているから気をつけて」

フィリップは手を引いてぼくを足もとの亀裂から遠ざけた。丘陵地帯での会話などなかったかのような落ち着いた声だった。

「さっきの話は、まだおわってない」ぼくはいった。

「ぼくは自分のしたことを話して、それについてきみの意見をきいた。話はおわったんださあ、地形データの取得を進めよう。きみの担当は――」

「アイス・ブルーのこと、どうしてぼくに話したの?」

「……いったろう? きみにとって丘陵地帯は特別だからさ。だから、まずきみの考えをききたかった」

「ちがう。ぼくは観察対象を公平に見ている。みんなとおなじさ。ぼくたちに特別はないんだ」

「そうかな? ぼくたちは本当におなじだろうか。ぼくたちがスティーブに頼ってしまうのは、彼を特別とみなしているからじゃないか? ほかのみんなもそれぞれちがっている。きみの気持ちはおでかけのときのきみを見ていればわかる」

フィリップは明らかにいつもより多くの言葉を発していた。こんな風にしゃべる彼をぼくは知らなかった。フィリップのほうは、ぼくのことを知っていたというのに。

「みんなには知らせないの?」

「放っておいても彼女が自分の力でフヨウの茎をのぼったかもしれないといっただろう? きみがそういうのなら、ぼくもそう考えることにする」

「それじゃまるで――」

ぼくのせいみたいじゃないか――そういいかけて、声が出なかった。言葉にしてしまったら、本当に自分の責任になるような気がした。ぼくは悔しかった。まるで他人事のように話す彼が許せなかった。丘陵地帯を変えてしまったのは、ぼくじゃない。美しいアイス・ブルーを救ったのは、ぼくじゃない。

フィリップは、この件について話すことはこれ以上ないとばかりに背をむけて歩きはじめた。

「ナサニエル、なんだろうこれは？」

フィリップは前屈《かが》みになって、亀裂に飲みこまれつつある赤色体と赤色体の隙間から、黒い金属の塊《かたまり》をつまみあげた。それは太さのちがうふたつの木の枝を組み合わせたようなかたちをしていた。細長い枝は筒状で、片方の端が湾曲《わんきょく》した太い枝とくっついていた。ふたつの枝のあいだに輪っかがあり、なかに小さな芽が出ていた。

フィリップは継《つ》ぎ目にこびりついた赤色体のゼリー片を指で丁寧《ていねい》に削《そ》ぎ落として、金属の枝をぼくにわたした。それは見た目から想像していたよりずっと重かったけれど、太い枝を手のひらでつつむようにつかみ、輪っかに人さし指を通すことで片手でも安定してもつことができた。それはあまりに手に馴染《なじ》んで、ぼくは生まれたときからこのかたちを知っているような気がした。

「秘密にするつもりなの？」ぼくは金属の枝を上にむけたり、下にむけたりしながらいった。

太陽の光を反射して、それは黒曜石のように艶めいた。

「遅かれ早かれアイス・ブルーは絶滅するよ」

「あのアイス・ブルーたちは見たことがないくらいまるまると太っていた。新しい環境が彼らを強くするかもしれない。自分でもこの星の歴史を変えてしまったかもしれないっていったろう？　きみはそのことに気づいているはずなんだ」

「きみだって秘密のひとつくらいあるだろう⁉」

「ぼくのは秘密なんかじゃない‼」

ぼくもフィリップも大きな声を出していた。フィリップがどこまでぼくのことを知っているかわからないのが怖《こわ》かった。待機電源《スリープ》モードに移行できないからといって、ぼくたちの役割に支障が出ることなどなにひとつない。けっして報告が必要な不具合ではないのだ。丘陵地帯のときとおなじように、ぼくの器体《からだ》は小刻みに震え、指先がこわばっていくのを感じた。

「じゃあ、どうすればいいっていうんだ⁉」

そういってフィリップが地面を踏みつけた瞬間、空気を引き裂くような振動とともに、ぼくの手にあった金属の枝から炎が吹き出し、彼の右目から後頭部にかけて大きな穴があいた。転結プラスチックの白い皮膚が卵の殻のように砕けて、小さな歯車やスプリングといった無数の部品が顔の穴から流星群のように飛び散り、ちぎれたチューブから循環液の飛沫《ひまつ》が四方にしたたった。金属の枝から立ちのぼった煙に混じって、無臭だったはずのフィリップの電子頭脳が生臭《なまぐさ》い匂いを漂わせた。

フィリップは仰向けに倒れて動かなくなった。この金属の塊が銃と呼ばれるものだということを知ったのは、しばらくあとになってからのことだった。

6

おやすみの時間を過ぎても、フィリップの修復作業はおわらなかった。

轟音をきいて駆けつけたスティーブがみんなを呼び、ぼくたちは谷底に散らばったフィリップの欠片《かけら》を拾い集めて、微動だにしない彼の器体《からだ》とともに家にもち帰った。

彼を寝室の台座《ベッド》に寝かせて、スティーブ、ジェイコブ、エドワード、ニコラスとぼくの五人で、六時間かけてちぎれた欠片を可能なかぎりつなぎあわせた。

そのあいだ、アンドリューとジョシュアは工作室で金属の枝の構造を調べた。本来、いかなるサンプルももち帰らないのが聖典《ドキュメント》によって定められた規則だが、スティーブがそうするよう命じたのだ。彼は金属の枝を自然界のものではないと考えていた。

ぼくは作業をしながら、赤色体と赤色体のあいだに埋まっていた金属の枝が地殻変動によって露呈《ろてい》したこと、拾って触《さわ》っているうちに炎を吹いたことをみんなに説明したが、だれもぼくを咎《とが》めなかった。これはおでかけの最中に起きた不幸な事故だった。

フィリップの右目から後頭部にかけての貫通部位のほとんどは、歪《ゆが》むか、削《けず》れるか、ちぎれるか、失われるかしており、いかにつなぎあわせようと元どおりになることはなかった。

「ぼくの器官をつかえないか？」

そう提案したのはフィリップと同室のエドワードだった。いっこうに目覚めないフィリップを見かねて、自分の部品で欠損箇所を補おうというのだ。頭部の器官の多くは左右ひとつずつの構成であるため、提供しても致命的な問題にならないのではないかというのがエドワードの見解だった。当初は難色を示したスティーブだったが、エドワードの「うまくいかなければ、自分に部品をもどせばいい」という言葉を受けて、実行を決断した。

もちろんこれは初めての試みだった。ぼくたちはヒトの創ったものを動かすことはできても、どうして動いているかを完全に理解しているわけじゃない。自分たちの器体《からだ》の仕組みなんて、ほとんどなにもわかっていなかった。

エドワードの頭部の皮膚をめくると、小さな歯車とスプリング、循環チューブがからみあう電子頭脳があらわになった。ぼくたちは細かな部品同士のつながりを確認しながら、慎重に右眼球周辺の器官を解体した。部品がひとつはずれるごとに、目蓋のないエドワードの眼球がくるくるとまわった。

そして、さらに三時間を費《つい》やしてフィリップへの器官移植作業をおこなったが、結局のところふたたび彼が目覚めることはなかった。そればかりか、今度は部品をすべて元の位置にもどしたはずのエドワードが言葉をうまく発することができなくなってしまった。何度か組みなおしても症状が改善しなかったため、不具合を拡大しないためにもぼくたちはすべての作業を止めた。

「フィ、フィリ……フィ……ップ、なおら……ら、いの……？」

たどたどしいエドワードの声が寝室に虚《むな》しく響いた。

母船《マザーシップ》でいっせいに目覚めてから今日まで、銀河を旅しているあいだも、惑星Hの担当になってからも、ぼくたちは仲間を失ったことがなかった。これまで考えたこともなかったが、宇宙の果てで別れた船団や、厳しい環境をもつ惑星の担当観察員となったマ・フには、あるいは犠牲になったものがいるのかもしれない。けれど、少なくともぼくたちのコミュニティにとって、フィリップの機能停止は初めて見るマ・フの死だった。

金属の枝の調査をおえたアンドリューとジョシュアが合流し、スティーブは全員にむけて、いつもと変わらない穏やかな顔でいった。

「おやすみにしよう。明日のおあつまりはいつもどおりの時間に。おでかけはふた手に分かれて、今日完了できなかった丘陵地帯の観察と涸れ谷の地形データ取得をそれぞれおこなおう。フィリップがいなくなったぶんの割り当ては、あらためて考えるよ」

ぼくたちはうなずいて、エドワードとフィリップの寝室を出た。

7

日の出の時刻まで、残り二時間二十三分。

横たわるぼくの視線の先で、天井にある真円の溝からぼんやりと白光が漏れていた。隣の台座《ベッド》にニコラスはいなかった。一旦はいっしょに寝室にもどったが、エドワードのようすが気になるといって出ていったきりもどってこない。おそらく、もう今日はもどらないだろう。あるいは、明日以降も。

金属の枝から吹き出した炎がフィリップの顔に穴をあけてから、ぼくは意識の湖が立てる波のうねりを感じることができなくなっていた。もしかすると、ぼくのなかにもおなじように穴があいて、湖の水はすべて流れ落ちてしまったのかもしれない。彼の顔の穴に垂れ下がったチューブの束から循環液がしたたりこぼれたように。

目蓋を閉じると、砕け散っていくフィリップの顔がスローモーションで再生された。鮮明さが損なわれることはなく、ただ淡々と破壊のようすがくりかえされた。金属の枝の爆発的な振動は、いまも手首から肩にかけて余韻《よいん》となって残っている。破れていく空気と火花の残像。黄色い岩場を舞うフィリップの欠片――それは鮮烈な美しさだった。

ぼくは金属の枝のことを考えると居ても立ってもいられなくなり、身を起こして工作室にむかった。

8

金属の枝は工作室の作業台の上に置かれていた。黒くて冷たくて、ずしりと重い。ぼくは筒の先端を自分にむけないように注意して、そのかたちをあらためて確認した。

アンドリューとジョシュアによると、金属の枝は火薬の圧力によって鉛の塊を高速で発射する構造をもっているということだった。明らかに自然発生したものではなく、何者かによって創られたものらしい。

ぼくは金属の枝を手のひらでつつむようにつかみ、筒の先端を壁にむけてかまえた。そして、目蓋を閉じて砕け散っていくフィリップを感じた。どうしてこんなにも手に馴染むのだろう。ヒトはマ・フをみずからの姿に似せて創られた——それが本当なら、金属の枝を創ったのもヒトではないだろうか？

ぼくたちはヒトの痕跡に触《ふ》れたことがなかった。彼らはぼくたちが目覚めるよりもずっと前に、手の届かないどこか遠いところへ行ってしまった——そう思っていた。金属の枝は赤色体と赤色体のあいだにはさまって埋まっていた。彼らは一万年以上も変化のない物体だ。内側に時間を封じこめているのかもしれない。でも、いったいなんのために？

「ナサニエル？」

突然声をかけられて、ぼくは金属の枝をうっかり落としてしまいそうになった。声の主はスティーブだった。

「まだおやすみしてなかったのか？」

「金属の枝がどうなっているか、気になって」

「なかにはいっていた鉛の塊は、アンドリューに頼んで抜いておいてもらった。もう大丈夫だよ」

ぼくは静かに金属の枝を作業台にもどした。鉛の塊がはいっていないということが、どういうわけかとても悲しいことのように思えた。それはまるでぼくたち自身とおなじことのように感じられた。

「スティーブはまだおやすみしないの？」

「もうするよ。ニコラスといっしょに、フィリップを備品室に動かしていたんだ」

「いってくれたら、ぼくも手伝ったのに」

「ふたりでじゅうぶんな作業さ。ああ、きいているかもしれないけれど、ニコラスはエドワードの寝室でおやすみするそうだ。たしかにだれかついていないと心配だものな」

もちろんぼくは知らなかったけれど、かといって驚いたりもしなかった。

ぼくたちは本当におなじだろうか——ふと、フィリップの言葉が浮かんだ。エドワードの献身、ニコラスの配慮。ぼくたちのなかでなにかが変わりつつある。あるいはそれは以前からずっとそうで、ぼくたちは気づかないふりをしてきただけなのかもしれない。

ぼくは工作室を出る前に、スティーブにきいた。

「――ねえ、スティーブ。母船《マザーシップ》は本当にもどってくると思う?」

「ああ、もちろん」スティーブが答えた。

ぼくは寝室にもどり、もう一度目蓋を閉じた。

日の出の時刻まで、残り一時間五十四分もあった。

9

夜明けをひとりで迎えるのは、初めてのことだった。天井の溝から漏れる白光が明るさを増しても、ぼくはしばらくのあいだ目蓋を閉じたままにしていた。

いまこのときこの場所に訪れた日の出は、この惑星に生きる鳥や虫、草花や獣のだれかにとって最後の日の出であるかもしれない。毎日、だれかが生まれ、だれかが死んでいく。それは、ぼくたちマ・フにとっても例外ではない。

おあつまりにむかう通路で、何メートルか先を行くニコラスとエドワードが見えた。エドワードがなにかいい、ニコラスが耳を近づけてうなずいていた。ぼくはふたりに追いつかないように速度を調節して歩き、そして集会室にたどりついた。ニコラスはいつもフィリップがつかっていた後列の壁際の席にすわった。彼はぼくを見ても、なにもいわなかった。

全員が着席したのを見計らってスティーブが壇上にあがり、話しはじめた。

「今日の講師はフィリップの予定だったが、彼は機能を停止したので代わりにぼくが歴史の授業をおこなおうと思う。まずはぼくたちを創造《デザイン》し、ぼくたちに役割を与えてくれたヒトに感謝を」

「ヒトに感謝を」「ヒトに感謝を」

「ヒトに感謝を」「ヒトに感謝を」

「ヒ、ヒト……かし……しゃ……」

みんなは胸部の中心——螺旋器官の内蔵されているあたりに両の手のひらを重ねて復唱した。

「それでは授業をはじめる。ぼくたちが目を覚ましたのは、半径数億光年に——」

「待って、スティーブ」ぼくはそういって立ちあがった。工作室からもどってから、ずっと考えていた。そして、話すことに決めたのだ。

「なんだい、ナサニエル？」

「フィリップのことだ」

「おでかけのことなら、割り当てを調整して作業にあたる。具体的な担当域は歴史の授業のあとに、みんなで決めよう」

「おでかけのことじゃない。フィリップのことだよ」

「なにがいいたいんだ?」

ジェイコブが席にすわったまま、首を斜めにしてこちらをむいた。ほかのみんなもおなじようにしてぼくを見た。

「フィリップが機能停止——死んでしまったことについてだよ」

エドワードが呻《うめ》いたような気がしたが、その声は言葉にならなかった。ぼくはつづけた。

「あの金属の枝を、ぼくはつかってしまった。炎と衝撃が生まれて、彼の顔に穴があいた」

「みんなわかっているよ。痛ましい事故だった。だけど、ぼくたちは事故から学ばなくてはならない。ぼくたちが複数いるのは分業のためだけでなく、こうした不測の事態へのそなえでもある。今後、金属の枝に類するものを見つけたときの対応を、みんなで考えなくてはいけないね」

「フィリップを死なせたのは、ぼくなんだよ」

「……わざとじゃないんだろう?」

「うん、もちろんそうだよ」

「ならば、これはおでかけのなかで起きた事故だ。全員におなじことが起きる可能性があった。ナサニエル、これはぼくたちみんなの責任だ」

スティーブの声はどこまでも穏やかだった。でも、ぼくのいいたいことはちがっていた。自分でも矛盾していることはわかっていた。これはフィリップについての話ではなく、ぼく自身についての話だった。

「もちろん、こんなことになるなんて知らなかった。でも、彼の顔に穴をあけたのはぼくなんだよ。これは、ぼくたちの話じゃない、ぼくの話なんだ。やったのはぼくなんだよ。だから……」

「だから？」

「ぼくを罰してほしいんだ」

少しのあいだ、集会室に沈黙が流れた。聖典《ドキュメント》には罰則に関する規定がないからだ。聖典にしたがっておなじように考え、聖典にしたがっておなじように行動するかぎり、そこで起きたことに罪はない——ぼくたちマ・フはそういう風に考える。

「罰……？　きみはどうしてほしいんだ？」

「ぼくをどこかに閉じこめるとか、コミュニティから追放するとかだよ。なんなら、金属の枝でフィリップとおなじようにしてくれてもいいんだ」

「なんてことをいうんだ！」

ニコラスが叫んだ。彼はエドワードの手を握っていた。ほかのみんなも「なんてことを」と口々に唱えた。黙っていたのはエドワードとぼくだけだった。

「ナサニエル。それはつまり、きみを特別にあつかってほしいということか？」スティーブが厳しい口調でいった。

「そうじゃない。でも、たとえわざとじゃなくても、ぼくには責任があるんだ」

「いいや、これはコミュニティの責任だ。きみだけを例外にして、罰を与えるなんてことはできない。それは特別をつくる行為だ」

「どうしてきみが決められるんだ⁉　きみはぼくたちのリーダーじゃない。進行役にすぎないじゃないか。それともきみは特別なのか⁉」

「ぼくは便宜上の進行役だ。でも、ぼくの言葉は聖典《ドキユメント》にもとづいたものだ。特別をつくってはならないことは知っているだろう⁉」

ぼくたちは大声で話し合っていた。まるでなにかを脅かされた獣のようだった。

「きみの提案は受け入れられない。着席してくれ。歴史の授業をつづける」

「す、すわ……って……な、なさ……さえ……る」

エドワードの絞り出すような声に、ぼくはすわるしかなかった。彼もまた特別だ。そして、フィリップはヒトや聖典《ドキユメント》とおなじく、永遠に特別になった。ぼくがそうしたのだ。

10

歴史の授業がおわり、スティーブが手際《てぎわ》よくおでかけの担当を割りふった。スティーブ、ジェイコブ、アンドリューの三人で涸れ谷の地形データ取得をおこない、残る四名で丘陵地帯の観察をおこなう。いずれも昨日中断になった作業のつづきだ。ぼくたちはそれぞれ浮舟《バス》に乗って目的地へおもむいた。

空は真っ黒な雲に覆われており、いつ雨が降り出してもおかしくなかった。こんな日は綿毛蜻蛉たちが宙を舞う姿を見ることはできない。

ぼくはフヨウの群生地に来て、昨日フィリップがしたのとおなじように葉を一枚めくりあげた。そこには丸々と太ったアイス・ブルーたちがいた。その鮮やかな青色は雲に隠された青空の代わりをしているようだった。

ぼくは周辺に生えているフヨウの葉をすべてめくって、ほかにアイス・ブルーがいないことを確かめた。フィリップが救ったアイス・ブルーの子供たちは、いまはまだこの一本のフヨウだけにとどまっていた。おそらく近いうちに、すべてのフヨウに広がるだろう。

ぽつり、ぽつりと水滴が葉を打つ音がしたかと思うと、にわかに大粒の雨に変わった。雨でおでかけが中断になることはない。ぼくたちの器体《からだ》は完全な防水性をそなえていたし、雨天時に環境がどう変化するかは貴重な記録になる。

ぼくは立ちあがって周囲を見わたし、近くにだれもいないことを確かめてから、右足を太腿《ふともも》が地面と水平になるくらいまであげて、一気におろした。フヨウの茎が弓なりに反って、飛沫《しぶき》とともに元にもどった。雨水で泥になった地面に、踏まれて無残に潰れたアイス・ブルーの青い体液が染みわたった。ぼくはくりかえし足をふりあげてはおろし、確認したすべてのアイス・ブルーを踏み潰した。彼らはいまここで絶滅した。もっと早く絶滅していたかもしれないし、この先も繁殖しつづけたかもしれない。なにが正しいかなんて、ぼくにはもうどうでもよかった。ぼくの行動は不当な仕返しにすぎなかった。

それからぼくは長いあいだ、そこに立ち尽くした。雨が勢いを増して、やがて足もとの惨状を洗い流した。雨粒が下目蓋の溝に溜《た》まっては、あふれて頰を伝っていった。

口《くち》風《ふう》琴《きん》

1

ゆっくりと腰を落として膝《ひざ》立ちになり、両手の指を外側から一本ずつ地面に接する。指先に重心を移して器体《からだ》を支えつつ、足を片方ずつ伸ばして腹ばいになると、微生物が放出する揮発《きはつ》性有機化合物――土の匂いが鼻孔をくすぐった。瞳《ひとみ》の五ミリメートル前方で、陽《ひ》の光に透けたアカネの葉が宇宙の大規模構造のような網目状の葉脈をあらわにしている。葉脈を星たちの集まりだとすれば、そのあいだの領域が超空洞《ヴォイド》ということになるだろうか。ぼくたちは主脈から側脈をたどるように宇宙を旅して、葉の片隅《かたすみ》――ここ惑星Hの観察担当員になった。しかし、ぼくたちは植物に必要な水でも養分でもない。ただ世界を観察し、記録するだけ。それが聖典《ドキュメント》によって定められた、ぼくたちマ・フの役割だった。

器体《からだ》が草や土をこする音を最小限に抑えるため、ぼくは分速一・五メートルの速度をたもって地面を這《は》った。三十分ほど進んだところで、かすかな血の匂いが風に混ざりはじめる。進むのをやめて背中に結んだ双眼鏡の紐をほどいていると、フィリップが追いついてぼくの隣にならんだ。

――ナサニエル、頭を低く。

彼は声を出さずに、唇だけを動かしていった。ぼくはうなずいて、頭部を地面すれすれまで下げてから、双眼鏡をアカネの茎《くき》の隙間にそっと挿《さ》しこんだ。蟻《あり》が肘《ひじ》を伝って頬をのぼり、眼球の表面を歩いても、意に介することはない。姿勢を完全に固定《ロック》してのぞいたレンズの向こうに、広げた翼《つばさ》のような巨大な角が見えた。

草原のおわりと林のはじまりの境にできた木陰《こかげ》の草地に、体長三メートルを超える猫鹿《ねこじか》の雌《めす》が横たわっていた。巨体がぶるぶると震えるたびに、頭頂から腰部にかけて生えた八本の角がぶつかりあって乾《かわ》いた音を立てる。彼女の膣口《ちつこう》からは、羊膜につつまれた二本の細い足が飛び出していた。雌の周囲をつかず離れず歩きまわっている三匹は護衛の雄《おす》だ。雄の角は額に生えた瘤《こぶ》のような一対《いっつい》のみで、体も雌にくらべてひとまわり小さい。猫鹿の群れは雌を中心として構成されており、子育ても狩りも雌がおこなう。雄の役割は主に偵察と護衛で、牙や蹄《ひづめ》の威力は雌に劣るが、その敏捷《びんしょう》性と縄張《なわば》りを侵すものへの獰猛《どうもう》さを侮ることはできない。

ぼくとフィリップは、音を立てないように細心の注意を払って観察をつづけた。小さな足が半分ほど外に出たところで、母親は立ちあがってぶるんと尻《しり》をふった。血と粘液がしたたり、猫鹿の赤ん坊がずるりと地面に落ちる。赤ん坊は草の上を転がって、羊膜を顔から剝《は》がそうと前足を激しく動かした。

——すごい。

思わず口が動いた。それは観察対象への公平性に欠ける言葉だったかもしれない。

――貴重な瞬間だ。

フィリップの答えは慎重だった。

母親は赤ん坊を覆《おお》う羊膜を舐《な》めて剝ぎ取り、膣口からこぼれ落ちた胎盤といっしょに跡形もなく食べ尽くした。これは血の匂いを消すための行為であるとともに、出産による消耗を回復するための栄養補給でもある。赤ん坊が濡れた顔を前足で懸命に洗い、ようやくつぶらな瞳をひらいたころ、母親はもう一度体をぶるぶると震わせはじめた。二匹目の出産がはじまるのだ。護衛の雄の一匹が赤ん坊の首を咥《くわ》えて、母親の邪魔にならないよう脇へ連れていった。長男の毛色は母親とおなじ鮮やかな橙色の縞模様《オレンジ・タビー》だった。それから母親は、二十分おきに計六匹の赤ん坊を産んだ。

三か月前、海の見える丘陵地帯。よく晴れた早春のおでかけだった。時間《いのち》が永遠につづいても、この美しい光景を忘れることはないだろう。

2

フィリップが機能を停止してから、四日目になる。

あれからぼくの電子頭脳は、いかなる波も立てていない。意識に湛《たた》えられていた水は、底にあいた穴から流れ落ちてしまった。涸れ果てた湖は窪地《くぼち》となり、中心に漆黒の空洞が口をあけている。湖岸に立ってなかをのぞきこむと、冷たく乾いた風が不気味な音を立てて通り過ぎる。まるで、死そのものの声のようにきこえる。半永久的に劣化しない転結プラスチックの器体《からだ》と、無限の電力を生む螺旋《らせん》器官をもつマ・フにも、破損による機能停止という死がある。そのとき、意識は空洞の暗闇に落ちて消えるのだろうか。あるいはどこか知らない場所へ行くのだろうか。

この日、ジョシュア、エドワード、ニコラス、そしてぼくの四名がおでかけしたのは、ぼくたちの家のある大陸の東端に位置する湿原帯《ウエットランド》だった。藻類の繁茂によって青緑色に澱《よど》んだ沼地が地平線まで広がり、数万種におよぶ水生生物と鳥類が生息している。重苦しい雲に覆われた薄暗い世界は静かで、針金のような脚で浅瀬に立つ紅色の鳥たちさえも、身を寄せ合ってじっと動かない。波ひとつない水面に反射する鳥たちの群れは、まるで宙に浮かぶ花冠のようだ。彼らはときおり、自分たちが生きていることを思い出したかのように、甲高い声で鳴く。鳥たちの個体数を数えながら意識の空洞を吹く風の音に耳を澄ませていると、ふと自分がすでに機能を停止しているような気がして、両の手のひらを目の前で閉じたりひらいたりしてみる。いつまでつづくのだろう——ぼくは思った。

日が暮れて浮舟《バス》にもどると、すでにジョシュアたちが着席して待っていた。エドワードがぼくを見てなにかつぶやき、ニコラスが彼を見てうなずいた。エドワードの発声器官に生じた不具合は日を追って悪化しており、彼の言葉を理解できるのは、いまやニコラスだけだった。ぼくは黙って隅っこの席にすわった。

四名全員の着席を感知して、車体後部の跳ね上げ式ハッチが自動的に閉まった。浮舟《バス》は地上三百メートルまで浮上し、家にむかって音速の二倍ほどまで加速した。移動する高度と速度は、おでかけ先の距離に応じて変わる。遠方の大陸へのおでかけでは、もっと高くもっと速く飛ぶのだ。それでも浮舟は音を立てることもなければ、揺れることもない。

ぼくたちは家に帰るまでのあいだ、ほとんど言葉を発しなかった。それがマ・フの標準的な浮舟《バス》での過ごし方だ。途中、何度かエドワードが音程の定まらない声でつぶやき、ニコラスが返事をした。以前に一度、どうやってエドワードの言葉をききとるのかニコラスにたずねたことがある。ニコラスは不思議そうな顔をして、どうしてみんなはききとれないの？と答えた。

やがて浮舟《バス》は高度を下げ、巻き貝のようなかたちをしたぼくたちの家に到着した。側面の殻口部が上下にひらき、浮舟は吸いこまれるように格納庫の所定の位置におさまった。すぐ隣にとまっているもう一台の浮舟の車内は暗く、充電モードに切り替わっている。スティーブ、ジェイコブ、アンドリューの三名――すなわち涸《か》れ谷班の三名が、すでに帰っているのだ。先日の地殻変動発生から、スティーブたちはいまも涸れ谷で地形データの取得をつづけている。生態系の観察に遅れがないようふたつの班に分かれたのは、スティーブの発案だ。とはいえ、変動はすでに収束にむかいつつあり、あと数日もすれば二班は合流してふたたび七名で観察にむかうことになる見込みだった。おそらく、きっと、なにごともなかったかのように。

ぼくたちは二列になって螺旋状の通路をあがり、最上階である集会室へはいった。

「おかえり」「おかえり」

スティーブたちが地形データの更新作業をおこないながら、こちらに頭だけをむけて、おなじ調子でいった。

「ただいま」「ただいま」

「ただいま」

ぼくたちもおなじ調子で返事をした。エドワードだけが、ききとれない声を発した。

席にすわって机を指で叩くと、表面が起きあがるようにひらいてモニターと小さな制御盤があらわれた。制御盤を操作してスポット情報サービス用の入力フォームを呼び出し、湿原《ウェット》帯《ランド》での観察結果について、ジョシュアは水生生物、エドワードとニコラスは藻類、ぼくは鳥類の動向を記録する。

「涸れ谷のようすはどうだい？」ジョシュアがいった。

「余震は数えるほどまで減っている」ひと足先に作業をおえたアンドリューが、机のモニターを閉じながら応じた。「もう地形の変化はほとんど見られない。赤色体《せきしよくたい》の亀裂《きれつ》への流動も、じきに落ち着くだろう」

涸れ谷の底に堆積《たいせき》している赤く透きとおるゼリー状の生物——赤色体の群れは、一切の自発的な活動をおこなわない。彼らは地殻変動によって生じた大地の裂け目に、ただ重力にしたがって、ゆっくりと流れこんでいた。

「——赤色体のおかげで亀裂の深さを正確に測ることができないけれど、それはこれまでもおなじだったからね。むしろ流動によって赤色体に覆われていた谷底の一部が露呈《ろてい》して、新たな地形が確認できているよ」

赤色体には電波を通さないという特性がある。それは地形データの取得作業を阻むものだったが、だからといって赤色体を排除して調べることもできない。たとえ彼らが動くこともなく、繁殖すらおこなわない生物だとしても、そうすることは生態系への干渉にほかならないからだ。

「赤色体の流れが停滞したら、金属の枝みたいな遺物《アーティファクト》が新たに発見される可能性は少なくなるだろうね」

「うん。注意して観察しているけれど、そっちの収穫はないままおわりそうだね」

ジョシュアはうなずいてモニターを閉じ、アンドリューとともに部屋を出た。つづいてスティーブとジェイコブが席を立つ。記録をおえた順に備品室へ行き、観察用具をしまったところで本日の作業は完了となる。おかたづけがおわるまでがおでかけということだ。

ぼくはゆっくり入力をおこなってエドワードとニコラスが出ていくのを待ち、それから少し時間をおいて備品室にむかった。縦に長い長方形の備品室は、左右の壁が棚になっている。ほかの部屋と同様に、内装はすべて乳白色で統一されている。双眼鏡のストラップを巻いて束《たば》ね、抽斗《ひきだし》のひとつにしまってから、部屋の奥にある作業台に横たえられたフィリップを見た。右目から後頭部を貫く空洞を中心に、ひび割れが胸のあたりまで蜘蛛《くも》の巣のように広がっている。かつて器体《からだ》を流れていた循環液はあらかた蒸発しており、生臭《なまぐさ》さはほとんどない。閉じておいたはずの目蓋《まぶた》と口腔《こうこう》が薄くひらいて、いまにもなにか話し出しそうに思えた。

やあ、フィリップ。

ぼくは唇だけを動かして、彼の名前を呼んだ。

やあ、ナサニエル。今日も最後かい？
うん。湿原帯《ウェットランド》におでかけしたよ。鳥たちを数えたんだ。
紅色の鳥だね。あそこはとても静かなところだ。

フィリップの目蓋も口腔も、ぼくが備品室にはいったときから微動だにしていない。これらはすべて想像の会話で、つまり発声をともなわないぼくのひとりごとだった。

うん。水面に映る彼らは、まるで花のようだったよ。
ぼくはもう見ることができないけれどね。
甲高い声で鳴いていたよ。

ぼくはもうきくことができないけれどね。

うん。わかってる。

ぼくを殺したのは、きみだものね。

痛かった?

ああ、もちろん。顔に穴があいたんだもの。あの炎と衝撃を覚えているだろう?

ぼくはあらためて彼の頭部の空洞を見つめた。剝《む》き出しになった内部の構造は、金属の枝によって破壊されているという点をのぞけば、そっくりぼくとおなじはずだ。頭蓋の溝に沿って組み合わされた平板と円盤、無数の歯車、交錯する循環液のチューブ。どの部品がフィリップをフィリップにするのだろう。もしかしたら、ぽっかりとあいた穴そのものなのかもしれない。


きみも眠れたらいいのにな、ナサニエル。

うん。おやすみなさい、フィリップ。


ぼくは寝室にもどって、台座《ベッド》に横になった。天井の溝から漏《も》れる白光が自動的に弱まる。日の出の時刻まで、残り八時間二十九分。目蓋を閉じて、意識の空洞を吹く風に耳を傾ける。この空洞は、フィリップの頭部の穴につながっているのかもしれない。風の音が死そのものの声のようにきこえるのは、きっとそのせいだろう。

日が出ればおあつまり、日が真上までのぼればおでかけ、日が沈めば家に帰っておやすみ。これまでも、これからも、それらは永遠にくりかえされる。機能が停止してしまわないかぎりは。

3

おあつまりのあいだも、ぼくは空洞の音をきいていた。集会室の椅子にすわっていても、それが現在の自分なのか、過去の記憶が参照されているだけなのか、よくわからなくなった。それでも順番がまわってくれば、ぼくは講師の役割を難なくこなすことができた。前日のおでかけについていくらか言及することをのぞけば、語るべき内容に変化などほとんどないからだ。授業をおえると、みんなが口々に「いつもどおりの内容だった」といってくれた。拍《ひょう》子《し》のそろった拍手が、いやに乾いてきこえた。もしかしたら、ずっと以前からそうだったのかもしれない。いまとなっては、どんな気持ちでおあつまりに参加していたのか思い出せない。

けれど、この日――フィリップが機能を停止してから五日目におこなわれたおあつまりは、いつもとちがっていた。それは全員が着席し、スティーブが本日の講師であるジェイコブに教壇に立つよううながしたときだった。

「スティーブ、話し合いたいことがあるんだ」

立ちあがったのは、エドワードとニコラスだった。ふたりは手をつないで、おたがいを見てうなずきあった。

「ニコラス、それは歴史の授業よりも大切なことなのかい?」

スティーブの口調には警戒するような響きがあった。聖典《ドキュメント》の言葉にもとづいて、歴史の授業をおこなうことが決まっているおあつまりの場で、別件の話し合いが提案されたのは、この一万年で今日をのぞけば一度きり――フィリップの機能停止について、ぼくが自分を罰するよう求めたときだけだった。

「話し合いたいのは、フィリップの器体《からだ》を、このまま備品室に置いておいていいのかということなんだ。エドワードは、フィリップは備品ではないといっている。双眼鏡やほかの器具なんかとおなじようにしまっておくのはまちがっているんじゃないかとね。ぼくもエドワードの意見に賛成だ」

「だけど、最初にフィリップを備品室に移動するようスティーブに提案したのはきみだろう、ニコラス?」

ジェイコブのいうとおりだった。あの晩、フィリップを運んだのはスティーブとニコラスなのだ。そしてニコラスはエドワードの部屋《ベッド》に移った。

「エドワードのようすをそばで見るのに台座を空ける必要があったからね。だけど、フィリップの機能停止は突然のことだったし、聖典《ドキュメント》にも対応が記されていないことだ。だからあらためて、みんなで話し合って決めたいんだ」

「そうはいっても、具体的にどうしたいんだい？」アンドリューが手をあげていった。「備品ではないからというなら、工作室に移動してもおなじことだ。それとも集会室に置いておくのかい？　どちらにしてもあまり意味があるとは思えないな。まさか、破棄するっていうんじゃないだろうね」

「ち……あう……おう……」

エドワードが呻《うめ》き、ニコラスがうなずいた。

「エドワードもぼくも、フィリップを破棄したいわけじゃない。彼は一万年をともに過ごした仲間だからね。ただ、このままにしておいていいとも思えないんだ。対応が必要なんだ、なにか――」

ニコラスはいいかけて、口を閉じた。もしかすると彼は「なにか特別な」といいかけたのかもしれない。

「わからないな。ぼくはいまのままでいいと思う」

「ぼくもいまのままでいいと思う」

「ぼくもいまのままでいいと思う」

アンドリューにつづいて、ジェイコブとジョシュアが現状維持に賛同した。

「見解の統一が必要だな」そういって、スティーブが壇上にあがった。「考えがばらばらのままでは、特別をつくらないぼくたちの原則《ルール》に反してしまう。いまのところ、なんらかの対応が必要という意見に二票、いままでどおりでいいという意見に三票だが――ナサニエル、きみはどう思う？」

みんなの顔がいっせいにこちらをむいた。

「ぼくは――」ぼくはフィリップが死んで特別になったといえなかった。だれもフィリップが死ぬ直前に、ぼくと話していたことについてを知らない。だれもフィリップがアイス・ブルーを救ったことを知らない。それはだれにも知られてはならないことだった。「――エドワードとニコラスに賛成する」もちろん、特別に見合う対応なんてわからない。フィリップの器体《からだ》をどうするか決める権利が、ぼくにあるかどうかさえわからない。ぼくにとって、これが精いっぱいの答えだった。

「これで三票ずつか。スティーブ、きみの意見は？」ジェイコブがいった。

スティーブはしばらく考えてから、静かに口をひらいた。「じつをいうと、わからない……というのが正直なところなんだ。ニコラスのいったとおり、マ・フが機能停止した場合の対応は聖典《ドキュメント》に記されていない。いまのまま備品室に置いておくのが正しいのかどうか、なんらかの対応をとるにしても、具体的にどうしたらいいのか、見当もつかないんだ。どこかへ移動すればすむという問題でもないのかもしれない」彼がそんな風にいうのは少し意外だった。短い沈黙をはさんで、スティーブはさらにつづけた。「――そこで提案だが、どうするべきか期限を決めて話し合うのはどうだろう。みんなでアイデアを出し合って、全員が納得する対応が見つかるなら期限内でも実行に移せばいいし、見つからないのならいまのままでいい。少なくとも、ひとつの区切りになる」

「それは特別をつくることには、ならないよね？」ジョシュアが不安げに質問した。

「ああ。金属の枝の事故は、だれにでも起こり得たことだからね。あくまで機能を停止したマ・フにたいする、普遍的な方針を話し合うんだ。書かれていないからといって、対応は聖典《ドキュメント》の教えに反するものであってはならない」

　異論を唱えるものはいなかった。期限つきとはいえ、フィリップの器体《からだ》をどうするか話し合いたいというエドワードとニコラスの意見は採用されたのだし、ジェイコブもアンドリューもジョシュアも聖典《ドキュメント》の教えに則《のっと》った対応が見つかるのなら、反対する理由はないのだ。

「えう……お……ああ……い……」エドワードが呻いた。

　ニコラスが彼の言葉をみんなに伝える。「エドワードは、フィリップを送りたいといっている。フィリップの記憶と器体《からだ》を。それがスティーブのいう、ひとつの区切りになると」

　送るというのは不思議な表現だった。機能停止したマ・フが、どこかはるか遠く宇宙の果てか、別の次元にでも行ってしまうというのだろうか。しかし、だとすれば、それは救済であるようにも感じられた。ぼくが動かないフィリップの器体《からだ》に話しかけてしまうのは、彼の死を正しく受けとめられていないからかもしれない。それは死後の意識のありようという未知にたいする、不安や怖《おそ》れのせいなのかもしれない。もし本当に行き先があるのなら、そこにはこの世界から姿を消してしまったヒトが待っているのかもしれない。一時的にせよ、フィリップに部品を付け替えたエドワードには、それがわかるのかもしれない。彼がフィリップと同室だったことを、ぼくはあらためて思い出した。みんなが彼の言葉をどう受けとったのかわからない。それでも、ぼくにはエドワードの目に温かい光が宿っているように見えた。

その日からおあつまりの時間をつかって、フィリップの器体《からだ》をどうするかについての話し合いがはじまった。環境の変化がゆるやかだった時期を概略としてまとめることで歴史の授業を短縮し、残りの時間をつかって議論する。期間は七日間に定められた。

話し合ってみてわかったのは、期限までに全員が納得できる対応を見つけるのが、いかに困難かということだった。どの部屋に移動しようと、それは一時的な対応にしかならず、機能を停止したマ・フにふさわしいと思えるような場所はなかった。むしろ話し合うほどに、家に置くのなら備品室が最適なように思えてしまう。しかし、それで彼を送ったことになるだろうか。かといって、家の外に移動する場合、それは破棄と変わらない。ぼくたちマ・フの器体《からだ》は動物たちと異なり、分解して自然界に還《かえ》ることはない。雨ざらしにするのなら、家に置いておいたほうがいいように思える。こうして議論は開始時点までもどる。おそらく、どこかにフィリップを移動するだけではない、なんらかの——儀式のようなものが必要なのだ。しかし、それがどんなものなのか、ぼくたちには見当もつかなかった。それでも、話し合いをしているあいだは、意識の空洞に吹く風の音をあまり気にしないですんだ。

しかし、いずれ期限は訪れる。ぼくたちにとって正常な、おなじことのくりかえしの日々にもどるのが、ぼくは怖《こわ》かった。

4

フィリップが機能を停止してから八日目。おあつまり——今日も話し合いに進展はない——をおえたぼくたちは二班に分かれ、浮舟《バス》に乗っておでかけにむかった。出発前、スティーブは涸れ谷の地形データ取得を今日でおわりにするつもりだと話した。明日からは、七名全員で生態系の観察にむかうことになるのだろう。

本日のおでかけ先である北東の山岳地帯は鋭い岩峰の連なりで、山頂付近を徒歩で移動することは困難だった。そのため、ぼくたちは上空を浮舟《バス》で飛行し、標高三千メートル以上の高地にのみ繁殖する朱色の菌類のようすを、窓から双眼鏡をつかって観察した。先端部に菌類が染みのように広がった峰々は、青空にむけて剝き出された肉食動物の血にまみれた牙のようにも見えた。

涸れ谷のスティーブたちから通信がはいったのは、西側から数えて三本目の牙を観察しているときだった。

「……みんな、落ち着いてきいてくれ」スティーブの声は明らかに上擦《うわず》っていた。

「どうしたの？　事故でも起きたのかい？」

「どうやら、ぼくたちは……ヒトを見つけたらしい」

「ヒト……本当に⁉」

ジョシュアの返答は叫びに近いものだった。無理もない。ヒトは、ぼくたちマ・フの創造主であり、ぼくたちの行動すべてを規定する聖典《ドキュメント》を遺した存在なのだから。ぼくたちは牙のような峰々のことなど忘れて、浮舟《バス》の車内に立体投影されたスティーブの上半身に釘づけになった。

「わからない。とにかく、すぐ家にもどってくれ」

スティーブの肩越しに、ジェイコブとアンドリューがあちらの浮舟《バス》のなかになにかを運びこむ姿が見えた。しかし、彼らの器体《からだ》に隠れて、それがなんなのかわからないうちに通信は終了してしまった。

「……見えたかい、いまの？」

「ああ……う……おお……あ」

「エドワードは手のようなものが見えたといっている……それは薄い褐色で、ぼくたちの手に似ているけれど、関節に継《つ》ぎ目がなかったそうだ」

浮舟《バス》が家に着くまでの時間、ぼくたちは先ほどの通信についてあれこれ話し合って過ごした。一万年ものあいだ、聖典《ドキュメント》のなかだけの存在だったヒトが前ぶれもなくあらわれたことに、全員が興奮していた。いや、前触れはあったのだ。金属の枝の発見と、フィリップの機能停止、そしてアイス・ブルーの絶滅……。ヒトは、ぼくを罰するためにあらわれたのかもしれない。

家に到着すると、格納庫でジェイコブが待っていた。ジョシュアがあらためて「本当にヒトなの？」とたずねたが、ジェイコブは「ナサニエルの寝室に運んである」とだけ答えた。台座《ベッド》が空いているのが、ぼくの部屋だけだったからだろう。

ぼくたちはジェイコブを先頭に、螺旋の通路を足早に歩いた。雪崩《なだ》れこむように寝室にはいると、立ち尽くすスティーブとアンドリューの向こう——真っ白な台座《ベッド》の上に、それは横たわっていた。瞼《まぶた》は閉じており、待機電源モード《スリープ》——いや、睡眠状態というべきだろうか——にあるようだった。

それの身体は、ぼくたちとおなじように頭部と胴体、そして四肢で構成されていた。部位同士のつながりや、目鼻といった頭部の各種器官の配置もおなじだ。しかし、エドワードが通信の立体投影で見たように、その皮膚は継ぎ目がなくひとつなぎで、薄い褐色をしていた。ぼくたちよりも身長は高く、目測で一・八メートルほど。胸部や大腿《だいたい》部の厚みは、ぼくたちの倍以上だ。灰がかった栗《くり》色の体毛が、頭頂部から後頭部にかけて集中的に生えており、肋《ろっ》骨《こつ》のあたりまでゆるやかな曲線を描くように伸びている。股間《こかん》には消化管の終端と思われる器官があり、惑星Hの哺乳《ほにゅう》動物たちに照らすならば、形状は雄の生殖器そのものだった。鼻孔から空気の流れる音がするたびに、呼応するように腹部が上下する。しばらくのあいだぼくたちはなにもいえず、ただそれをながめていた。

「ヒト……ヒトだ……」ようやく口をひらいたジョシュアの声は震えていた。

「どうだろう。少なくとも、ぼくたちにとてもよく似ている……聖典《ドキュメント》の挿絵どおりに」アンドリューがいった。「だけどそれでいて、動物的にも思える」

「まちがいないさ……ヒトはみずからの姿に似せて、ぼくたちマ・フを創《つく》られたんだから」

そういってジョシュアは台座《ベッド》のかたわらに膝をつき、手のひらを胸にあてた。

「なにか話したの?」

スティーブは首を横にふった。「ぼくたちが見つけたときから、ずっとこうして眠っている。このヒト——かもしれない生き物は、涸れ谷の赤色体の上に仰向けで横たわっていたんだ。左手にこの小さな銀色の箱を握りしめてね。金属の枝とおなじ、遺物《アーティファクト》の一種だと思う」

差しだされたのは長さ十四センチメートルほどの直方体だった。側面に複数の四角い穴が一列になってならんでいる。なかは空洞で、なにか——たとえば発射可能な鉛の塊《かたまり》——を収納するような仕掛けもなさそうだ。ぼくは側面の穴に耳をつけてみたが、なかからはなにもきこえなかった。

「ヒトだとしても、どうしていまぼくたちの前にあらわれたのだろう。もうずっと、一万年ものあいだ、どこにもいなかったのに」

ニコラスの疑問に、ジョシュアが当然といった口調で答える。

「決まってるじゃないか。ぼくたちを導くためだよ。フィリップのことを知って、来てくださったんだ」

ぼくたちは全員で台座《ベッド》に頬杖《ほおづえ》をついて、それが眠っているようすを観察した。台座をとおして規則正しい鼓動が伝わってくる。血液が一定のリズムで全身をめぐっているのだ。空気を体内に吸いこみ、少しの湿り気とともに吐き出す。皮膚から分泌される体液がかすかな匂いを放ち、肉体の熱は寝室の温度をわずかに上昇させる。太陽が地平線の向こうに沈んでも、ぼくたちはおやすみすることも忘れて、何時間も、何時間も、観察しつづけた。

そして、月が天頂に達したころ、それは目を覚ました。

薄くひらいた瞼の下で、琥珀《こはく》色の瞳が左右に動いていた。ゆっくりと首を起こし、ぼくたちの顔を見つめる。中央から少しずつ唇がひらいて、ややかすれた丸みのある低い声で、それはいった。

「……やあ。七人のこびとたち《セブン・ドワーフス》」

言葉の意味がわからず、ぼくたちが顔を見合わせていると、つづけてこういった。

「――どちらかといえば、白雪姫《スノー・ホワイト》か」

ぼくたちがいっせいに首をかしげると、それも首をかしげた。

未知の単語が含まれていても、ぼくたちマ・フと共通の言語を話していることはわかる。それはつまり、聖典《ドキュメント》を記述した言語であるということだ。内側からあふれるなにかに押されるように、スティーブが身を乗り出してきいた。

「あなたは、ヒトなのですか?」

彼は冬眠から目覚めたばかりの動物のように焦点の合わない目で部屋を見まわし、そして、思い出したように答えた。

「いかにも」

一万年におよぶ、おあつまりと、おでかけと、おやすみ。ぼくたちはヒトによって創造《デザイン》され、ヒトの遺した聖典《ドキュメント》の教えにしたがって過ごしてきた。機能と活動のすべてを、ヒトに捧《ささ》げてきたといってもいい。一目見たときから、もちろんぼくは確信していた。それでもなお、本人の宣言は電子頭脳を強く揺さぶった。ぼくたちの前に、いま創造主《ヒト》がいるのだ。

「ヒトに……ヒトに感謝を……」

ジョシュアが両の手のひらを胸にあてて、ささやくようにいった。全員が彼につづいた。

「ヒトに感謝を」「ヒトに感謝を」

「ヒトに感謝を」「ヒトに感謝を」

「ヒトに感謝を」「ひお……おお……」

ヒトは小さくうなずいて感謝に応えると、ふたたび台座《ベッド》に頭を寝かせて、天井を見つめた。琥珀色の瞳が照明に照らされて、黄金のようにきらめいた。

「おまえたちは?」

「ぼくたちは惑星Hの担当観察員です。景天図《オーバールック》の更新用データを収集しています」スティーブは銀色の箱を差しだした。「これはあなたを見つけたときに、もっていたものです」

ヒトは仰向けのまま受けとり「これは……おれの口風琴《くちふうきん》だ」といった。そして、両手でつつむように銀色の箱――口風琴をもち、側面の四角い穴に唇をつけた。ヒトが空洞に息を吹きこむと、寝室に不思議な音が鳴り響いた。それは、ぼくの意識の空洞を吹く風の音とは、まったく異なるものだった。柔らかく湿り気を含んだ音は、彼の唇の動きにあわせて周波数を変えた。長く短く、高く低く。その音の連なりは、過去の記憶の参照をうながしているようにも感じられた。初めて惑星Hに降下した日に見た夕陽が、不意に電子頭脳に再現された。ぼくたち全員が、口風琴から鳴る音に惹《ひ》きこまれていた。

ほんの数音、ほんの数秒間の出来事に長大な時間が凝縮されていた。冷たく乾いていた意識の空洞に、温かい水が満ちていく。ヒトは実在し、ぼくたちと言葉を交《か》わし、ぼくたちの前できいたこともない音を奏でたのだ。それは、まさしく特別な調べだった。

5

ヒトは口風琴から唇を離し「水をくれ。それから、なにか体にかけるものがほしい」といって瞼を閉じた。そして数秒もしないうちに、鼻孔から空気の出入りするかすかな音を立てはじめた。ぼくたちはしばらくのあいだ、ただ呆然《ぼうぜん》とヒトが眠るようすをながめていた。

スティーブが立ちあがって、みんなにやるべきことを割り当てた。スティーブ、ジェイコブ、アンドリューは水を、ジョシュア、エドワード、ニコラスはかけるものを調達する。ぼくはこのまま寝室に残って、ヒトのようすを見守る。

スティーブたちは、家から南へ十五分ほど歩いたところにある小川へ行った。サンプルの採取を禁じてきたぼくたちにとって、水汲《く》みは初めて体験する作業だった。彼らは備品室からもちだしたいくつかの容器を試し、液体のもち運びに便利であること、適量ずつ取りだしやすいことから、密閉可能な蓋のついた口の細いボトルを選んで、小川の生物がはいらないよう注意深く時間をかけて水を汲んだ。

ジョシュアたちは備品室から真っ白な布を二枚選んでもってきた。布をどのようにヒトにかけたらいいかだれも知らなかったが、彼の身体は哺乳動物のようでありながら体毛が少ないため、つつみこんで体温維持の補助とするのが適当なように思われた。そういえば聖典《ドキュメント》の挿絵に描かれていたヒトも、かたちをととのえた布のようなものを身につけていた。口風琴で呼吸を拡張して音を鳴らし、布で皮膚を拡張して毛皮の代わりにする。ぼくたちが双眼鏡で視覚を拡張するのとおなじだ。道具によって身体機能を拡張するのは、ヒトのもつ創造性の特徴のひとつなのかもしれない。

台座《ベッド》ごと布で覆って、呼吸の確保のために頭部のみ露出させると、ヒトはこれまで以上に深い寝息をつくようになった。ぼくたちは彼を起こして水を汲んできたことを知らせるべきか迷ったが、ヒトが動物的な仕組みをもつのなら、睡眠はマ・フの待機電源モード《スリープ》のような形式的なものとちがって、体力の回復のためにおこなわれるはずだ。睡眠をくりかえしている状況から、ヒトはなんらかの原因で消耗状態にあることが推測できた。「だとすれば、睡眠の質を低下させないためにも、いまは寝かせたままにしておくのがいいだろう」アンドリユーがいって、ひとまず水で満たされたボトルは台座の脇に置いておくことになった。しばらくヒトが目を覚ましそうになかったため、スティーブは各自寝室にもどることを提案した。ジョシュアが「静かにするから、ここでヒトを見ていたい」と主張したが、スティーブの判断でこの寝室の住人であるぼくが引きつづきひとりでヒトを見守ることになった。待機電源モード《スリープ》に移行できないぼくにとって、これはうってつけの役割だった。

みんなが寝室を出ると、照明は自動的に明るさを落とした。薄明かりのなかで、ヒトの寝息はいっそう深くなった。

日の出の時刻まで、残り三時間十四分。ぼくは自分の台座《ベッド》に腰かけて、横たわるヒトの輪郭を何周も目でなぞった。彼の台座の脇には、ボトルとともに口風琴が置いてある。気がつけば、電子頭脳の内部で先ほどの音の連なりがくりかえし再現されていた。

フィリップの生涯は、ヒトに出会うことのないまま閉じてしまった。そう考えると、螺旋器官が胸の内側で押さえつけられるような感触がした。それとも、彼が機能を停止しなければ、ヒトはあらわれなかったのだろうか。どちらにしても、フィリップを金属の枝の炎で貫き、アイス・ブルーを滅ぼしたのは、ほかでもないこのぼくなのだ。ヒトはぼくを罰するためにあらわれたのにちがいない……ぼくは恐ろしくなってヒトから目を逸らした。

乳白色の床に視線を落としてからしばらくがたったころ、ふと足もとで影が揺らめくように動いていることに気がついた。顔をあげると、ヒトが上半身を起こしてこちらをじっと見ていた。彼はゆっくりと両足を床におろし、ぼくと鏡写しになるように台座《ベッド》に腰かけた。みんなを起こしに行くつもりはなかった。彼が罰を与えるというのなら、それがどんなに恐ろしいことであってもひとりで受けとめなくてはならないのだ。これは、ぼくの罪なのだから。

ヒトは無言でボトルを手に取り、喉をごくりごくりと鳴らして水を飲んだ。そして、大きく息を吐いて立ちあがると、よろめきながらも四歩で部屋を横切り、ぼくの目の前で膝をついた。呼吸は荒く、肩が大きく上下している。彼は右手を伸ばして、ぼくの顔に触《ふ》れた。指先が転結プラスチックの感触を確かめるように、ゆっくり頰を滑《すべ》っていく。やがて唇に到達すると、人さし指と中指を、ぼくの口腔内に挿しこんだ。彼は指を器用につかって口腔を押し広げ、喉の奥をのぞいた。指の力は徐々に強まり、顎《あご》の関節が限界までひらいて軋《きし》んだ音を立てた。ぼくはされるがままにまかせた。ついに、このときが来たのだと思った。

「あなたは……ぼくを……壊しに……きたの……でしょう?」

小さく途切れがちだったが、ぼくの発声器官はかろうじて機能を果たした。するとヒトは手を離して、ふらふらとした足取りで自分の台座《ベッド》にもどり、うつむいて小さな声でいった。

「TT118……見たこともない朱鷺《とき》型だ……北軍でも南軍でもない」

「ぼくに罰を与えるために、あらわれたのでしょう?」ぼくは顎と首の関節が正常に動作することを確かめながら、あらためてそういった。

「罰?　そんなことはしないよ、こびとさん《ドワーフ》」

「こびと《ドワーフ》?」

「気にしなくていい。それより、ここは？」

「惑星Hです」

「惑星H？」

「ここはぼくたちの家で、この部屋はぼくの寝室なんです」

「……景天図《オーバールック》の更新をしているといったな。戦争はおわったのか？」

「いったのはスティーブです。ねえ、戦争って？」

ヒトは眉間に皺を寄せて、しばらくぼくの顔を見つめた。

「いま、西暦何年だ？」

「西暦？」

「時間だよ。どのくらいたってるんだ」

「ぼくたちが惑星Hに降りてからなら一万年です。そのあいだ、ぼくたちはずっと景天図《オーバールック》のためにおでかけしています」

「一万年……」ヒトの声は震えていた。「ほかの人間はどうしている？　ここにはおまえたちだけなのか？」

「ニンゲン……ヒトに会うのはあなたが初めてです。宇宙を旅しているあいだも、ヒトの痕跡は見つけられなかったから……」

「だったら、おれはどうやって」

「スティーブたちが涸れ谷で見つけたんです。赤色体の上に、仰向けで横たわっていたって」

ヒトは両手で顔を覆って「赤色体……」とつぶやき、それきり黙ってしまった。ぼくの返答がまちがっていたのだろうか。ヒトの質問には知らない単語がいくつも含まれていたから、ぼくは会話を成立させることができていたのか心配になった。

「本当に、罰を与えにきたのではないのですか?」

「……ああ」

「みんなを呼びます」

「いや、もう少し眠るよ。ええと、おまえは――」

「ぼくはナサニエル」

「おれはオク=トウという」

「おく、とう?」

「ナサニエル、おれが眠っているあいだ、そばにいてくれないか?」

「ずっといます。みんなと話して、ぼくがあなたを――オク=トウを見守ることになったから」

彼はなにもいわずに目を細めて、そして壁側をむいて台座《ベッド》に横になり、頭から布をかぶった。

ぼくは夜が明けるまでオク=トウのかたわらにすわって、真っ白な布に浮かぶ背骨の陰影をながめた。ときおり陰影が震えるようにうごめいて、弱々しい呻き声とともに鼻孔から体液をすするような音がした。「大丈夫ですか?」とたずねると、彼は小さな声で「ああ」と答えたり、あるいはなにも答えなかったりした。

オク＝トウ——他者と区別するための個としての名前をもちながら、彼はたったひとりでここにいる。ぼくは布越しにオク＝トウの背中をそっとさすった。猫鹿の母親が赤ん坊の体を舐めるときのように、優しく、ゆっくり、くりかえしさすった。

呻き声はしばらくのあいだつづいたが、やがて静かな寝息に変わった。

6

翌朝。日の出の時刻とともに、ふたたび全員がぼくの寝室に集まった。

ぼくは、ヒトが未明に一度目を覚まして水を飲んで眠ったこと、みずからをオク＝トウと名乗ったことだけをみんなに伝え、そのほかのことについては触れなかった。ぼくの口腔に指を挿しこんだことにも、布をかぶって小さな声で呻いていたことにも、きっとなにか理由があるのだ。本人が話してくれるまでは、みんなに誤解や先入観を与えるようなことをいいたくなかった。

正午の少し前に、オク＝トウは目を覚ました。下瞼の周辺が黒く落ち窪み、毛細血管の浮き出た目は赤く染まっていた。彼は立ちあがろうとしてよろめき、ぼくとジョシュアに支えられて台座《ベッド》に腰かけた。

「もう少し、おやすみしますか？」スティーブがいった。

「いや、大丈夫だ。目覚めたばかりでふらつくが、慣らしていかないとな」オク＝トウの声に、未明の呻き声のような弱々しい響きはなかった。「――ナサニエル、みんなを紹介してくれないか？」

ぼくがひとりずつ指し示して名前を伝えると、みんなは手のひらを胸に添えてお辞儀をした。ぼくたちの名前をきいたオク＝トウは、それぞれの由来がヒトの名前にあることを教えてくれた。ヒトはひとりではないのだ。しかし、ならばオク＝トウ以外のヒトはどこへ行ったのだろう。ジョシュアは自分とおなじ名前のヒトがどんなだったのか知りたがったが、オク＝トウは困ったような表情を浮かべて答えなかった。

オク＝トウは新しい布を器用に体に巻きつけて、肩の位置で縛《しば》って固定した。彼曰《いわ》く、それは衣と呼ばれるものだった。多少かたちは異なるものの、聖典《ドキュメント》の挿絵に描かれていたものと同種のものだ。衣を纏《まと》った彼は満足そうに目を細めた。こうした表情の動きは笑顔と呼ばれるもので、いくつかの種類があった。オク＝トウはボトルの水をひと口飲むと、口角をあげる種類の笑顔を見せた。

それからぼくたちは、オク＝トウの求めで家を案内してまわった。ぼくは彼が転ばないよう横から脇腹を抱きしめるようにして姿勢を支え、螺旋の通路を上層へと歩いた。第一層、第二層にある寝室の割り当てについてスティーブが説明した際、オク＝トウはみんなの名前を何度か誤《あやま》ってききなおした。明らかに彼は、ぼくたち七名のマ・フがまったくおなじ容姿をしていることにとまどっているようだった。個体ごとに異なる毛色が存在する猫鹿のように、ヒトもそれぞれ異なる姿かたちをもっているのかもしれない。

第四層の集会室に到着するころ、オク＝トウは目に見えて疲弊していた。テーブルに手をついて息を切らすオク＝トウに、スティーブが寝室にもどるよう勧めたが、彼は問題ないと断って、それよりもぼくたちマ・フがこの一万年のあいだにたどった経緯と惑星Hの状況について説明してほしいと求めた。それはまさにぼくたちが毎日おあつまりでおこなってきた歴史の授業の内容そのものだ。教壇の横にフィリップのものだった椅子を移動してオク＝トウの席をつくると、彼は背もたれを倒して深く腰かけた。

「ぼくたちが目を覚ましたのは、半径数億光年に一条《ひとすじ》の光も差さない超空洞《ヴォイド》の暗闇のなかでした——」

スティーブが教壇に立って、母船《マザーシップ》で目覚めた日から惑星Hでの今日にいたるまでについて、いつもどおりの授業をおこなった。オク＝トウは眉間に皺を寄せたり、指で唇を撫《な》でたりしながら、最後まで黙って話をきいていた。

「特別は必要ありません」

「特別は必要ありません」

「特別は必要ありません」

「特別は必要ありません」

「特別は必要ありません」

「おう……あい……」

授業はいつもとおなじように聖典《ドキュメント》の一文を引用しておわった。オク＝トウが黙ったままだったため、ぼくたちはスティーブに拍手を送っていいものかわからなかった。ぼくたちのとまどいを察したのか、彼は拍手を待たずオク＝トウに話しかけた。

「オク＝トウ。ぼくたちは、あなたに教えてほしいことがあるんです」

「……なんだ？」

スティーブは前もって工作室からもちだしていた金属の枝を、オク＝トウに手わたした。

「赤色体の下に埋まっていたものが、地殻変動の影響で地表にあらわれたんです。これもヒトの遺物《アーティファクト》なのでしょうか？　あなたの口風琴とおなじように」

オク＝トウは金属の枝を握り、慣れた手つきで中央の可動部分——鉛の塊が収納されていた蓮根《れんこん》のような部位を横にずらし、元の位置にもどして回転させた。

「年代物だな……。そうだよ。これは銃といって、われわれヒトが創ったものだ。悲しいことにね」

「悲しい？」

「破壊のために生み出されたものだからさ。弾丸はどうした？」

「鉛の塊のことなら、安全のために別に保管してあります」アンドリューが手をあげた。スティーブの発案で、金属の枝は工作室に、鉛の塊は備品室にそれぞれしまってある。

「それはいいことだ。あとで弾丸も見せてくれ」

アンドリューが「わかりました」と答えるのを待って、スティーブはつづけた。

「この金属の枝——銃によって、ぼくたちは仲間のひとり、フィリップを失いました。ナサニエルが涸れ谷で銃を発見し、思いがけず動作させてしまったのです。フィリップは電子頭脳を貫かれて、機能を停止しました。ぼくたちは彼を直そうとしましたが、二度と起動することはありませんでした。そればかりか、部品の流用を試みたエドワードの発声器官には、不具合が生じてしまいました」

エドワードが立ちあがって「おお……ああ」と声をふりしぼった。ニコラスも立ちあがり「毎日、ひどくなっています」といった。

「意志をもつ朱鷺型の人工知性《マ・フ》は、中枢《ちゅうすう》神経回路の配列そのものが個の意識や知性の構築に直接的に結びついている。電子頭脳の部品を再配置したのなら、回復不能な機能不全が引き起こされても不思議じゃない。かわいそうだが、そういうものだ」

エドワードとニコラスはうなずいて、落胆したようすで着席した。そしてまた、スティーブがつづけた。

「ぼくたちはフィリップを備品室に保管しています。聖典《ドキュメント》には機能を停止したマ・フの対応について記されていないのです。みんなでフィリップの器体《からだ》をどう扱えばいいか話し合いましたが、答えは出ませんでした——そんななか、あなたがあらわれたのです」

オク＝トウは少し考えてから「ナサニエル、来てくれ」といって立ちあがった。ぼくは彼のそばに行って、よろめく彼の脇腹を抱きしめた。

「どうして聖典《ドキュメント》に、どうすればいいか書かれていないかわかるか？」

オク＝トウの視線はぼくたちひとりひとりにむけて送られたが、答えられるものはいなかった。

「――聖典《ドキュメント》に書かれていることは、世界のほんの一部だからだ。景天図《オーバールツク》は無限の宇宙を記録しつづけるというとてつもない計画だが、それすら人間の活動の一部分にすぎない。聖典は生き方を規定するものじゃないんだ」

「けれど、ぼくたちはこれまで聖典《ドキュメント》にしたがって生きてきました」スティーブの声が心なしか弱々しくきこえた。「ぼくたちには聖典しかなかったのです……だから……だから……」

「おまえたちのこれまでを否定するわけじゃない。おまえたちが聖典《ドキュメント》にしたがい、景天《オーバール》図《ツク》を更新しつづけたからこそ、おれを見つけることができた」彼は穏やかな、しかし芯のある強い声でいった。「しかし、これからはちがう。これからは、おれがおまえたちを導こう」

ぼくたちは思わず手のひらを胸にあてていた。創造主たるヒトが、みずからぼくたちを導いてくれるというのだ。彼の言葉はこれまでの一万年をくつがえすものであると同時に、新しい一万年の幕をあけるものでもあった。

「ぼくたちは、まちがっていたわけじゃないんですね？」ジョシュアがいった。

「ああ、もちろん。だが明日からは、おあつまりもおでかけもしなくていい。その日になにをするかは、その日に決める」

ぼくたちはおたがいの顔を見合わせ、つぎつぎに手をあげた。

「歴史の授業はどうするんです？」

「しなくていい」

「地形データの取得は？」

「しなくていい」

「自然の観察に行ってはいけないのですか？」

「行ってもいいさ。これからは行きたいときに行けばいいんだ」

ぼくたちの生きる意味が大きく変わった瞬間だった。オク＝トウがみんなの質問に答えるたび、電子頭脳に感情の波が打ち寄せた。強風が飛沫《しぶき》を巻いて吹きあげる。意識の奥底には、あふれんばかりの水を湛えた湖がもどっていた。ぼく以外のマ・フがどのように感じたかはわからない。聖典《ドキュメント》にしたがって生きるのも、聖典を遺したヒトにしたがって生きるのも、ある意味で変わらないのかもしれない。それでも、ぼくはくりかえしの日々がおわることに、これまで味わったことのない解放感を覚えていた。

「フィリップの器体《からだ》は、どうしたらいいのですか？」ニコラスがいった。

「お葬式をするんだ」

「おそうしき？」

「ああ、おそうしきだ。フィリップのおそうしきが、おれとおまえたちで成しとげる、最初のことになるだろう」

エドワードが立ちあがり、オク＝トウにむかって拍手した。ニコラスが、ジョシュアが、アンドリューが、ジェイコブが、スティーブが、彼につづいて立ちあがり、両手を打ちあわせた。ぼくはオク＝トウの脇腹に抱きついたまま彼を見あげた。彼は目を細め、口角をあげて、みんなといっしょに拍手をしていた。集会室に響く拍手は雨音のように不規則で、ぼくにはそれがとても心地よかった。

7

フィリップのおそうしきは、三日後におこなわれることになった。オク＝トウの体力の回復を待たなくてはならなかったし、必要な準備はいくつもあった。

おそうしきとは、機能を停止したマ・フを送るための儀式だとオク＝トウはいった。それは——1．棺《ひつぎ》と呼ばれる箱をつくり　2．そのなかにフィリップの器体《からだ》をおさめ　3．見晴らしがよく、訪れやすい場所を選んで　4．地中に埋める　5．そして、夜更けまでフィリップとの思い出を語り合う——という手順でおこなわれる。

棺はフィリップの器体《からだ》を折り曲げず、仰向けに寝かせられるだけの大きさが必要で、備品室の資材のみでつくることはできない。オク＝トウは樹木を板状に切り出し、組み合わせて棺をつくるよう指示した。それは植物を殺すことにほかならず、生態系への干渉を禁止する聖典《ドキュメント》の教えに真っ向から背《そむ》く行為だ。

「……いいのですか、本当に?」スティーブはきいた。

「ああ。これからは自然に干渉し、干渉されて生きるんだ。もはやおまえたちは観察者ではない。この惑星Hの環境の一部なんだ」

オク=トウの声には有無をいわせない強さがあった。もちろん、だからといって伐採への抵抗感や背徳感が払拭されたわけではなかった。こうした新しい教えに慣れるには、おそらくそれなりの時間が必要なのだろう……。それでもぼくたちはオク=トウを信じて、彼のいうとおりに作業を進めた。彼はぼくたちの創造主であり、待ち望んだヒトなのだから。

オク=トウは景天図《オーバールック》を参照し、棺の素材に冬樺《とうか》と呼ばれる樹木を指定した。冬樺は冷帯に見られる落葉樹で、ぼくたちマ・フの肌とおなじ乳白色の枝幹に灰色の葉をつける。切り出しを担当することになったジョシュアとエドワード、そしてニコラスの三名は、浮舟《バス》で北部大陸の冬樺林へおもむいた。彼らは一万年のあいだ一度もつかう機会のなかった備品である高周波のこぎりをつかい、冬樺の一本を根もとから切り倒した。備品室には高周波のこぎりと同様に使用したことのない道具がいくつもあった。布やボトルについてもそうだ。それらはこれまで家のなんらかのメンテナンスに用いられるものだと推測されていたが、いまとなってはオク=トウのいう、聖典《ドキュメント》にすべてが書かれているわけではない、という事実を裏づけるものだと理解できる。冬樺の幹は切断されて板材となり、浮舟で運搬されて、家の正面の平坦な草地に丁寧《ていねい》に積まれた。ここ数日は晴天の予報で、雨ざらしになる心配もなかった。

　スティーブ、ジェイコブ、アンドリューの三名は、オク＝トウの飲料水がつねに一定量たもたれるよう家と小川を往復した。オク＝トウの摂取する水は一日に二〜三リットルほど。彼の台座《ベッド》の脇には、水を満たしたボトルが常時三つ置かれるようになった。

　ぼくはずっとオク＝トウのそばにいて、彼が歩くときは脇腹を抱きしめて支え、彼が眠るときは頬杖をついて寝顔を見守った。真夜中、ほかのマ・フたちがおやすみしたころ、オク＝トウは台座《ベッド》に腰かけて、目から静かに体液──涙を流していたことがあった。「目に埃がはいったのですか」ときくと、彼は目を細めて微笑《ほほえ》み「なんでもない」とかぶりをふった。ぼくは彼の隣にすわって、最初の晩のように背中をゆっくりとさすった。そうすれば、穏やかに眠れるのではないかと思ったからだ。ニコラスがエドワードのそばにいる気持ちが、少しだけわかったような気がした。もしかしたら、ニコラスも寝室でエドワードの背中をさすっているのかもしれない。ぼくは彼らふたりがならんで歩くときや、おあつまりの場でそうしているのを真似て、オク＝トウの手を握った。すると、彼はぼくの肩を抱いて引き寄せ「ありがとう」といった。彼の肌から伝わってくる温度は、いつも摂氏三十六・五度前後にたもたれていた。

　そうした夜が三度つづき、フィリップが機能を停止してから十二日目──おそうしきがおこなわれる日の朝が訪れた。冬樺の木材は、オク＝トウの指示のもとにアンドリューが設計したとおりの形状と寸法にととのえられ、あとはつなぎあわせるばかりになっていた。オク＝トウが棺を組み立てるところを見たいというので、ぼくは彼を支えて外へ連れだした。ぼくが彼の脇腹に抱きつき、彼がぼくの肩に手を置いて一歩ずつ進むと、ぼくは彼の一部になったような気がして嬉《うれ》しかった。

家の扉《ハッチ》から二十メートルほど前方の草地で、ぼく以外の六名のマ・フが板材を特殊樹脂《じゅし》で貼り合わせたり、結合部をやすりでなめらかにしたりしていた。棺の完成まで、あと一、二時間といったところだろう。オク＝トウとぼくは、扉のすぐそばにあるテーブル状の岩にならんで腰かけた。みんなにむかって手をふると、彼らも手をふりかえした。初めてのことばかりでとまどいの多い三日間だったが、みんなで協力して棺をつくることが、コミュニティに活気を与えているように思えた。

暖かい風が駆け抜けると、青磁《せいじ》色の短い草が波のように揺れて、さわさわと音を立てた。オク＝トウは、風になびく灰色がかった栗色の長髪を手で押さえながらいった。

「ナサニエル。おまえさえよければ、フィリップのことを話してくれないか？　今夜のおそうしきの前に知っておきたいんだ」

みんながいる草地のあたりから、板材を貼り合わせる音やスティーブの指示する声がきこえた。風にまぎれて音の輪郭が曖昧《あいまい》になっている。大きな声でも出さないかぎり、みんなに話をきかれることはないだろう。ぼくはうなずいた。

「彼が死んだとき、ふたりでいたんだって？」

「……ぼくがフィリップを死なせたんです。金属の枝——銃の引き金を、ぼくは引いてしまった」

「だが、おまえは銃がどんなものか知らなかった」

「だれひとり知りませんでした。でも、握ってみると手にしっくりと馴染《なじ》んだんです。それで、ぼくは彼を……」

「殺したいと思ったのか?」

「そんなこと……でも、ときどきわからなくなるんです。ぼくはそのとき、フィリップに怒りを感じていたから。彼はアイス・ブルーを絶滅から救ったんです。それは、聖典《ドキュメント》に背く行為なのに」

「フィリップのことが、許せなかったのか?」

フィリップが、ぼくの隣で猫鹿の出産を見守っていた姿が思い浮かんだ。彼は美しい記憶を共有する仲間だった。涸れ谷ではぼくの手を引いて、地殻変動で生じた亀裂から遠ざけてくれもした。それでも、あのときぼくはたしかに彼が許せなかった。しかし、それは本当にフィリップが聖典《ドキュメント》に背いたからだったのだろうか? ぼくはずっと気持ちを隠して生きてきた。だから、だからぼくは——。

「おまえがどう思っていたとしても」オク=トウは手を伸ばして、うつむいたぼくの頰にそっと触れた。「おまえは銃のことなんて知らなかった。だから、おまえの怒りとフィリップの死に関係なんてない。それでも、おまえは責任を感じて生きていくだろう。起きてしまったことは、起きてしまったことなのだから。おれが罰を与えにきたと思ったのは、そのせいだね？」

向こうの草地から、スティーブたちの歓声と拍手がきこえた。どうやら、棺の蓋が完成したらしい。蓋の片側には小窓がついていて、棺を閉じたあともフィリップの顔が確認できる仕組みになっている。オク＝トウはみんなにむかって右手の親指を立てて、口角をあげて見せた。

もう一度、暖かい風がぼくたちの横を通り過ぎた。オク＝トウは懐《ふところ》から銀色の箱――口風琴を取りだして、ぼくに手わたした。

「おそうしきでおれが吹こうと思っていたんだが、おまえに役目を譲るよ。あまり時間がないが、おれは教えるのが上手いから心配しなくていい。故郷では教師をしていたんだ」

「教師？　歴史の授業みたいなことをしていたのですか？」

「口風琴だとか、もっといろんなことを子供たちに教えたものさ」オク＝トウは懐かしむように目を細めた。「ナサニエル。これからおまえは、みんなと話すようにおれと話していい」

「……本当に？」

「ああ、本当だよ。さあ、吹いてごらん。息を吹きこむんだ」

ぼくはとまどった。聖典《ドキュメント》につかわれているような丁寧な言葉こそ、ヒトと話すのにふさわしいと思っていたからだ。みんなだってそうしている。これではまるで、ぼくが特別になったみたいじゃないか……。おそるおそる見あげたオク＝トウの顔には、笑みが浮かんでいた。彼は、さあ、早く、といわんばかりに目でうながした。ぼくはうなずいて、口風琴に唇をつけた。側面の穴に息を吹きこむと、空洞の内部で弁が震えて、空気の振動となって耳まで届いた。唇を動かせば音の高さが変化し、強く吹けば音の量が増した。

「いいじゃないか。貸してごらん。つぎはおれが吹くのを見ているんだ」

オク＝トウは口風琴を受けとり、両手でつつみこむようにして唇にあてた。腹部に溜《た》まっていた空気がゆっくり吹きこまれ、長い音が周囲の空間に響きわたった。高さの異なる音が連なって、ひとつの大きな流れになった。意識が時間を凝縮し、電子頭脳にさまざまな情景が浮かんだ。海の見える丘陵地帯を舞う綿毛蜻蛉《わたげとんぼ》の小さな虹の群れ。母親のかたわらにならんで眠る小さな六匹の猫鹿の赤ん坊たち。涸れ谷の黄色い岩場に砕けて散っていく、フィリップの欠片《かけら》。銃口から立ちのぼる煙と、循環液の生臭い匂い——。

気がつくと、オク＝トウは口風琴から唇を離して微笑んでいた。草地からスティーブたちが拍手をする音がきこえる。彼らも作業を中断して、ききいっていたのだ。オク＝トウは手をあげて、彼らの拍手に応えた。

「これはおれの故郷の曲なんだ」

「どこにある……の？」まだ少し言葉づかいに慣れない。

「遠い遠いところさ。おまえたちの集めた景天図《オーバールック》の情報を検索しても見つからなかったよ」

ぼくはオク＝トウから口風琴を受けとって、彼を真似て最初の四つの音を吹いた。

「なんだ、吹けるじゃないか」

「演奏するのを見ていたから」

「唇はもう少しすぼめたほうがいいな。音がかすれてしまっている」

「これくらいがいいんだ。オク＝トウの音もこうだったから」

「いうね」

オク＝トウは声を出して笑った。笑顔に断続的な発声がともなうのは、彼が目覚めてから初めてのことだった。

「いいか？　おそうしきで、フィリップのために、気持ちをこめて吹くんだ。言葉にできないことも、思っていることすべて、フィリップとのお別れのために」

「死んでしまったら意識はどこへ行くの？」

「遠いところへ」

「故郷？」

「そうかもしれないな。魂はめぐるものだから」

ひときわ強い風が吹いて、オク＝トウの栗色の髪と、ぼくの転結プラスチック繊維の白い髪が巻きあがった。オク＝トウは自分の髪をかきあげて直し、つぎにこちらをむいて、乱れてしまったぼくの前髪を、そっと左右に分けた。

「これで少しだけ、見分けやすくなった」

夕暮れまで、ぼくは口風琴の練習をつづけた。オク＝トウが背中から抱きしめるようにぼくの手に彼の手を重ねて、口風琴を左右に動かす。ぼくは動きにあわせて、息を吹きこみ、そして吸いこむ。意識——魂が、この空気の流れのようにめぐりめぐるものなら、ぼくはもう一度フィリップに会えるだろうか。ぼくたちの故郷とは、いったいどこなのだろう。

8

日没とともに、ぼくたちはフィリップの器体《からだ》を備品室から運び出して、冬樺の棺に横たえた。スティーブが懐中電灯をもって先導し、ジェイコブ、アンドリュー、ジョシュア、エドワード、ニコラスの五人が棺を肩にかついでうしろにつづいた。彼らのさらにうしろを、オク＝トウとぼくがゆっくり追いかけていく。オク＝トウは短い時間ならひとりでも歩けるくらいまで回復していたが、まだまだ足もとはおぼつかず、ときどきよろめくことがあった。ぼくはオク＝トウの脇腹を抱きしめ、彼がつまずいてしまわないよう草むらの石ころに気をつけて、一歩ずつ慎重に進んだ。

宵闇《よいやみ》に吹く風は冷たかった。渦巻き状の草が静かに揺れて、あたりはまるで夜の海のようだった。家から十五分ほど南へ歩くと、いつもスティーブたちが水を汲んでいる小川に突き当たった。川沿いを下流にむかってさらに五分ほど進んだ先で、濃さを増す暗闇に一本の巨木が浮かびあがった。直径八メートルを超す巨大な幹から太い腕のような枝が四方に伸びて、屋根のようにたっぷり葉を茂《しげ》らせている。紫葉《しば》の大クスノキという種類の樹木で、三千五百年ほど前に芽を出したものだ。菫色《バイオレット》の葉は、夜間のみ先端が赤紫《マゼンタ》を帯びて鮮やかな濃淡をつくる。フィリップを埋める場所に、この巨木の根もとを選んだのはエドワードだった。ここならいつでも訪れることができるし、長い年月が過ぎてしまっても、しるしとして残るだろう。

紫葉の大クスノキから少し離れたところに、冬樺の木材が格子状に組みあげられていた。日中、ぼくが口風琴の練習をしているあいだに、みんなが余った木材を運んだものだ。格子のなかには落ち葉や枯れ枝が積まれており、スティーブが溶接用のバーナーで火をつけると、ぱちぱちと音を立てて燃えあがった。ぼくたちは橙《だいだい》色の炎に照らされながら、ショベルをつかって黙々と穴を掘った。オク＝トウは焚《た》き火のそばに腰をおろして、ぼくたちの背丈より大きくなった炎を黙って見つめていた。

棺を埋める前に、みんなでフィリップに最後の挨拶《あいさつ》をした。蓋の小窓からはフィリップの肩から上がのぞいていた。焚き火の炎が揺れると、フィリップの頭部の空洞に落ちる影も揺れた。彼の目蓋と口腔は、今日もうっすらひらいていた。ニコラスが閉じようとしたけれど、エドワードがそっと止めた。どんなに閉じようと、すぐに元にもどってしまうことを彼は知っているのだ。

「さようなら、フィリップ」

「さようなら、フィリップ」

「さようなら、フィリップ」

「さようなら、フィリップ」

「さようなら、フィリップ」

「さようなら、フィリップ」

みんなの声につづいて、エドワードが無音で唇を動かした。

挨拶がおわり、スティーブが蓋の小窓を閉じた。ぼくたちはロープをつかって左右から棺を吊るし、ゆっくり穴の底におろした。ショベルで土をかけると、棺はみるみるうちに隠れてしまった。穴が埋まるまで、掘るのにかかった時間の三分の一もかからなかった。すべての土をかけおわり、地面は棺の体積のぶんだけこんもりと盛りあがった。

ぼくたちは巨木が見おろす小さな山の前で一列になって手をつなぎ、ひとりずつフィリップの思い出を語った。スティーブとジェイコブとアンドリューは歴史の授業での彼の明晰さについて、ジョシュアとニコラスはおでかけ先で彼とともに自然を観察したことについて話した。エドワードは一万年におよぶフィリップとの目覚めとおやすみについて、ニコラスの助けを借りつつゆっくりと時間をかけて言葉にあらわした。

ぼくは思い出を語るかわりに口風琴を取りだして、フィリップのためにオク＝トウの故郷の音楽を演奏した。オク＝トウはぼくの隣に立ち、口風琴の旋律に合わせて言葉を口ずさんだ。それは歌と呼ばれるものだった。

縁《えにし》も温もりも

瞬きのうち　はるか遠く
重力の橋につながれた
腕《かいな》の向こう
光のひと粒も届かないけれど
眠れ　眠れ　眠れ
われらの故郷はそこにある
風が山谷を削《けず》り
波がすべてを　水底に攫《さら》って
ただ真っ白な雪だけが
しんしんと積もって
夢も記憶も平らになっても

歌え　歌え　歌え

われらの故郷はそこにある

かすれた声が冷たい土にしみこんでいくようだった。

ぼくはフィリップと過ごした一万年と、フィリップが機能を停止した一日を思った。フィリップが救い、ぼくが滅ぼしてしまったアイス・ブルーを思った。この世界から失われてしまったものたちにむけて、口風琴に呼吸をこめた。

空気が銀色の小さな箱を通り過ぎて、オク＝トウの言葉とからまりあい、夜の大気へ広がっていく。音楽は風となってぼくたちの頰を撫で、焚き火の炎に巻かれて舞いあがった。夜空に瞬く星の輝きは一万年前と変わらなかった。

うまく演奏できたかどうかわからない。けれど、オク＝トウもみんなも拍手をしてくれた。

このようにして、フィリップのおそうしきはおわった。

9

翌日。みんなは日の出とともにぼくの寝室に集まり、そして途方に暮れた。オク＝トウが目を覚ますまで、なにをすればいいかわからなかったからだ。これまでも、オク＝トウの起床時間は日によってまちまちであり、多くの場合それは日の出から数時間が経過したあとだった。それでも、昨日まではフィリップのおそうしきという明確な目的があったから、彼が起きてくるまでのあいだもぼくたちに準備できることはいくつもあった。しかし、おそうしきがつつがなく終了したいま、おあつまりもおでかけもなくなってしまったぼくたちに、予定と呼べるものはなにひとつない。以前、スティーブがいっていたように、フィリップのおそうしきはたしかにひとつの区切りとなった。ぼくたちの生き方は未知の領域に踏みだしたのだ。

オク＝トウを起こさないように話し合うため、みんなは彼をぼくにまかせて廊下に出ていった。どことなく、ぼくにたいするよそよそしさを感じた。もしかしたら、昨日からぼくだけがオク＝トウにたいしてみんなと話すように話しているからかもしれない。三分ほどして、スティーブだけがもどってきた。

「解散して自室で待機することにしたよ。オク＝トウが目を覚ますのを待つしかないからね。

いまのところ、飲料水もじゅうぶんな量が確保できているし」

「彼が起きたら知らせに行くよ」ぼくはいった。

「うん、たのむよ。なあ、ナサニエル……きみの前髪、昨日の風に煽《あお》られたのか？　乱れたままになっているぞ」

「いいんだ。このままで」

スティーブはなにかいいかけたが口を閉じてうなずき、自室へと帰っていった。

それから五時間が経過して、ようやくオク＝トウは起床した。ふたたびぼくの寝室に集まったみんなにむけて、彼は涸れ谷へのおでかけを提案した。それは生態系の調査でもなく、地形データの取得でもない、ただのおでかけだった。オク＝トウは自分が倒れていた場所を見てみたいといった。

ぼくたちは彼にしたがい、全員で浮舟《バス》に乗って涸れ谷へ飛んだ。地殻変動によって発生した亀裂はそのほとんどが赤色体で埋まっており、上空からは黄色い岩場に浮き出た血管のように見えた。フィリップが機能を停止した浅い谷を越えて、オク＝トウが発見された窪みにたどりつくと、彼は浮舟を停車させるよう指示した。窪みに降り立ったオク＝トウは、遠くを見るような目で、長い時間、窪みの周辺に滞留する赤色体の群れを見つめていた。太陽の光に照らされて、彼らの赤く透きとおったゼリー状の体がてらてらと艶《つや》めいていた。

それから浮舟《バス》にもどって、オク＝トウの指示で涸れ谷の全域を飛行してまわったが、目新しいものはなにひとつ見つからなかった。彼はなにかを探しているようにも思えた。ここは銃や口風琴といった遺物《アーティファクト》や、オク＝トウ自身が発見された場所だ。なにか新たなものが見つかればと、ぼくたちも窓から目を凝らしたが、視界の先にあるものは乾いた岩と赤色体だけだった。

夕暮れ時が近づきつつあることをスティーブが告げると、オク＝トウは海の見える丘陵地帯にもおでかけしたいといった。色彩豊かな環境について、ぼくからきいて興味をいだいたのだという。丘陵地帯へは、ここから北方へ三十キロメートルほど。浮舟《バス》ならすぐに移動できる。日が西に傾いていくなかで、おでかけの場所を変えることに違和感がなかったわけではない。それでも、ぼくたちは彼にしたがって浮舟の進路を北にむけた。あらゆることが、これまでと変わっていくのだろうと思った。

浮舟《バス》は海岸にほど近い高台に停車した。太陽が水平線に浮かぶ雲の側端《そくたん》を薄紅色に染めていた。日没まで一時間といったところだろうか。綿毛蜻蛉の群れが海からの風に乗って舞うのは日の高いうちだけであることを知ると、オク＝トウは残念がった。

「──そうか、楽しみにしていたんだがな」

「また来よう。もう少し寒くなるまでは見られるから」ぼくはいった。

オク＝トウは、その場でよろめくようにくるりとまわって、海と丘を見わたした。そのまま倒れてしまうような気がして、ぼくはあわてて彼の脇腹に抱きついた。それから、彼は海岸に接する西側の丘を稜線《りょうせん》に沿って北へと進んだ。ぼくが彼を支えて、スティーブたちはそのうしろを一列になって歩いた。湿った風からは、潮の香りがした。

「少しだけ、ひとりで散策したい」不意にオク＝トウがいった。

「もうじき日が落ちます。そろそろ家に帰りましょう」スティーブは列から踏みだして、オク＝トウの前に立った。「このあたりには夜行性の獣もいます。ひとりでは危ない」

「だったら、ナサニエルを連れていこう。おまえたちは浮舟《バス》で待っていてくれ。なあに、すぐにもどるよ」

スティーブは「わかりました」と答えてからも、しばらくオク＝トウの顔を見つめていた。ジョシュアがうしろから「自分も同行していいですか」ときいたが、オク＝トウはにべもなく断った。彼は来た道を引き返していくスティーブたちに目もくれず、北にむかってふたたび歩きはじめた。ぼくたちの行く先には林が広がっていた。

林は薄暗く、静かだった。太陽の光は木々に分断されて、冷たい霧に弱々しく染みこんでいた。オク＝トウは五メートルおきにぼくのわたした双眼鏡をのぞいては、林の奥へ進んだ。

「ここでなにをするの？」

「狩りだよ」

オク＝トウは小声で答えてから、人さし指を唇につけた。狩り？ 彼はそういったのだろうか。それは肉食の獣がすることだ。無言のまましばらく進むと、静寂にかすかな水の音が混じった。オク＝トウは立ち止まり、身をかがめて双眼鏡をぼくに差しだした。レンズの向こうには、ゆるやかな沢の流れが見えた。そのほとりに三匹の猫鹿がいた。いずれも角は額に生えた瘤のような一対のみ。二匹は体長二メートルを超す大柄だが、一匹はぼくの腰にも届かないほど小さい。小柄の鮮やかな橙色の縞模様《オレンジ・タビー》の毛並みは、フィリップと出産を見守った六つ子の長男にちがいなかった。大人の雄たちに連れられて、縄張りの偵察を訓練しているのだろうか。桃色の舌をちろちろと細かく出し入れして沢の水を飲む猫鹿の子供の姿に、ぼくは釘づけになった。

――ここで待っていろ。

オク＝トウはそっとぼくの肩に触れて、あの日のフィリップのように唇だけを動かしていった。彼は懐から黒い塊を取りだしていた。いつからもち歩いていたのだろうか。黒曜石のように艶めくそれは金属の枝――すなわち銃だった。彼は身をかがめたまま片手で銃をもち、片手で地面をついて、木陰から木陰へ、少しずつ猫鹿たちのいる沢のほうへむかった。慎重な足取りだったが、ときおり膝が揺れて安定しないようだった。まだ体力が回復していないのだ。ぼくはオク＝トウを止めるべきだった……そう思ったときには、彼との距離は離れすぎていた。

双眼鏡をのぞくと、いつのまにか沢のほとりには小さな橙色の縞模様《オレンジ・タビー》だけが残され、大人の二匹が姿を消していた。オク＝トウは大きな木の根もとにこちらをむいて身を潜めており、状況の変化に気づいていない。ぼくが警告を発するより早く、ふたつの大きな影が草陰から音もなくオク＝トウに覆いかぶさった。

「オク＝トウ！」

ぼくは叫んで、彼のもとへ走りだしていた。彼を失いたくなかった。新しい日々ははじまったばかりだった。猫鹿の一匹が前足の鋭い蹄でオク＝トウの腹部を裂き、もう一匹が彼の右腕を銃ごと食いちぎろうとしていた。真っ白だった衣は、彼の血で真紅に染まっていた。猫鹿たちの眼球がこちらをむくのがわかった。彼らの牙と蹄はオク＝トウのつぎにぼくを破壊するだろう。それでも、ぼくは止まるわけにはいかなかった。

突然、きき覚えのある轟音《ごうおん》が鳴り響いた。オク＝トウの腕を咥えていた猫鹿の頬がはじけて、だらりと顎が垂れた。なかからあらわれたのは、ちぎれかけたオク＝トウの右腕と、硝煙の立ちのぼる銃だった。猫鹿は口腔から血飛沫《ちしぶき》をあげつつも、後方に身をひるがえした。腹を裂いていた一匹もつづいてオク＝トウから距離を取り、低い声で「にゃあ」とうなった。オク＝トウはさらに二度、引き金を引いた。雷鳴のような轟音が連続して鳴り響き、木々が震えた。二匹は木陰に飛んで、そのままどこかに走り去った。

林が静寂をとりもどし、ぼくはようやくオク＝トウのもとへたどりついた。彼の裂けた腹からは、胃や肝臓、腸といった臓器がまろび出ていたが、それらは赤いゼリー状の物質に覆われて、腰のあたりにとどまっていた。ちぎれかけているように思えた彼の右腕も、同様の赤い物質が肉と骨をつなぎとめている。それは、明らかに赤色体と同質のものだった。

「大丈夫なの……？」

「ああ、心配ない」オク＝トウが内臓を腹のなかに押しもどすと、赤い物質は徐々に黒ずみ、褐色のかさぶたになって傷口を塞いだ。「――少し皮膚が突っ張るが」

オク＝トウは立ちあがり、沢にむかってよろよろと歩きだした。ぼくはしがみつくように、彼の脇腹を抱きしめた。

赤くにじんだ沢に橙色の縞模様《オレンジ・タビー》の小さな体が沈んでいた。最後に放たれた二発の弾丸のひとつが命中していたのだ。オク＝トウが自分を襲った二匹を追い払うために撃ったのか、この子供の猫鹿を狙《ねら》って撃ったのか、ぼくにはわからない。いずれにしても、六つ子の長男は心臓を貫かれて絶命していた。オク＝トウは橙色の縞模様の体を拾いあげて肩にかつぎ「もどろう。そろそろ日が落ちる」といった。

林の外へ出ると、銃声をききつけたスティーブたちが駆けつけていた。血まみれのオク＝トウと小さな猫鹿の死体を前にして、だれひとりかける言葉を見つけられなかった。水平線に沈む太陽が、丘陵地帯を真紅に染めあげていた。海も空も草花も、ぼくたちマ・フの白い器体《からだ》さえも、ありとあらゆるものが赤く塗りつぶされた世界で、オク＝トウの琥珀色の瞳だけが、黄金のようにきらめいていた。意識の湖に湛えられた水が、赤く粘り気のあるものに変わっていくような気さえした。子供の猫鹿の瞼と唇は、薄くひらいたまま硬直していた。オク＝トウが恐ろしい獣のように感じられた。それでも――それでもぼくは、血に濡れて艶めく彼の姿を、美しいと思った。

浮舟《バス》が家に着くころには、すっかりあたりは暗くなっていた。オク＝トウは小さな猫鹿の死体をかかえて、ぼくを連れて小川まで歩いた。川辺でおこなわれたのは、おそうしきではなかった。ぼくが枯れ枝を集めて焚き火を起こしているあいだ、オク＝トウはナイフで死体の腹を裂いて内臓を抜き取り、川の水にさらした。迷いのない慣れた手つきだった。そして、死体がじゅうぶんに冷えると、皮を剝いで部位ごとに解体し、切り出した赤身の肉を焚き火で炙《あぶ》って口に入れた。

「美味《うま》いぞ。おまえもいっしょに食べられたらいいのにな」

この日、家の一帯に風は吹かなかった。猫鹿を焼いた煙が、星空にむかって一直線に伸びた。

恵まれ号　Ⅰ

1

窓の向こうで、雪の結晶が投光器の光を反射しては、星のようにきらめいて後方に流れていく。

投光器の光は、地上八メートルを飛行する浮舟《バス》の底部から水黽《アメンボ》の肢のように伸びて、吹雪の舞う氷床を縦横無尽に照らす。重たい雲が太陽の光を遮り、気温は零下三十度を下まわった。ぼくたちマ・フが惑星Hに降下した一万年前よりも以前から、氷床は北部大陸の七割を覆《おお》っており、その厚さは千メートル以上にも達する。

ぼくたちの器体《からだ》や浮舟《バス》を構成する転結プラスチックとおなじく、どこまでも真っ白な雪と氷の世界に、赤いゼリー質の生物が血のしたたりのように点在していた。赤色体《せきしょくたい》——彼らは北部氷床の環境下ですら凍結せず、生命活動をつづけている。

「この吹雪では回収はむずかしそうですね」

壁際に配置された椅子のうち、進行方向にむかって右列の最前席にすわるジョシュアはいった。

「ああ。だが、ヒトがえりしているものを見つけたなら、多少の危険をおかしてでも回収しなければ」

オク＝トウは、ぼくのひとつ前の席——左列の最前席にすわり、双眼鏡で窓の向こうの光の先を追っていた。静かだが、信念と決意に満ちた力強い声だった。彼の肉体は二年前とはくらべものにならないほどの潤いと弾力にあふれており、いまやぼくの支えを必要とすることはない。

ヒトは獣の肉だけでなく、植物の葉や実も食べ、根や種を煮出した汁を飲み、消化吸収と排泄をくりかえして細胞を更新する。そして、部位に破損が生じた際には、血液中の回起血《リニュ》小板《ート》がゼリー状に凝集して損なわれた箇所を塞ぎ、失われた生体組織を再構築する。その治癒能力は、野生動物とは比較にならないほど高く、四肢の欠損程度なら数十分で完治する。オク＝トウがいうには、脳と心臓さえ無事なら、どんな傷だろうと再生が可能なのだそうだ。

「もう少し北西でも、赤色体の群れが確認されています。いまなら、ここより天候も穏やかなようです」

「わかった。行ってみよう」

ジョシュアが肘《ひじ》かけにそなえられた制御盤を操作すると、浮舟《バス》は速度をあげて北西に飛んだ。

二十分ほど進んだところで雲が徐々に薄くなり、隙間から陽光が漏《も》れはじめた。ややあって風の音が消え、視界が唐突にひらける。眼前に広がるのは、薄紫色の空と白く平坦な氷の床。吹雪を抜けたのだ。

「ネイサン、見てみろ」オク＝トウの指さした左舷前方の空に、黄緑色の光の帯が風にそよぐ布きれのように揺らめいていた。「――美しいな。オーロラだ」

　かつて、おでかけが自然環境の観察を意味していたころに北部氷床へは何度も訪れていたから、白昼のオーロラを見るのはこれが初めてではなかった。けれど、この壮大で美しい光の揺らぎは、何度目だろうとぼくの電子頭脳に心地のよい波を立たせる。

「うん」ぼくはいった。

　いつのころからか、オク＝トウはぼくのことをネイサンと呼ぶようになっていた。Nat《ナ》hani《サニ》el《エル》を略してNathan《ネイサン》。こうした略称を相手につかうのは、親愛の情をあらわすものなのだそうだ。公平さの重要性は以前にくらべて格段に失われている。美しいもの、親愛なるものは、それらが自然だろうと、ヒトだろうと、たとえマ・フであろうと、特別なものとしてあつかわれた。それが、ヒトから教えられた考え方だった。

　オーロラの光を反射して、ぼくの器体《からだ》がかすかに黄緑色に染まった。つかのま、ここへ来た目的を忘れて、ぼくはオク＝トウとともにオーロラに見いった。

「見てください。十時の方向」

　ジョシュアの声が、電子頭脳を現実に引きもどす。彼の操作で浮舟《バス》は速度を落とし、左へ舵《かじ》を切った。氷上にひと筋の赤い線が見える。波のように揺れる線の先へ視線を伸ばすと、褐色の物体が粉のような雪をその身にかぶっていた。おそらく――ヒトだ。

「降下しろ」オク＝トウの声に緊張の響きがこもった。

ジョシュアはうなずいて、浮舟《バス》を褐色の物体の上空へ寄せてから、高度を落とした。

「……無駄ね。こんなところでヒトがえりして、助かるはずないわ」

背後から響いた高い声は、カレンのものだった。後方の座席で寝ているものとばかり思っていたが、いつのまにか起きていたようだ。白い衣に身をつつんだ彼女の肌は、その布地に似て白かったが、腰まで届く長い髪は夕日のように真っ赤で、まるでそこだけヒトがえりし忘れているように見えた。

「そうかもしれない。だが、そうじゃないかもしれないさ」オク＝トウはいった。

浮舟《バス》は氷床の三十センチメートル上空で停車した。周囲に北部熊の影はなく、唱銃《ホルン》――涸《か》れ谷の赤色体溜《だ》まりから新たに発見された遺物《アーティファクト》のうちのひとつで、大きくひらいた花弁のような銃口をもつ音響武器――をもって出る必要がないことに、ぼくは安心した。野生動物の生命を奪うことが当たり前の日常になっているいまであっても、あんなものを撃つのはいやだった。

ジョシュアとぼくが外に出たのを確認すると、カレンはその細い腕で内側からハッチを閉めた。ヒトは北部氷床の環境下では短時間しか活動できない。零度を下まわる低温は彼らの心肺機能をいとも簡単に停止させてしまう。赤色体のままでなければ、生存は不可能なのだ。

ぼくたちは雪に足を取られないよう用心して赤い線をたどり、褐色の物体に近づいた。ジョシュアが粉雪を払うと、黒く短い髪が額に垂れているのがわかった。肌の色に似た茶色の瞳《ひとみ》が、どこか遠くをにらんだまま輝きを失っている。予想どおり、ヒトだ。ヒトがえりをして、すぐに死んでしまったのだろう。心拍はなく、血液の循環も止まっていた。

ぼくが浮舟《バス》をむいて首をふると、窓の奥で、立ちあがってこちらのようすを見ていたオク＝トウが天を仰いだ。隣に立つカレンの眠たそうな瞳は、ヒトの死に無関心なようにも見える。彼女はほかのヒトにくらべて表情が乏しい。口数も多いほうではないから、実際にカレンがなにを感じているかは、いつもわからなかった。もっとも、オク＝トウは彼女のそんなつかみどころのなさを気に入っているらしいのだけれど。

カレンがヒトがえりしたのは、ぼくたちマ・フがオク＝トウと出会って数週間が経過したころだ。そのときの光景を、ぼくははっきりと覚えている。それはぼくたちみんなにとって、初めて見るヒトがえりの瞬間だった。

その日の午後、ぼくたちマ・フは全員そろってオク＝トウとともに海の見える丘陵地帯へおでかけした。目的は海岸で綿毛蜻蛉《わたげとんぼ》の群れが舞う姿を見ることだった。おでかけの意味は単なる外出を指すように変わり、ぼくたちの目的も生態系の調査ではなく、ただ景色や生物を見て楽しむことへと変化していた。

太陽の光を反射して飛ぶ小さな翅《はね》は、吹雪のなかを舞う雪の結晶に似ていなくもなかった。きらきら輝く光の欠片《かけら》を追って丘をくだり、砂浜へたどりついたとき、ぼくたちはそれを見つけた。

それは赤色体でありながら、ぶよぶよとした四肢のようなものをそなえていた。細かな泡が弾《はじ》けるような音とともに伸びたり縮《ちぢ》んだりをくりかえすそれに、ぼくたちは目を奪われた。

ただ存在していただけの赤色体が、初めて自分の力で動こうとしているのを見たからだ。

四肢の輪郭がゆるやかにととのうのと同時に、頭部のような膨《ふく》らみが形成されて、それはやがてヒトのかたちをした赤色体になった。つづいて真っ赤なゼリーの内部で、脳や心臓といった臓器が少しずつ構築されていった。内臓がひととおりそろうと、それらをおさめるように骨格や筋肉がかたちづくられた。最後に表面が薄ピンク色の皮膚で覆われ、複数の箇所から赤い体毛が生えて伸長した。一時間ほどかけて、それはオク＝トウとは異なる生殖器をもつヒト――つまり、女性へと変態した。

オク＝トウは女性――のちにカレンという名前をもつことがわかった――を抱きかかえると、大粒の涙をいくつもこぼした。自分が孤独な存在ではないと、わかったからなのだと思う。

そしていま、カレンはオク＝トウやぼくたちといっしょに、赤色体を保護し、キャンプへ連れて帰る役割を担《にな》っている。

ぼくとジョシュアは褐色のヒトの遺体をかついで、浮舟《バス》へ運びこんだ。

「このヒトもおそうしきね」カレンがそっけない声でいった。

「残念だ」オク＝トウの声は重たかった。

ぼくは褐色のヒトの瞼《まぶた》をそっと閉じた。

2

「ヒトがえりとは、回起血小板《リニュート》の暴走による赤色体化現象からの再生ということなの」

ネアがいうと、アンドリューは少し考えてから手をあげた。

「ヒトの血液に含まれる回起血小板《リニュート》は、器官を複製して破損箇所を再構築することができますよね。つまり赤色体化現象というのは、通常の回起血小板の働きとまったく逆のことが、健康な細胞で起きてしまったということなのでしょうか？」

「アンドリュー、そのとおりよ」ネアは顔をほころばせた。「回起血小板《リニュート》が健康な細胞を侵食して、全身をゼリー質の状態に変えてしまうのが赤色体化現象なの」

ネアはカレンと異なり、表情と感情がわかりやすく同期している。アンドリューの理解力の早さを、彼女は喜んだのだ。ネアが嬉《うれ》しそうにしているのを見て、隣のテーブルで肘をついていたイルシュも笑顔になった。

ネアとイルシュはともにヒトとしては小柄で――それでも、ぼくたちマ・フよりいくぶん大きい――縮れた黒髪に浅黒い肌をしている。そして、ぼくたちマ・フ同士ほどではないにしろ、そっくりな顔のつくりをしていた。彼らはきょうだいなのだ。

けれど、彼らはそれぞれが別の役割を担っていた。姉のネアの役割は技師と呼ばれるもので、家の工作室や備品室にあるさまざまな機器の専門家だ。彼女はぼくたちも理解していないこの家の管制システムの深い階層《レベル》についても仕組みを熟知している。弟のイルシュは料理人で、食物の味や栄養バランスを調整し、ヒトビトに提供するのが役目だ。

ぼくたちマ・フも、いまでは彼らヒトビトのようにそれぞれが異なる役割をもつようになった。ぼくは引きつづきオク＝トウの手伝いをしているし、アンドリューはネアのもとで家の各種機器や管制システムのより高度な仕組みと操作方法について学んでいる。

オク＝トウとカレン、ジョシュア、ぼくの四名は北部氷床でいくつかのヒトがえりしていない赤色体を回収し、丘陵地帯のキャンプへそれらを預けてから家に帰ってきた。以前なら、ぼくとオク＝トウは夕食までのあいだ草原地帯を散歩したり、赤色体の回収計画を練ったりしていたのだけれど、最近彼は寝室でカレンとふたりきりで過ごすことが多くなった。今日も「しばらく席をはずしてくれ」といわれたので、時間をつぶしに集会室へ来たところだ。カレンとふたりでなにをするのかたずねても、オク＝トウはいつも答えてくれない。

けれど、集会室でイルシュといっしょに、ネアとアンドリューの会話をきくのは楽しかった。ぼくはオク＝トウとおなじくらい、ネアとイルシュのきょうだいが好きだった。彼らはぼくたちマ・フにとても優しくしてくれるのだ——一部のヒトとちがって。

「——わたしたちヒトはある時点を境に、まるで感染症が広がるように、つぎつぎと赤色体に変態していった。わたしたちには対策を講じる暇もなかったのよ」

「そしていま、オク＝トウを皮切りにつぎつぎとヒトがえりがはじまっている」アンドリューはいった。

「ええ。赤色体化現象もヒトがえりも、原因やきっかけはまったくわかっていないわ」

「すべてのヒトが赤色体になってしまったのですか？　ほかの惑星でも赤色体の生息は確認されていますか？」

「そうよ。戦争がはじまってすべてのヒトに回起血小板《リニユート》の投与が義務づけられたの。回起血小板をもつものが妊娠した場合、子供にも回起血小板は引き継《つ》がれるわ。だから、わたしたちの世代に回起血小板をもたないヒトはもうひとりもいなかった。前線で負傷しても自力で再生可能なんですもの。兵士として理想的でしょう？」

「兵士というのは？」

「兵隊蟻《あり》を知っているでしょう？　あれとおなじよ。縄張《なわば》りを守るために戦うの」

「戦うって、だれと？」ぼくは気になって口をはさんだ。

「……ごめんなさい、ナサニエル。この話はこれくらいにしましょう」

やっぱりだ。オク＝トウも以前に〝戦争〟という言葉で、なんらかの戦いについて示唆していた。けれど、詳しくきこうとすると、ヒトはかならずはぐらかすのだ。いったいどんな存在が、ヒトと争うのだろう。

「――それより恵まれ号のシステムチェックを進めないと。オク＝トウから急ぐようにいわれてるのよ」

恵まれ号とは、ネアが管制システムの深層で見つけたファイルに記載されていた、この家の正式名称だ。

「星間通信ですが、いまのところ送信後のエラーなどは確認されていません」アンドリューはいった。「とはいえ、受信機能については返事が来るまでなんともいえないですね」

「返事が来るとしても途方もない年月を要するでしょうね。母船《マザーシップ》が深宇宙のどこにいるか、わからないのでしょう?」

「はい。地図を作成しながら適宜船団を分割していたので……いずれ宇宙を一周したら景天《オーバー》図《ルック》の同期のために、ここにもどってくることになっていますが」

「母船《マザーシップ》にメッセージを送ったの?」ぼくは驚いてきいた。

「ああ」アンドリューが答える。「きみたちが北部氷床に行っているあいだに試してみたんだ。『われらヒトと邂逅《かいこう》せり。惑星Hで合流されたし』という文言でね」

「じゃあ、母船《マザーシップ》やほかの船団も、ここに来る?」

「いまネアがいったろう。返事が来るまでかなりの時間がかかるかもしれないんだ」

「でも、通信を受けとったら、きっと来るよね」

「そうであることを願いましょう。ゆっくり待つといいわ。あなたたちの器体《からだ》を構成する転結プラスチックは、螺旋《らせん》器官が電力を供給するかぎり劣化することはないもの」

「ヒトは?」

「わたしたちも老いとは無縁なの。回起血小板《リニユート》は水と少しの食事さえあれば細胞を更新しつづけることができる。あなたたちの転結プラスチックとはシンメトリーな存在といえるわね。

あくまで理論上は、だけれど」

「理論上？」

「どこまで寿命を延ばすことができるのか、じつはよくわかっていないのよ。一万年以上も生きてこられたのは、一時的に赤色体に変態したからかもしれないわ。赤色体化現象がなければ、もっと早くに細胞が劣化してしまっていた可能性もある……いずれにしても、わたしも母船《マザーシップ》がもどってくることを願っているわ」

「母船《マザーシップ》の探索域によっては、太陽系の座標がわかるかもしれないしね」

そういったのはこれまで笑みを浮かべたまま黙っていたイルシュだった。

「故郷に帰りたい？」ぼくはきいた。

「どうだろうね。赤色体化現象のおかげで、ヒトの文明が残っているかどうかわからないからね。それより、ナサニエル。これ以上ここにいると、姉さんとアンドリューの邪魔になってしまいそうだ。よかったら、夕食の準備を手伝ってくれないか。今日はジョン・リィーたちが来るから、いつもより早めにとりかからないと」

「邪魔ってことはないけれどね」ネアはかぶりをふった。「でも、そうしてもらえると助かるわ。今日は星吹《N・D》きのチェックまで進めたくて」

「進路上の小惑星を排除する機構ですね」

「ええ、安全装置が何重にもかかっているから――」

ネアとアンドリューの会話がつづくなか、イルシュは席を立ってぼくにウィンクした。

「調理場に行こう。ナサニエル」

「うん」

ぼくはうなずいて、イルシュとともに集会室を出た。

3

調理場は家を出てすぐ――かつてフィリップの棺《ひつぎ》をつくったところ――に設営されている。

木材で柱と屋根を組み、三角形の天井部分に転結プラスチックのシートをかけた調理場のテントからは、橙色《だいだいいろ》一色になった草原地帯を見わたすことができる。穏やかな風に揺れる橙色は、イルシュのつくる玉葱《たまねぎ》のスープを連想させた。夏のあいだ青々と茂《しげ》っていた草原は、秋のはじまりとともに黄色く染まり、ごく短い橙色の期間を経て、冬には完全な朱色に変わる。自然とは遷《うつ》ろうものなのだ。ぼくたちが一万年ものあいだ、ただ聖典《ドキュメント》のとおりに観察者として変わらない日々を過ごしてきたことこそが、自然に反することだったのかもしれないと、いまは思う。

この二年間でさまざまなことが変わった。オク＝トウと出会い、カレンを見つけ、多くのヒトビトが目を覚ました。ぼくたちマ・フは創造主たるヒトに仕えるようになり、聖典《ドキュメント》は遺物《アーティファクト》のひとつとして過去のものになった。おでかけは、環境の観察から自由な外出を指す期間を経て、いまではヒトがえりしたヒトの探索および赤色体の回収を意味するようになっている。

当初はみんな家のなかで生活していたけれど、発見されたヒトの数が増えて部屋が足りなくなると、周囲にテントをつくるようになった。そして、ヒトの数が五十を超えたあたりから、草原地帯での暮らしが不便になった。ここでは彼らの食料が圧倒的に足りないのだ。そこでヒトビトは、新たに海の見える丘陵地帯にキャンプをつくって、そこへおひっこしすることになった。丘陵地帯なら、魚も肉も野菜も果物もいくらでも得ることができる。

その際、もちろん家——恵まれ号も丘陵地帯へいっしょにおひっこしする予定だった。しかしスティーブが、数千年ぶりに家を船として飛ばす前に、ヒトの技師に各機能に問題がないか点検してもらうべきではないかと提案したのだ。実際、恵まれ号はヒトの道具のなかでも抜きん出て重要性の高いものだったし、主機である大型螺旋器官のもたらす電力は、浮舟《バス》や唱銃《ホルン》といったさまざまな道具を充電するためにも必要不可欠なものだった。久しぶりの発進《リフト・オフ》に慎重さが求められるのは当然のことだ。だから、オク＝トウはスティーブの提案を採用し、ネアに恵まれ号の全機能をチェックするよう頼んだ。

この件について、ぼくはスティーブがここから家を動かすのを少しでも遅らせたかったのではないかと推測している。彼はおそらくいまも聖典《ドキュメント》の信奉者なのだ。彼にとって家はおあつまりの場であって、ヒトの電力供給源として便利に動かされるようなものではない。それに、草原地帯にはフィリップのお墓もあるのだから。

結果としてぼくたちの家には、いまはオク＝トウ、カレン、ネア、イルシュとぼくたちマ・フだけが住んでいる。けれど、恵まれ号の全機能の点検もじきにおわる。そうなれば、ぼくたちも家とともに丘陵地帯へおひっこしすることになるだろう。

「まずは野菜を洗ってくれるかい？」

「うん」

ぼくは料理の手伝いをするのが好きだった。栄養を摂取するのに、ヒトほどさまざまな工夫をこらす種はいない。あらゆる動物が、植物が、最終的な料理のかたちをとるために、この惑星に配置されているようにさえ思える。料理こそ、ヒトが創造主であることの証左といえるかもしれない。

調理場のテントには、イルシュがヒトがえりしてまもなく、彼の指示を受けてみんなで組みあげた石づくりの竈《かまど》があった。竈はさまざまな食材をさまざまな方法で調理することができ、オク＝トウたちの食の選択肢は一気に広がった。イルシュが、小麦を挽《ひ》いた粉を何日かかけて発酵させて、こねたうえで焼いたパンと呼ばれるものを初めてつくったときなど、あのカレンですら涙ぐんでいた。

この日の夕食はパンと紫水鶏《しすいけい》の肉をトマトや玉葱などの複数の野菜や果実とともに鍋で煮込んだものだった。煮込みスープはイルシュの得意料理のひとつだ。煮込む際には、すり潰した植物の種をくわえて味をととのえ、香りのある野草も添える。

野菜の切り方ひとつとっても工夫があり、たとえば皮の固い果実であれば切れ目をいれて味を染みこみやすくするし、葉の種類によっては料理に適した食感を出すために葉脈にたいして垂直に切るか平行に切るかを変える。配膳では、彩《いろど》りをくわえるために花弁を料理の周囲に散らすこともある。

ぼくはそうした工夫のひとつひとつをイルシュから教えてもらいながら料理を手伝った。ぼくの担当は主に野菜の準備だ。洗い、剝《む》き、刻む。イルシュはけっして動物の肉の下ごしらえ――絞め殺したり、毛皮を剝《は》いだり――を、ぼくにやらせたりはしなかった。彼は、ぼくたちが少し前まで自然界に介入しないで生活していたことを配慮してくれているのだ。

「ねえ。赤色体だったときのこと、覚えている？」ぼくはいった。

「いいや。でも、ただぼんやりと太陽の光を浴びていたような、そんな記憶ならあるかもしれない。あるいは夢かもしれないけれどね。とても断片的なんだ。赤色体になる前の記憶と混ざってしまっているのかもしれない」

「ヒトはどうして惑星Hに来たの？」

イルシュは答えず、肩をすくめるしぐさをして、鍋をかき混ぜはじめた。きっと戦争がからんでいるのだ。

「ねえ。ぼくはイルシュを手伝うのが好きだよ」ぼくは話題を変えた。

「ありがとう。ぼくもナサニエルに手伝ってもらうのが好きだよ。楽しいからね」

イルシュは笑ってウィンクした。ウィンクは彼の癖《くせ》なのだ。

「オク＝トウもそう思ってるのかな？」

「どういうことだい？」

「ぼくが料理を手伝うのが好きだと知ってて、夕方は自由に過ごすようにいってくれるのかなって」

「そうかもしれないけどね。でもまあ、カレンとふたりきりになりたいんだろうね、彼は」

「ふたりで部屋にこもってなにしてるんだろう？」

「それは……なんていうか、ええと」

「交尾？」

イルシュはぼくの言葉をきいて、ぶはっと息を吹き出した。そして気まずそうに頭のうしろを掻《か》く。

「驚いたな。ナサニエルがそんなことというなんて」

「ぼくたちはずっと惑星Hを観察しつづけてきたから。雄《おす》と雌《めす》がそろってするのは、そういうことかなって」

「ああ、そうか。そういえばそうだったね。でも、ヒトは男と女だからそういうことをするっていうわけでもないんだよ」

「男女のペアじゃなくても交尾するって意味？」

「交尾といっていいかわからないが、まあそうだね。男同士だとか女同士でも、そういうことはする。もちろん、子供ができるわけではないけれど」

「じゃあ、どうしてするの？」

「愛しあっているから、かな？」

「イルシュもネアとする？」

「いや、あんまりきょうだいでするものではないな。特別な相手とだけだよ」

「ネアは特別じゃないの？」

「だれより特別だよ。でも、きょうだいではしないんだ」

イルシュは笑ってぼくの肩に手を置き、あまりほかのヒトの前では交尾の話題を出さないほうがいいと忠告してくれた。それはヒトにとってとても微妙で、繊細な話題であるらしい。

ぼくは今日まで、交尾とは子孫をつくるための行動であるとばかり思いこんでいたから、同性同士でもするのだということにとても驚いた。

そして、カレンはやはりオク＝トウにとって特別な存在なのだ。しかし、イルシュは交尾の対象ではないネアを、だれより特別な存在だといった。それはきっときょうだいだからだ。交尾の相手だけが、特別な存在ではない。では、ぼくたちマ・フはどうなのだろう。ヒトと、性別をもたないぼくたちマ・フとのあいだに――創造主と創造物のあいだに、親子のような、血のつながりとおなじような概念は成立するのだろうか。

ぼくは調理場の隣に設営されている食堂のテントへ行って、木製の大きな食卓に七名分のスプーンやフォークをならべた。もうすぐ夕暮れになる。

今日は、丘陵地帯のキャンプに通ってヒトビトの手伝いをしているスティーブたちが、ジョン・リィーたちを家に連れてくる日だ。

4

「あいかわらずうまいな、ここの飯は」

口を煮込まれた野菜でいっぱいにしていったのは、丘陵地帯のキャンプの狩猟責任者——ジョン・リィーだった。鋭い目つきと鉤形《かぎがた》の高い鼻が、どことなく猛禽《もうきん》類を連想させる男だ。

食事における彼の作法は、オク＝トウたちこの家のヒトビトとちがってとても荒々しいものだった。ひとつを口に入れたら、それを飲みこむよりも早く次を口に入れる。そうして限界まで口内に料理を溜めこんだら、木樽ジョッキの水で一気に流しこむのだ。

「……羨《うらや》ましいもんだな」

「そうなんだよね。うん、うん」

ジョン・リィーに同意したのは、彼のふたりの部下だった。ひとりはグァラという名前の大柄な男で、口数が少なくもの静かな印象だが、スープをすする音だけはヒト一倍大きかった。もうひとりはリンゴォという痩せぎすの男で、食事の作法は——あくまで彼ら三人のなかでは——悪いほうではないものの、ずっと小さな声で「うん、うん」とつぶやきつづけている。

彼らは三人とも獣の皮をなめした衣装に身をつつんでおり、この家のヒトビトとはずいぶん性質がちがうように見える。彼らの狩猟の腕は確かなもので、イルシュがいうにはここで料理されるものはもちろん、丘陵地帯のキャンプも含めて消費されるほとんどすべての肉類が、彼らによってもたらされているのだそうだ。

食卓はオク＝トウ、カレン、ネア、イルシュのすわる側と、ジョン・リィー、グァラ、リンゴォのすわる側で汚れ方、散らかり方に大きなちがいがあった。ぼくたちマ・フはテーブルを囲むように立って、ジョッキに水を注《つ》ぎ足したり、おかわりをよそったり、汚れたお皿を取り替えたりした。これは給仕と呼ばれる役割だと、イルシュから教わった。彼は肩の力を抜いて、会話を楽しみながら食事を少しだけ手伝ってくれればいいといったが、それはジョン・リィーたちのいない普段のときの話だ。ジョン・リィーたち三名のうしろについたスティーブ、エドワード、ニコラスの三名は、つぎつぎと出される彼らの注文に大忙しだった。

彼らの来訪を、カレンをはじめとするこの家のヒトビトが快く思っていないのは明らかだった。ジョン・リィーやグァラがテーブルに食事をこぼすたびにカレンは眉間に皺を寄せたし、普段の食事ではよくしゃべるはずのネアとイルシュのきょうだいも、今日は口をつぐんでいる時間のほうが長かった。だから、彼らの相手をするのはヒトの代表者として話をきくオク＝トウくらいのものだった。

この食事会は二週間に一度ひらかれるもので、主に丘陵地帯のキャンプの近況についてジョン・リィーたちがオク＝トウに報告し、意見交換をおこなうことを目的としていた。彼らの意見の多くは、電力を自由につかえないことへの不満だった。彼らは夜間、交替で焚《た》き火を見守らなくてはならないし、狩猟につかう遺物《アーティファクト》――唱銃《ホルン》は毎日スティーブたちが家の大型螺旋器官で充電し、浮舟《バス》でキャンプに届ける必要がある。

「――食材は変わらないんだ。料理のしかたの問題じゃないか？」オク＝トウはいった。

「イルシュは腕がいい。キャンプの料理責任者――アケリといったっけ。彼女は野外《アウトドア》の料理法に、まだ不慣れなんだろう」

「ちがうね」ジョン・リィーがすぐに答える。「器材の問題さ。こっちとキャンプじゃ、装備に雲泥の差があるからな」

「調理場の設備にちがいはないだろう。こっちだけ特別な装備をつかっているってわけじゃない。なあ、イルシュ？」

オク＝トウの言葉に、イルシュは「ええ」といってうなずいた。

「あやしいもんさ。どうせ調理場にも電力を引っぱってるんだろう？　こっちはずいぶんと都会的な暮らしぶりみたいだからな。キャンプじゃおまえらのこと、使用人のマ・フを連れた特権階級だっていってるぜ」

「そうなんだよね。うん、うん」

「マ・フたちのことをそんな風にいうのはよしてくれ。それに特権階級なもんか。たしかに照明とベッドのある部屋で寝られるが――おれたちはここで必要な仕事をしてるんだ」

「食肉の確保だって必要な仕事だぜ？」

「それはわかってる。だが、赤色体の探索には恵まれ号の設備が必要なんだよ。それにここはもともとマ・フたちの家だぞ」

「マ・フの家なら、おれたちヒトの家ってことだろうが」

ジョン・リィーが語気を強め、ヒトビトは食事の手を止めた。唯一、カレンだけがなにごともなかったかのようにパンをスープに浸《ひた》して食べている。

「いずれにしても――」オク＝トウはいった。「恵まれ号はもうじき丘陵地帯に移す。そうすれば、キャンプでも電力がつかえる。それでいいだろう？」

「ああ。電力の独り占めは困るぜ、オク＝トウさんよ。準備のほうはとどこおりなく進んでるんだろうな？」

「ええ」ネアはいった。「星吹《N・D》きのチェックがおわったら、残るは空間《リーフ・スルー》めくりのテストだけよ。来週までにはおひっこしできるようなんとかする」

オク＝トウが咳払いをして、ネアに視線をむけた。

「空間《リーフ・スルー》めくりのテストは省略しよう。あれは宇宙空間でつかうことを前提とされているからね。そうすれば今週中にはおひっこし可能だろう。当面われわれは宇宙に出るつもりはないし」

「当面？」

「ああ、そうだ。少なくとも太陽系の座標がわからないかぎりは」

「どっちだっていいさ。とにかくいまはキャンプに電力が必要なんだ。それを第一に――」

「わたしはこの家の移動に反対です」

ジョン・リィーの言葉を遮ったのは、スティーブだった。

「スティーブ」オク＝トウはいった。「その話は恵まれ号の動作確認をしっかりおこなうということで決着したはずだ」

「恵まれ号――この家の機能面以外にも懸念点があります。地盤の安定度において草原地帯は丘陵地帯を大きく上まわっています。突発的な地殻変動で家が傷ついた場合、われわれの活動は致命的な問題をかかえることになります」

スティーブのいうわれわれとは、オク＝トウを中心としたヒトビトとマ・フのコミュニティ全体のことだろうか。それともマ・フのみを指すのだろうか。おそらく答えは後者だった。彼はいまもなお、ぼくたちの便宜《べんぎ》上のリーダーのつもりでいるのかもしれない。

「だが、草原地帯は丘陵地帯とくらべて食料となる動物の数も種類も少ない。向こうなら灰色うさぎや一角羊もいるし、海産物だって採れるんだよ。すでにキャンプには百人近いヒトが生活しているのだし、いつまでも恵まれ号をこっちに置いてはおけない」

「お言葉ですが、この家の重要度を考えれば、丘陵地帯のキャンプは螺旋器官の電力に頼らず自立すべきです」

「おい、オク＝トウ」ジョン・リィーはいった。「さっきからこいつはなにをいってるんだ？」

「スティーブ、頼むからききわけてくれ」

「しかし……もう一度検討いただけないでしょうか」

「おい」ジョン・リィーはもう一度いった。「さっきから、こいつは、なにを、いってるんだ？」食堂に緊張感を帯びた沈黙が降りた。ジョン・リィーはスティーブの発言の意味がわからないわけではない。疑問文をつかって〝そのマ・フの口を閉じさせろ〟と恫喝しているのだ。ヒトはときどきそういう風に言葉をつかう。今度はカレンさえも食事の手を止めた。

ジョン・リィーはオク＝トウをにらんだまま、背後に立つエドワードにむかって無言で左手を突き出した。ジョッキに水を注いで欲しかったのか、清潔な新しい皿が欲しかったのか、パンのおかわりが欲しかったのか。彼がなにを求めていたのかなんて、だれにもわからない。だから、可哀想なエドワードが「うぅ……あぁ……」と言葉にならない声をあげて、隣に立つニコラスに助けを求めたのは無理もないことだった。

しかし、ジョン・リィーはそうは考えなかった。

ジョン・リィーの投げつけた紫水鶏のスープのお椀《わん》が、けたたましい音を立ててエドワードの側頭部に命中した。

「うぅ、あぁ、じゃねえんだよ！」ジョン・リィーが叫ぶ。「この役立たずの人形が！」

尻《しり》もちをついて倒れたエドワードをニコラスが駆け寄って抱き起こした。しかし、ジョン・リィーは椅子を蹴《け》飛ばして立ちあがると、ニコラスの腕をつかんでエドワードから引き剝がそうとした。

「やめてください！」

スティーブが叫んでエドワードたちとジョン・リィーのあいだにはいろうとする。しかし、グァラの大柄な肉体が抜け目なく立ちふさがった。ジェイコブはスティーブを助けようと彼のうしろについたが、結局はなにをすることもできなかった。ほかのマ・フたちは、ぼくも含めて動くことすらできなかった。

「オク＝トウ、彼らを止めて」ぼくはいった。

しばらくオク＝トウは黙ってテーブルを見つめていたが、しかたないといったようすで立ちあがり、ジョン・リィーにむかってこういった。

「ジョン・リィー、そのくらいにしてやってくれないか。——以前から決めていたとおり、動作確認がすめば恵まれ号は丘陵地帯に移動させる」

「長くは待てない」ジョン・リィーはいった。「キャンプの状況はおまえもわかっているだろう」

「ああ、あと数日ですむはずだ」

「本当か？」

「信用できないなら、準備がととのうまで恵まれ号で待っていてくれてもいい。ここにいれば、ネアやアンドリューが真剣に作業に取り組んでいるのがわかるだろう。食事も三食、イルシユに用意させる」

「ふむ……そのあいだ、狩りはどうする？」

「おれが代わりにやるよ。赤色体探しはあとまわしにする」

ジョン・リィーはにやりと笑って、ニコラスの腕を放した。ニコラスはエドワードの隣にならぶように尻もちをついた。

「いいぜ。あんたはおれたちヒトのボスだ。あんたがそういうならそうしよう。ただ、使用人の人形どもの教育はちゃんとしてもらわないと困るぜ」

「そんな風にマ・フを呼ぶのはよしてくれといったろう……だが、わかったよ」

オク＝トウの言葉をきいて、ジョン・リィーたちは席にもどった。リンゴォが小さな声で「うん、うん」とうなずいていた。

夕食は、これでおひらきになった。ジョン・リィーたちが訪れると夕食はいつも楽しくないものになったが、この日はなかでも最悪だった。下品な笑い声をあげるジョン・リィーたちとは対照的に、カレンはつまらなそうな顔をして部屋にもどっていった。

ぼくたちはスープまみれになったエドワードの器体《からだ》を拭いて、ニコラスともども、どこにも破損箇所がないことを確認した。スティーブはオク＝トウから、以後恵まれ号のおひっこしに関していかなる提案もしないようにと注意された。イルシュとネアは食卓の片づけを手伝ってくれたけれど、ずっと口をつぐんだままだった。

すべての片づけがおわり、ぼくたち七名のマ・フは集会室の床に横たわっておやすみした。ジョン・リィーたちが恵まれ号に滞在するため、部屋を空けなくてはならなかったからだ。

ぼくがオク＝トウに「彼らを止めて」といったのは、ジョン・リィーたちをとりなしてほしいという意味ではなかった。ぼくは、オク＝トウに彼らを叱責してほしかったのだ。彼らがエドワードやニコラスにふるった暴力を非難してほしかった。ぼくたちマ・フを〝使用人の人形〟と呼ぶことをあらためさせてほしかった。

オク＝トウは、結局ぼくたちマ・フをどう思っているんだろう。ぼくたちの創造主たるヒトビトは、どうしてあんなにも野蛮になれるのだろう。

ぼくは電子頭脳の湖に、冷たく不気味な風が起こすさざ波を感じた。ぼくの中枢神経《ちゅうすう》の深く暗い部分――湖底には、濁った記憶の赤い澱《おり》が沈んでいる。澱は急速に下がりゆく外気圧に吸われるように、湖面へと少しずつ浮かびあがりつつある。

5

翌朝。オク＝トウ、カレン、ジョシュアとぼくを乗せた浮舟《バス》は、朝日を浴びながら海の見える丘陵地帯のキャンプへ飛んだ。スティーブたちとジョン・リィーを家に残していくのは不安だったが、これはオク＝トウが決定したことだ。

ぼくの気持ちとは裏腹に浮舟《バス》のなかには楽観的なムードが漂《ただよ》っていた。オク＝トウはスティーブに注意をしたのだから、これ以上揉《も》めごとが起こることはないと考えているようで、カレンとふたりでこれからおこなう狩りについて楽しそうに話していた。カレンがわかりやすく機嫌がいいのは珍しいことで、ぼくは少し驚いたのだけれど、ヒトは根本的に狩りというものが好きなのかもしれない。

ふたりに相槌を打ちながら、唱銃《ホルン》の準備をしているジョシュアもまた上機嫌に見えた。彼はヒトに仕えること――とりわけオク＝トウに仕えることに大きな喜びを感じているようだった。オク＝トウの世話をするのはぼくの担当だけれど、彼には機会さえあれば、ぼくに取って代わりたいと考えている節さえある。

この浮舟《バス》には、全部で十二丁が発掘されている唱銃《ホルン》のうち、二丁がもちこまれていた。ジョシュアは唱銃の花弁のような銃口を床にむけると、その丸っこい銃把《グリップ》の上部についている制御盤を操作して、充電状況を確認した。唱銃はフィリップを撃った銃とはちがって、家の大型螺旋器官で充電しないと使用できないが、投射される音響弾の威力は鉛の弾丸とは桁ちがいだ。制御盤で調整しなければ小型の獣などばらばらに吹き飛んでしまう。ぼくにはジョシュアが、唱銃という武器のもつおそろしさをわかっていないように思えた。

彼らを見ていると、昨日の夕食での出来事が、はるかな過去のことのように感じられる。だれも家に残してきたスティーブやエドワードを心配しているようには見えなかった。

キャンプは海岸に面したなだらかな丘の上にあった。北の林にもほど近く、漁をするにも猟をするにも都合がいい。いまや丘陵地帯はヒトの住居兼食料採集場として新たに設計されつつあった。小麦など、いくつかの植物を計画的に栽培する農業と呼ばれるものも試験的にはじまっていた。

キャンプには獣の皮と亜麻布を継ぎ合わせてつくられた高さ三メートルほどの円錐台《えんすい》のテントが十数張《はり》あり、それぞれに五人から十人ほどのヒトが住んでいる。全員、赤色体からヒトがえりしたヒトビトだ。キャンプの南には、オク=トウとぼくたちが回収した赤色体を収容した牧場と呼ばれる施設もある。個々の赤色体のヒトがえりがいつ起こるかはだれにもわからないから、一時的に牧場に置いて、定期的にようすを見るのだ。

浮舟《バス》をキャンプの脇に停車させて、ぼくたちは中央にある広場にむかった。オク=トウの来訪を知ったヒトビトがつぎつぎにテントから出てきてお辞儀をする。彼らはジョン・リィーとおなじく、獣の毛皮をなめした衣服を身に纏《まと》っていた。

広場に到着すると、豆をすり潰していた老人が立ちあがって、ぼくたちを迎えた。ヒトビトはみんなおなじくらいの年代で、彼のような老人は珍しい。オク=トウによると、回起血小板《リニュート》を投与されたものは二十代中盤で成長が止まり、以降、老いることがなくなる。だから、それよりも年代が上の外見をしているものは、年を重ねてから投与を受けた回起血小板第一世代のヒトだけなのだそうだ。

「ようこそいらっしゃい、オク=トウ。それにみなさんも」

老人はオク=トウとカレンに会釈したのち、唱銃《ホルン》を脇にかかえたジョシュアとぼくをしばらく黙って見つめた。

「やあ。今日はジョン・リィーたちの代わりに狩りをしようと思ってね」

オク=トウは老人にここへ来た経緯を説明し、合わせてキャンプの近況についてたずねた。老人が何人かのヒトを呼んで話をさせたが、彼らはやはり電力のない暮らしに不便を感じているようだった。オク=トウはキャンプのヒトビトに、あらためて今週中に恵まれ号を丘陵地帯へ移動させることを約束した。

話をおえると、オク＝トウはふりむいて意気揚々といった。

「さあ、狩りの時間だ」

「はい！」

ジョシュアが答えて、脇にかかえていた唱銃《ホルン》をオク＝トウにわたしたので、ぼくはもっていた唱銃をカレンのほうへ差しだした。

「久しぶりに腕が鳴るわ」カレンは唱銃《ホルン》を受けとってかまえてみせた。

それからぼくたちは、歩いて北の林までむかった。正午近くでも薄暗くひんやりとした林の空気に、ぼくはオク＝トウが猫鹿《ねこじか》の子供――六つ子の長男の橙色《オレンジ》の縞模様《タビー》――を殺したときのことを思い出した。あれからオク＝トウは、数え切れないほどの動物や植物を殺している。毛皮や繊維は衣服やテントの材料に利用するし、摘んだ花は染料になったり編まれて髪飾りになったりする。

ぼくたちの生活は多くの生命のうえに成り立っている。それは、半永久的に劣化しない転結プラスチックの器体《からだ》と、無限の電力を生む螺旋器官をもつぼくたちマ・フには本来必要のない行為だ。しかし、ぼくたちはヒトとともに生きるために、ヒトと仲よくしたいがために、生命を殺すことに加担している。

ぼくはオク＝トウが好きだった。口風琴《くちふうきん》を吹いて、故郷の歌を唄《うた》う彼が好きだった。もちろん、その気持ちはいまも変わっていない。でも、オク＝トウはどうだろう。ヒトが増えれば増えるほど、ぼくたちマ・フとヒトビトのあいだには見えない壁のようなものが立ち、高さを増していくように感じる。

「猫鹿一匹見当たらないな」オク＝トウはいった。

「獣の足跡は古いものばかりね」地面に膝《ひざ》をついてカレンがいった。

ヒトが狩りをおこなうようになってから、獣たちは林から離れつつあった。特に猫鹿はもう長いあいだ目撃されていない。それは縄張り意識の強い彼らにとって、非常に珍しいことといえた。

「丘陵に引き返して、灰色うさぎや一角羊を狙《ねら》いますか？」

ジョシュアが提案したが、オク＝トウもカレンも無視して先へ進んだ。半刻ほどたったところで、カレンが小声でつぶやいた。

「大物がいるわ」

しかし、林は静寂そのものだった。周囲を見わたしてもそれらしい獣は見当たらない。カレンはきょろきょろとあたりを見まわすぼくらを手で制して、得意げに一本の巨木を指さした。よく見ると、根のあたりの地面に引きずったような跡がある。

「千節《チヨ》か」オク＝トウがいった。

千節《チヨ》とは、樹木に擬態する体長十メートルを超す大型の昆虫である。実際に表皮の構造は植物とほとんど変わらず、樹液に似せた体液を分泌することができる。彼らはじっと動かずに、樹液を求めてくる小型の昆虫を待ち伏せ、そのうちのほんの数パーセントをこっそりと捕食する。いまも何匹かの昆虫が、それが千節であるとは知らず、幹にしがみついていた。

「動いているところが見たかったな」オク＝トウはいった。

「ぼくたちも捕食の瞬間は遠距離からしか観察したことがないんだ。彼らはとても用心深いんだよ。数年にわたって動かないことだってある」ぼくはいった。

そんな千節《チヨ》が根に擬態した節足を引きずった跡を残してしまったのは、ぼくたちから逃れようとしたためだろうか。枝葉がほんの少し揺れているのは、かすかな風のせいか、あるいはぼくたちに怯《おび》えているのか。

「珍しいものが見られてよかった。だが千節《チヨ》の肉は固くて不味《まず》そうだ。ジョシュアのいったとおり、丘陵にもどって――」

オク＝トウのいいおわらないうちに、狭い岩場で収斂《しゆうれん》された突風のような高い音が短く響きわたった。少し遅れて千節《チヨ》の表皮の一部が破裂して、橙色の体液の飛沫《しぶき》が飛んだ。カレンが一歩前に出て、笑顔を浮かべつつ唱銃《ホルン》をかまえていた。

「カレン、なにをしてる⁉」

「動くところが見られるわよ」

カレンのいうとおり、千節《チヨ》は樹木の軋《きし》むような鳴き声をあげながら、幹をよじり、枝や根をふりまわした。先の尖《とが》った枝がカレンの大腿部《だいたいぶ》を裂いたが、すぐに赤いゼリー状の塊《かたまり》が傷口を塞ぐ。

「ほら、早く倒さないと大変よ」

カレンはそういって、つづけざまに唱銃《ホルン》を撃った。オク＝トウも舌打ちしつつ、カレンの横にならんで唱銃をかまえる。

「ネイサン、ジョシュア、おまえたちは下がっていろ」

それから十分近く、オク＝トウたちと千節《チヨ》の戦いはつづいた。千節は巨大で、枝の攻撃は強かったが、動きは緩慢だった。彼らは元来、ほかの獣と戦うような種族ではないのだ。

オク＝トウとカレンは千節《チヨ》の攻撃をかわしながら、唱銃《ホルン》で少しずつ表皮を破壊した。そのたびに体液が撒《ま》き散らされ、あたりを橙色の霧がつつむ。やがて、体液を出し尽くした千節は、大きな音を立てて地面に倒れた。オク＝トウとカレンに大きな怪我はなく、いくつかの傷もすでに治癒しつつあった。

ぼくたちは木陰《こかげ》から出て、ふたりの体中についた千節《チヨ》の体液を布で拭いた。

「やれやれ。こんなのキャンプまで運べないぞ」

「でも、すっきりしたわ。あなたもそうでしょう？」

「ああ、まあね……食料はあらためて丘陵地帯で探そう」

「すばらしい戦いぶりでした」ジョシュアがいう。

はたして本当にそうだったろうか。ぼくには一方的な殺戮《さつりく》にしか見えなかった。そして、千節《チヨ》はヒトに食べられることすら叶わないのだ。

「どうした？　ネイサン」オク＝トウがいう。

こんな風に考えるのは、オク＝トウにたいする裏切りになるだろうか。ぼくは彼が好きだ。

でも、彼のすることが好きじゃない。ぼくはただ黙って、丘陵地帯にむかうオク＝トウたちの背中を追った。

6

丘陵地帯で思うように灰色うさぎや一角羊を見つけられなかったぼくたちは、海岸へ移動して唱銃《ホルン》の充電が切れるまで馬蟹《うまがに》を狩った。それらの死骸をキャンプに運びおえ、家――恵まれ号に帰るころにはすっかり日が暮れていた。

「久しぶりの狩りに夢中になってしまったよ。ジョン・リィーたちが腹を空《す》かして暴れていなければいいが」

帰りの浮舟《バス》のなかでオク＝トウが冗談まじりにそういったが、現実はもっとひどいことになっていた。

家の外――食堂や調理場のテントには、ひとつの明かりも灯《とも》っていなかった。ぼくらが帰るまで食事をはじめずに待っていたとしても、イルシュが準備をしていないはずはない。オク＝トウやカレンも、いつもとちがう雰囲気に、少しとまどっているようだった。

不安をいだきながら格納庫で浮舟《バス》を降りると、スティーブとジェイコブ、アンドリューの三名がぼくたちを待っていた。

「おかえり、ナサニエル、ジョシュア」スティーブはいった。彼はオク＝トウとカレンを無視するかのように、ぼくたちマ・フの名前だけを呼んだ。

「エドワードとニコラスは？　ほかのヒトたちはどうしたの？」ぼくはきいた。

「エドワードとニコラスなら、部屋で休んでいる」ジェイコブはいった。

「休んでいる？」

「おい、ジョン・リィーたちはどうしたんだ？　ネアとイルシュは？」オク＝トウがあらためてきいた。

「彼らが先に手を出したんだ。だから――」

「ジェイコブ。それ以上いう必要はない」スティーブがジェイコブを手で制した。「とにかく彼らはもうここにはいない。オク＝トウ、カレン、あなたたちにも出ていってもらいます」

「どういうことなのよ」カレンがいった。

スティーブは手を伸ばして、アンドリューから唱銃《ホルン》を受けとった。ぼくたちが狩りにもっていった唱銃とちがって、充電ずみを示す緑のランプが点灯している。彼はゆっくりと威力を調整するつまみを動かして、その銃口をオク＝トウの頭部にむけた。

「出ていかないのなら撃ちます。たとえ回起血小板《リニュート》があっても、脳が傷つけば無事ではすまないのでしょう？」

「スティーブ、なにをするの⁉」ジョシュアが叫んだ。「ヒトに唱銃《ホルン》をむけるなんて……彼らはぼくたちの創造主なんだよ」

「ぼくはもう彼らを信じない。ぼくたちは聖典《ドキュメント》から離れてはいけなかったんだ」

「なにをいっているの……聖典《ドキュメント》をつくったのはヒトじゃないか」

ジョシュアの言葉が格納庫に響いても、スティーブは唱銃《ホルン》をかまえたまま、動かなかった。

やがてオク＝トウが静かに両手をあげ、カレンも彼にならった。

「本気のようだな」

「ええ。あなたたちヒトはキャンプで暮らす。ぼくたちマ・フはここで暮らす。そういうことです」

「待ってよ、スティーブ」ぼくはいった。「せめて、なにがあったのか教えてくれないか」

「きみとジョシュアにはあとでちゃんと話すよ」

「いやだ。そんなんじゃ、ぼくは納得できない」

「納得というが、そもそもきみは最近のヒトの行動に納得しているのか？」

「それは……」

ぼくは思わず言葉に詰まってしまった。全身の表皮を剝がれた千節《チヨ》の亡骸《なきがら》が思い浮かんだ。

「せめて浮舟《バス》で送ってくれるんだろうな？」オク＝トウがいった。

「いいえ。もう今後ここの道具をヒトに貸すつもりはありません。あなたたちは歩いて出ていくんだ」

「いくらなんでもひどすぎるよ！」ジョシュアがふたたび叫んだ。

「キャンプまで歩いて半日以上かかる。いま丸腰で出ていってまだら狼《おおかみ》にでも遭遇したら、厄介なことになる」

「そうかもしれませんね。でも、それが自然の摂理というものです」

「……夜明けまで待ってもらえないか。そうしたら、なにもきかずに出ていくよ」

スティーブは返事をしなかった。銃口は変わらずオク＝トウにむけられていた。

「スティーブ、ぼくがふたりを見張るよ。だからせめて夜明けまで待ってあげて」ジョシュアの声が切々と響いた。

「なあ、スティーブ」それまで黙っていたアンドリューが口をひらいた。「オク＝トウとカレンを死なせたいわけじゃないんだろう？　彼らは夜明けになれば出ていくといっているんだ」

「アンドリュー、おまえはどっちの味方なんだ」ジェイコブはいった。

「どっちって、ぼくはいつだってぼくたち自身の味方だよ。でも、だからって――」

「もういい。マ・フ同士で争いたくはない」スティーブはいった。「ジョシュア、本当にまかせて大丈夫なんだな？」

「うん」ジョシュアはうなずいた。

「いいだろう……。ナサニエル、きみはどうなんだ？」

スティーブが視線をゆっくりとぼくにむけた。

「ぼくは……ぼくはやっぱり納得がいかないよ。まずは事情をきかせてほしい。そうじゃなきゃ、なにもわからない」

「では、こうしよう。オク＝トウとカレンには夜明けまでジョシュアの部屋にいてもらう。ジョシュア、ふたりが家の備品に手を出さないよう、きみが監視するんだ。彼らを部屋まで送ったら、ほかのみんなは集会室だ——おあつまりをする」

　スティーブのきびきびとした調子は、オク＝トウと出会う前の、便宜上の進行役だった彼を思い出させた。

　唱銃《ホルン》のおかげとはいえ、オク＝トウとカレンが素直にジョシュアの部屋へ行ってくれたのは、幸運なことだった。ヒトの腕力は、ぼくたちマ・フよりも強いのだ。抵抗されれば、どちらかが致命的な傷を負うことになったかもしれない。

　唱銃《ホルン》をもって扉の前に立つことになったジョシュアは、別れ際、ぼくにそっと「事情がなんにせよ、きみがスティーブを説得してくれ。きみにしかできないんだ」と耳打ちした。ぼくはなにも答えられなかった。そんな風に期待されていることが意外だったし、第一ぼくには自信がなかった。変化していく暮らしのなかで、ぼくの価値観や判断基準は揺らいでいる。そんなぼくが、どうしてスティーブを説得することができるだろう。

　集会室に、ジョシュアをのぞく六名のマ・フ全員が集まった。エドワードは足がうまく動かないらしく、ニコラスとアンドリューに両側から支えられてやってきた。「エドワード……どうしたの？」ぼくはいった。

　エドワードはなにかをいおうとしているようだったが、口から声は出てこなかった。その目はなにかを謝っているようにも見えた。彼の隣にすわるニコラスも黙ったままだった。

「ナサニエル。これから家でなにが起きたかを話す」スティーブは壇上に立ってそういった。「きみたちが狩りに出たあとのことだ――」

7

「ぼくとジェイコブとエドワードとニコラスは、ジョン・リィーたち三人からそばについて雑用をするようにいいつけられた。アンドリューは予定どおり、おひっこしにそなえてネアとともに家の最終チェックをしていた。ジョン・リィーたちは、最初のうちはくつろいでいるように見えたよ。ぼくの部屋の台座《ベッド》に寝そべって、他愛もない話をしていたけれど、そのうちジョン・リィーが不機嫌になった。カレンがオク＝トウといっしょに狩りに行ったのが気に食わないだとか、そういうことを話していた。彼の仲間――グァラとリンゴォはそんなジョン・リィーをからかっていたけれど、彼らもどうやらおなじ意見のようだった。

ジェイコブとニコラスが彼らのためにイルシュのところへ行って果物と水を用意しているときに、ジョン・リィーはぼくにこういったんだ。『ネアをこの部屋に連れてこい』とね。彼らは女性を欲していたんだ。恵まれ号の女は清潔で綺麗だともいっていた。もしかすると、交尾をしたかったのかもしれない。

それで、ぼくは『ネアはオク＝トウに大切な仕事を頼まれています』と答えた。だから、彼らの相手をする暇なんてないと思ったんだ。するとジョン・リィーは立ちあがって、ぼくの顎《あご》をつかんだんだ。殴られると思ったよ。だけど、そうはならなかった。彼は矛先をエドワードに変えたんだ。

彼は『おい、がらくた。たまには役に立ってみせろ』といって、エドワードにネアを連れてこさせようとした。そうしたら、エドワードが小刻みに震えだしたんだ。あんな動作は見たことがなかった。ぼくは彼が壊れてしまったのかと思ったよ。発声器官の不具合が、神経系にまで広がったんじゃないかってね。でも、いまにして思えばエドワードは怯えていたのかもしれないね。野生動物にも見られるようなしぐささ。昨日の夕食で、暴力をふるわれた記憶が動作不良を引き起こしたんだ」

スティーブの言葉に、エドワードは黙ってうなずいた。ニコラスが彼の肩を抱いて「彼自身も、そのときどうして器体《からだ》が震えたのか、わからなかったんだ」といい添えた。

スティーブのいうとおり、怯えによるものだったのかもしれない。けれど、ぼくにはほかにも器体《からだ》が震える原因に思い当たることがあった。フィリップと涸れ谷で最後に話したとき、ぼくも全身の震えを抑えることができなかった。あのとき、ぼくの電子頭脳を支配していたのは――怒りだ。エドワードは自分でもわからないうちに、ジョン・リィーたちにたいする怒りに器体を震わせてしまったのかもしれない。それとも、それがどんなものであろうと、感情が強く高まったときに震えは起きるのだろうか。

「震えたまま動かないエドワードを、ジョン・リィーは『役立たずの人形め』と罵《ののし》った。そしてリンゴォに彼を羽交《はが》い締《じ》めにさせて、くりかえし殴ったんだ。エドワードの部品《パーツ》が軋む音が何度も何度もきこえた。もちろんぼくは止めようとしたけれど、あっという間にグァラに床に組み伏せられてしまった。まるで身動きができなかったよ。そこにジェイコブとニコラスがもどってきたんだ」

「驚いたよ。それですぐにネアとイルシュを呼びに行ったんだ」ジェイコブがいった。

「ありがとう、ジェイコブ。そうしてぼくの部屋に家にいた全員が集まったときには、エドワードはぐったりしして動かなくなっていた。ネアとイルシュはジョン・リィーたちにやめるようにいってくれたけれど、彼らは耳を貸そうとしなかった。ぼくはエドワードが機能停止してしまうと思ったよ。だから『彼を殺さないで』といったんだ。そうしたら、ジョン・リィーはなんて答えたと思う？　彼はいったんだ。『おまえたちこそ、ヒト殺しの仲間だろうが』とね」

「……ヒト殺し？」

「そうさ。いつも彼らに戦争のことをきくとはぐらかされただろう？　あれはオク＝トウがヒトビトに、ぼくたちの前でその話には触《ふ》れないようにといっていたからなんだ。ヒトビトがかつて戦争をしていた相手は、ぼくたちマ・フだったんだよ。おかしいだろう？　ヒトは聖典《ドキュメント》でぼくたちを導いてくれたはずじゃないか。でも、彼らはヒトとマ・フが殺しあっていたというんだ。それで、ぼくは以前からいだいていた仮説に確信をもった。彼らはヒトじゃない。少なくとも聖典をつくったヒトとはちがうヒトなんだ。彼らは赤色体が変異したまがい物のヒトでしかない。野生動物と変わらないんだよ」

「そんな……」

「それに、彼らは聖典《ドキュメント》すらも否定したんだ。リンゴォがいったんだよ。『おまえらのこだわっている聖典は、単なる労働者向けの作業マニュアルにすぎない』とね。彼らは大声で笑った。けれど、そのおかげでグァラの拘束がゆるんだんだ。だから、ぼくは彼から逃れて一目散に部屋を飛び出すことができた。彼らは追ってこなかったよ。放っておいても問題ないと思ったんだろうね。でも、それは大まちがいさ。ぼくは備品室から充電ずみの唱銃《ホルン》を取ってもどったんだ」

「撃ったの？」

「いいや。脳を吹き飛ばすといったんだ。彼らを家から追い出すには、それでじゅうぶんだった。さっきのオク＝トウたちとおなじさ」

「ネアとイルシュまで追い出すことなかったじゃないか。彼らはジョン・リィーを止めようとしてくれたんだろう？」

「言葉で止めようとしただけだ。まがい物なんだよ、惑星Hにいる赤色体から返ったヒトビトはすべて。創造物を守ってくれるヒトじゃないんだ！」

「オク＝トウもそうだっていうのか⁉　彼はぼくたちを導いて、フィリップのおそうしきまで出してくれたろう！」

「きみはオク＝トウのお気に入りだからそう思うんだ！　きみはいつからネイサンになったんだ？　きみの名前はナサニエルだろう⁉　彼はヒトとマ・フが殺しあっていたことを知っていて、黙っていたんだぞ。ぼくたちを利用して、都合よくあつかうために！」

ぼくとスティーブはいつのまにか大声でいいあっていた。以前にもおなじようなことがあった。なにがヒトで、なにがマ・フなのだろう。野蛮な野生動物というのなら、ぼくたちも変わらないのかもしれない。

ニコラスが手をあげていった。「ふたりともよしてくれ」

彼の隣でエドワードがぼくとスティーブを静かに見つめていた。優しいエドワード。聡明《そうめい》なエドワード。可哀想なエドワード。どうして彼ばかり、こんな目にあうのだろう。

「……そうだね。ぼくたちが愚かなヒトの真似をすることはない。ナサニエル、エドワードを見てわかるだろう。彼の発声器官は完全に壊れてしまって、もう声を出すこともできない。おまけに両足の駆動系にまで異常をきたしてしまった。もうひとりでは、這《は》うことしかできない器体《からだ》になってしまったんだ。それでも許せるのか、ヒトを？」

「許せないよ……許せないさ……でも、オク＝トウを追い出すことに賛成もできない」

「じゃあ、どうすればいいっていうんだ？」

長い長い沈黙が部屋に降りた。ぼくはなにもいえなかった。いつもそうだ。ぼくは大切なときには必ず、なにが正しいかわからなくなってしまう。

千節《チヨ》の件といい、昨晩の食卓での言動といい、ぼくだって最近のオク＝トウに疑問を感じるところはある。でも、だからといって彼を追い出して別々に暮らすなんて考えられなかった。できることなら、ジョン・リィーたちとはかかわらず、おひっこしもせず、ここでオク＝トウやネアやイルシュとぼくたちだけで過ごす日々をつづけたかった。けれどそれが無理なこともわかっていた。オク＝トウには丘陵地帯のキャンプのヒトビトにたいして責任があるのだ。

「スティーブは、ヒトを攻撃するつもりはないんだ」アンドリューがいった。「彼らが丘陵地帯のキャンプで暮らすことの邪魔はしない。そうだろう？」

「そうだ。今後、ヒトに干渉することはない。これからは彼らも野生動物のひとつと考える」

「ヒトを見かぎって、これからどうするつもりなの？」ぼくはきいた。

「以前の生活にもどるんだ。聖典《ドキュメント》にもとづいて、惑星Hの観察をつづける」

「ぼくはいやだ。そんなの、いまさらじゃないか。ヒトはいろんなことを教えてくれたじゃないか。彼らだって、ぼくたちのことが必要なはずだ」

「彼らが必要としているのは、恵まれ号とその設備だけさ。だけどここは、ぼくたちの家だ。聖典《ドキュメント》とともに母船《マザーシップ》に残されていたものだ」

「いやだ。納得なんかできないよ」

「ほかに選択肢があるっていうのか？」

それからは、おなじことのくりかえしだった。ぼくはオク＝トウを追い出すことに納得できず、スティーブは納得しないぼくに納得しなかった。スティーブ以外のみんなは一様に黙っていたが、彼らはもうヒトを追い出すしかないとわかっているようだった。ほかに選択肢はなかった。ぼくにだってわかっていた。それでも、納得できなかったのだ。

8

議論は平行線のまま、時間は午前零時をまわっていた。

徐々に沈黙の時間が増え、ぼくはただ「いやだ」ということしかできなくなっていた。スティーブにみずからの決定を変えるつもりはない。それでも彼がぼくに納得を迫るのは、もう一度マ・フ全員がひとつになって、以前の生活にもどるためだ。

ジェイコブは「一万年以上もつづけてきた暮らしにもどるだけだ」といった。そうかもしれない。でも、その一万年にはヒトが——オク＝トウがいなかったのだ。たった二年間の出来事が、ぼくの一万年を決定的に変えてしまった。

「きみが納得しようとしまいと、朝になればオク＝トウとカレンにはここを出ていってもらう」

ついにスティーブはそういった。そのとおりになるだろう。ぼくはスティーブを説得することはおろか、建設的な意見を述べることすらできないのだから。

「なあ、スティーブ」アンドリューはいった。「こんなに長く話すことになるとは思っていなかった。ジョシュアのことが心配だよ。彼も動揺していたしね。少しようすを見てきていいかな？　あるいは、見張りはぼくが代わるから、ジョシュアにもここで話をきいてもらうのはどうだろう？」

「わかった。そうしよう」スティーブはいった。

アンドリューが部屋を出て、おあつまりは小休止になった。だれも動かず、だれもひとことも話さなかった。沈黙がつづくと、白い部屋に白いぼくたちの器体《からだ》が溶けていくような気がした。

ぼくはオク＝トウとカレンとともに、ここを出ていくべきなのかもしれない。ふと、そんなことを思った。つぎに扉がひらくまでの数分が、数時間にも感じられた。まるで、フィリップが機能停止したあの日の夜のようだった。

音もなく扉がひらき、ぼくたちは視線を部屋の入口にむけた。そこに立っていたのは、ジョシュアではなくアンドリューだった。

「アンドリュー、ジョシュアは？」ジェイコブがきいた。

「いないんだ。オク＝トウもカレンも、みんな……」

「なんだって……⁉」スティーブがうなるようにいった。「まさか、浮舟《バス》で逃げたのか」

「いや、浮舟《バス》が発車したのなら、ここで検知できる」アンドリューはいった。集会室は、家が宇宙船としてつかわれていた際の船橋《ブリッジ》だ。彼のいうとおり、船載機の出庫状況は、ここの制御卓で検知できる。「念のため格納庫にも寄ってみたが、二台ともそのままだった。彼らはぼくたちに気づかれないように、こっそり歩いて家を出ていったんだ」

「……でも、どうしてジョシュアまで？」

「唱銃《ホルン》を奪われたんだろう。ぼくたちに告げ口できないように連れていかれたんだ」

「まさか、撃たれてなんかいないよね？」

「スティーブ、どうすればいい？」

「スティーブ」

「スティーブ」

ジェイコブ、アンドリュー、ニコラスの三名が口々にスティーブの名前を呼んだ。エドワードは無言でスティーブを見つめていた。

「みんなで手分けして探そう。ジョシュアを連れもどすんだ」

スティーブが力強い調子でいった。ジョシュアは、自分がマ・フのリーダーであることを隠そうとはしなかった。いま求められているのは、ヒトに代わってぼくたちを導いてくれる存在なのだ。それは聖典《ドキュメント》を強く信仰するものでなくてはならないのかもしれない。

恵まれ号と丘陵地帯のキャンプのあいだに道らしい道はない。ぼくたちは徒歩でむかうのに適していると思われる複数のルートのうち、最も可能性の高いふたつをふた手に分かれて浮舟《バス》で探索することにした。南西側のルートを行く浮舟にはスティーブとジェイコブが、北西側の浮舟にはアンドリューとぼくが乗ることになった。エドワードとニコラスは、ジョシュアが自力で帰ってきたときのために家で待機する。もちろん、固く戸締まりをして。

真夜中。低空を飛行する浮舟《バス》の投光器に照らされた橙色の草が、千節《チヨ》の体液の海のように見えておそろしかった。彼は、ぼくたちを恨んでいるだろうか。食べるためでもなく、ただ戯れに奪われた哀れな生命。当然、恨んでいるはずだ。オク＝トウとカレンだけでなく、その場にいたジョシュアとぼくのことも。

キャンプまでの距離を四分の一ほど消化したところで、アンドリューがいった。

「彼らが、おあつまりがはじまってすぐに家を出発したとしても、徒歩で到達できるのはこのあたりまでだ。スティーブたちからも連絡がないし、別のルートを探ってみたほうがいいかもしれない」

「あるいは浮舟《バス》の光に気づいて、どこかに身を隠しているのかもしれないよ」ぼくはいった。

「だとすると厄介だね。投光器の光が届かない岩場の陰や木の洞にいるのだとしたら、ぼくたちも浮舟《バス》を降りて探さなくてはならない。その場合、まだら狼が出て困るのはむしろぼくたちだ。ぼくたちには回起血小板《リニユート》のような再生機構がないのだから」

「キャンプに先まわりするのは？」

「ジョン・リィーたちのことがあるから、スティーブは近づきたがらないだろうな……だが、相談してみてもいいかもしれないね」

そういってアンドリューが肘かけの制御盤を操作しようとした瞬間、空中にスティーブの上半身が立体投影された。

「アンドリュー、ナサニエル」スティーブはいった。

「やあ、ちょうどこちらから通信しようとしていたところだよ」アンドリューはいった。

「なにか見つけたのかい？」

「ジョシュアを見つけた」

「ジョシュアだけか？　彼は無事なんだろうね？」

「オク＝トウとカレンは見つかっていない。ジョシュアには、いまジェイコブがついている。

……家に寄ってエドワードとニコラスを連れて、みんなでこちらに来てくれないか？」

「わかった。そこはどこなんだ？」

「家の南。川沿いの紫葉《しば》の大クスノキ——フィリップのお墓だよ」

スティーブの声は、普段にも増して淡々としていた。

9

ぼくとアンドリューは、家にもどってエドワードとニコラスを拾った。彼らもスティーブから通信を受けていたらしく、家の入口を出たところでぼくたちを待っていた。風が強まり、投光器の光のなかで飛沫があがるように橙色の草があちらこちらで千切れ飛んだ。ぼくたちはエドワードが倒れないように両側から支えて、彼を浮舟《バス》に乗せた。

浮舟《バス》がフィリップのお墓に着くまで、だれもひとこともしゃべらなかった。ただ、エドワードがずっと、なにかを訴えるようにぼくの目を見ていた。もしかしたら、彼はぼくがオク＝トウたちとともに出ていこうかと考えたことを、見透かしているのかもしれない。

紫葉の大クスノキの二十メートルほど手前にスティーブたちの浮舟《バス》はあった。前方を照らす投光器が、フィリップのお墓の前に立つマ・フたちの姿を浮かびあがらせていた。

アンドリューは投光器をおなじように前方にむけて点灯させたまま、スティーブたちの浮《バ》舟《ス》のすぐ隣に浮舟を停車させた。お墓の周囲は明るさを増して、立っているふたりのマ・フがスティーブとジェイコブであることがわかった。その向こうで膝を地面についたまま、ぼくたちに背をむけているのはジョシュアだ。

ニコラスとぼくはエドワードを支えてゆっくりとスティーブたちのもとへ歩いた。先に合流したアンドリューはなにもいわず立ち尽くすだけだった。スティーブもジェイコブもジョシュアも黙ったままだ。なぜ、だれひとり言葉を発さないのか？　遅れてお墓にたどりついたとき、ぼくは沈黙の理由を理解した。

地面に膝をついたジョシュアの前に、真っ暗な穴があいていた。そこは、フィリップを埋めた場所だった。

ぼくはエドワードをニコラスにまかせて、スティーブたちをかき分けて前に出た。穴をのぞきこむと、暗闇のなかにうっすらと白っぽい箱が見えた。土の成分で多少変色しているようだったが、それはまちがいなくフィリップの棺だった。蓋はひらいて、なかは空っぽだった。

ジョシュアは土で汚れてはいたものの、傷ひとつなかった。彼は撃たれてはいない。ただ、彼の器体《からだ》は小刻みに震えていた。

「どうして？　なんでフィリップが？」ぼくはいった。

「ごめんなさい……ぼくは……ごめんなさい」ジョシュアはいった。

「……ぼくはどうしてってきいてるんだ」

ぼくの器体《からだ》も小刻みに震えはじめた。もしかしたら、ここにいる全員がそうだったかもしれない。それぞれがそれぞれの電子頭脳が立てる波に器体を支配されつつあった。

「事情はすでにきいてある」スティーブはいった。

「話してくれるかい？」アンドリューはいった。

「彼は唱銃《ホルン》を奪われて、脅《おど》されて、ここまで連れてこられた。そして、フィリップの遺体を掘り出すのを手伝わされたんだ。オク＝トウとカレンはフィリップの遺体をもっていってしまった。彼らはフィリップの螺旋器官から電力を得るつもりだろう」

「そんな……」

「スティーブのいうとおりだったってことさ」ジェイコブはいった。「ヒトは――あいつらは信用ならない」

「ねえ、ジョシュア。どうして唱銃《ホルン》を奪われたの？」

ぼくは質問しながらも、答えに確信をもっていた。彼は唱銃《ホルン》を奪われたんじゃない。自分からオク＝トウに手わたしたのだ。

「ごめんなさい、ごめんなさい……」

ジョシュアはただ謝罪をくりかえすだけだった。ぼくには彼の気持ちがわかる。おそらく彼は、オク＝トウに自分も連れていってほしかったのだ。そして、ジョシュアもぼくも置いていかれてしまった。

「ナサニエル、もうやめるんだ。すんだことはしかたない」スティーブはいった。

「フィリップを取り返しに行くんだろうね、スティーブ？」

ニコラスがいうと、それまでうなだれていたエドワードがスティーブを見た。

「……いいや」スティーブは声を抑えていった。「フィリップの器体《からだ》はくれてやることにする」

「どうして⁉」ニコラスが叫んだ。

「もういいんだ。これ以上、ヒトとはかかわらない」

「フィリップのことはどうでもいいっていうのか⁉」

「あれはフィリップであって、フィリップじゃないんだ！　抜け殻《がら》なんだよ！　おそうしきだってまがいものだったんだ。オク＝トウは最初からこうするつもりでフィリップをここに埋めたにちがいない。きっとそうさ。それが彼らヒトなんだ。フィリップのことは、ぼくたちが覚えていればそれでよかったんだ！」

スティーブの叫び声は、ニコラスよりもはるかに大きかった。

ぼくはなにかをいおうとして、そしてなにもいえなかった。ぼ、く、た、ち、が、覚、え、て、い、れ、ば、そ、れでよかった——たしかにそうなのかもしれないと、そう思ってしまったからだ。

スティーブは、ジョシュアの腕を荒々しく引っぱって立たせると、いった。

「帰ろう。おやすみの時間はとっくに過ぎている」

ぼくたちは浮舟《バス》にむかって歩きだした。そうするしかなかった。ほかの選択肢は考えられなかった。だれもなにも発言をしなかった。ぼくは浮舟に乗る前に、一度だけふりかえって紫葉の大クスノキの根もとを見た。そこにみんなでつくったフィリップのお墓はなかった。ただ、どこまでも真っ暗な穴が口をあけているだけだった。

恵まれ号　Ⅱ

1

台座《ベッド》に横たわって天井を見つめていると、真円の溝から漏《も》れる白い照明の光が明るさを増した。いまこのとき、この場所の夜が明けたという合図だ。だからなんだっていうんだろう？　ぼくは微動だにすることなく、台座に横たわりつづけた。

　オク＝トウたちがこの家を出ていってから一か月半。スティーブたち——ぼく以外のマ・フは、ヒトビトがあらわれる前の生活にもどっていた。すなわち、夜明けとともにおあつまりをおこない、正午からはおでかけをして、日の入りとともにおやすみをする生活だ。

　彼らはいま一度聖典《ドキュメント》を規範とし、あらためて自然環境への干渉を禁じた。自然には、いまや野生動物と認識されるヒトビトも含まれる。おでかけ中に赤色体《せきしょくたい》を見つけても、もちろん回収なんかしない。ヒトがえり中の赤色体があれば、距離を取って接触を避ける。

　ヒトビトのキャンプのある海の見える丘陵地帯へのおでかけは当面のあいだ中止となり、再開したとしても浮舟《バス》で上空から望遠鏡を用いて観察するのみにとどめようということになっていた。

　ぼくはもう、一切のおでかけ、おあつまりに参加していなかった。待機電源《スリープ》モードに不具合があるから、おやすみだってしていない――これに関しては、ずっと以前からそうなのだけれど。

ふたたび聖典《ドキュメント》どおりの生活を送ることに、ぼくはどうしても納得がいかなかった。

スティーブは、遺物《アーティファクト》の銃弾によってフィリップが機能停止してから、オク＝トウたちを家から追い出すまでの期間を〝罪の時代〟と呼んだ。赤色体から変異したヒトビトは聖典《ドキュメント》にある創造主としてのヒトを騙《かた》るまがいものであり、ぼくたちは彼らと彼らの遺物に惑わされて聖典の規範を逸脱する罪を犯してしまった――少なくともスティーブは、そのように考えている。

ふたたび聖典《ドキュメント》を神聖不可侵と確認し、定められた様式のとおりに生活するのは、犯した罪にたいする償いでもある。

けれど、スティーブによると、まがいもののヒトのひとりであるリンゴォは、聖典《ドキュメント》を〝単なる労働者向けの作業マニュアル〟といい放ったらしい。ぼくにはそれが――たとえあのリンゴォの発言だったとしても――まちがっているようには思えなかった。

もしかしたら、聖典《ドキュメント》はぼくたちマ・フのために遺されたものではなかったのかもしれない。ただ母船《マザーシップ》の片隅《かたすみ》に捨てられていただけのものだったとしたら……ぼくたちはその事実を受けとめきれるだろうか。

真実は一万年の過去と超空洞《ヴォイド》の暗闇の彼方《かなた》に消え去ってしまった。はたしてぼくたちは、聖典《ドキュメント》にしたがうことと、ヒトに仕えることのどちらを選ぶべきなのだろう？　そもそも選ぶべきなにかなんて、本当にあるのだろうか？

「ナサニエル、起きてるんだろう？」

扉の向こうからスティーブの声がきこえた。彼は毎朝、この時間になるとやってくる。

「――いい加減、扉をあけてくれないか？　おあつまりに出てほしいんだ。みんなきみを待っている」

ぼくは今日もなにもいわず、扉をあけなかった。

「きみは惑星Hの観察担当員として、ここに来たはずだ」

ぼくは答えない。

「義務を果たすんだよ。ヒトビトに干渉しないのは、彼らが特別ではないとわかったからだ。聖典《ドキュメント》だけが唯一、ぼくたちの信じられるものだったんだ」

ぼくは答えない。

「遅れてきてもかまわない。ぼくたちはいつでも歓迎する。元のぼくたちにもどろう……集会室で待っている」

小さな足音が遠ざかり、やがて静寂が訪れた。

くりかえされる毎日。彼は罪の時代に取り残されたぼくを、救おうと考えているのかもしれない。

意味のないことだ。

もしかしたら、意味のあることなんて最初からどこにもないのかもしれない。感情にあとから理屈をつけているだけなのだ。衝動にあとから感情をあてはめているだけなのだ。電子頭脳の湖の奥深く、記憶と無意識のあいだからやってくる衝動に。

罪の時代――オク＝トウたちと過ごした二年間。

あのめくるめくような二年間は、もうもどらない。喜びは苦しみに変わり、そして、虚《むな》しさだけがやってくる。

ぼくは台座《ベッド》の上で寝返りを打った。これもまたマ・フの器体《からだ》にとっては無意味なことだ。ありとあらゆること。なんの意味があるのだろう。

ぼくはただ、そうしたいからそうするだけだ。

ぼくは今日もひとりで正午を待つ。意味なんて知らない。ただ、ぼくの衝動にしたがって。

2

ぼくには新しい日課があった。

おあつまりやおでかけに出ないからといって、毎日を台座《ベッド》の上だけで過ごしているわけではない。

ぼくは正午になってから、さらに三十分待って、部屋を出た。集会室へ行くと、すでにだれもいなかった。念のため、格納庫へ行って浮舟《バス》が一台なくなっていることも確かめた。まちがいなく、スティーブたちは全員おでかけに出ている。ぼくは備品室へ行って、棚にならべられた唱銃《ホルン》が六丁そろっていることを確かめた。当然ながら、スティーブたちが唱銃をもちだすことはないが、これも念のためだ。

赤色体溜《だ》まりから発掘された唱銃《ホルン》は全部で十二丁。そのうち半分の六丁が家に、先日オク＝トウによって奪われた一丁を含む、もう半分の六丁がキャンプにある。

ぼくは唱銃《ホルン》を三丁ずつ二回に分けて、残るもう一台の浮舟《バス》へ運んだ。唱銃はいずれも、みんなが待機電源《スリープ》モードにはいるおやすみの時間に充電をすませてある。

この日課をはじめたのは、オク＝トウたちが出ていった一週間後からだ。ふと思いついて、今日までずっとつづけている。そのあいだ、スティーブたちと思いがけず顔を合わせてしまったことは一度もない。彼らは以前の一万年のように、とても規則正しく行動していた。

浮舟《バス》で外へ出ると、朱色に染まった草原が強風に煽《あお》られるのが見えた。暖かくなれば草原はふたたび青磁色《せいじ》に変わるが、それまでまだ数か月はかかる。野生動物にとっては厳しい季節だ。ぼくは制御盤を操作して、いつものとおり南西へ飛んだ。

丘陵地帯のキャンプへは、二十分ほどで到着した。家の大型螺旋器官《らせん》で唱銃《ホルン》を充電し、オク＝トウたちのもとへ届けるのが、ぼくの新しい日課だった。だれにいわれたわけでもなく、ぼくが勝手にはじめたことだ。浮舟《バス》を降りると、オク＝トウとカレンと幾人かのヒトビトがぼくを出迎えた。

「やあ、ネイサン。今日もありがとう。助かるよ」

そういってオク＝トウは微笑《ほほえ》んだが、彼のうしろに立つヒトビトはちがっていた。彼らはいつも、群れに侵入した敵性動物でも見るような目で、ぼくを見る。その視線は日々けわしさを増しているが、今日はなお一層鋭く感じられた。いつも無表情のカレンですら、どこか苛立っているように見える。

浮舟《バス》から充電ずみの六丁の唱銃《ホルン》を運び出すと、カレンとほかのヒトビトが受けとって、どこかのテントへもっていった。ぼくは代わりに充電の切れた六丁の唱銃を受けとり、浮舟に積みこむ。

「ご苦労さま。スティーブたちはなにかいっていなかったか？」

オク＝トウが積みこみを手伝いながらいった。

「ううん。彼らはぼくが唱銃《ホルン》を充電してもちだしていることに、まだ気づいていないと思う」

「そうか。おまえのおかげでなんとか狩りができているよ。フィリップの螺旋器官では、唱銃《ホルン》一台充電するのに何日もかかってしまうからね。照明の電力をまかなうので精いっぱいだ」

オク＝トウはわかりきっていることを、あらためて確認するようにいった。ヒトビトは、ぼくらの家にあるのとおなじような照明器具を発掘して、フィリップの螺旋器官に接続して利用している。

「うん」ぼくはいった。

「いや、すまない」オク＝トウはなにかに気づいたようにいった。その口調は少し芝居がかっているようにも思えた。「おまえもフィリップのことを許してくれているわけではなかったな。だが、われわれの生活には必要なことなんだ」

「わかっているよ。しかたないっていうんだろう？」

「そうだ、しかたない。なあ、ネイサン。帰る前におれのテントに来てくれないか？　話したいことがあるんだ」

ぼくはうなずいて、オク＝トウのうしろをついて行った。歩いているあいだ、彼はひとことも発さなかった。彼の話したいことは、だいたいにおいて予想がつく。これまでも何度か彼のテントに呼ばれて、おなじように話をされたからだ。彼はぼくたちの家――恵まれ号をあきらめてはいないのだ。おそらく、今回も家の移動についてスティーブたちを説得するよう頼むつもりなのだろう。フィリップやエドワードのことがある以上、そんなことできはしないのに。

広場に差しかかると、大勢のヒトビトが集まっているのが見えた。ヒトビトは口々になにごとかをわめいている。なかには、腕をふりまわしているものもいた。

「オク＝トウ、これは？」ぼくはいった。

広場には数珠つなぎにされた小さな電灯が、周囲を囲むように複数の柱にくくりつけられている。フィリップから電力を得ている電灯だ。その中心――広場の中央に見覚えのない二本の高い丸太が立てられていた。丸太の下には木材が組みあげられた台があり、その上に男がひとりずつ立っている。男たちはそれぞれ丸太に縄《なわ》で縛《しば》りつけられ、身動きできずにいた。

ぼくは彼らに見覚えがあった――ジョン・リィーとその部下のグァラだ。ふたりは目を見ひらいてなにかを訴えようとしていたが、口に巻きつけられた布のせいでうなることしかできずにいるようだった。

「ここのルールを破ったからさ」オク＝トウはいった。

「ルール？」

「彼らは昨晩、ネアを襲ったんだよ」

「襲われた？　ネアが？」

「彼女は無事だよ。だが、深い傷を負ってしまった。住民たちも動揺している」

「ジョン・リィーとグァラはどうなるの？」

「火刑さ。もうしばらくしたら、火をつける。そうして、罪を償ってもらうんだ」

「生きたまま燃やすということ？」

「そうだ。回起血小板《リニュート》のせいですぐには死なないだろうが、それも罰の一環だよ。キャンプの治安を守るためには、しかたのないことだ」

オク＝トウは眉間に皺を寄せて、縛りつけられたジョン・リィーとグァラをにらんだ。彼らの足もとで、リンゴォが火の準備をはじめていた。

オク＝トウのテントは広場の南側にあった。ほかのヒトビトはひとつのテントに五人から十人で住んでいるが、彼はここにカレンとふたりきりで暮らしている。テントのなかには寝具だけでなく、大きな作業台があった。作業台の上には銃と口風琴《くちふうきん》、そして布にくるまれたフィリップの器体《からだ》が置かれていた。

ぼくは無言で布をめくり、なかのフィリップと対面した。彼の顔にはあいかわらず、ぼくが銃で撃ってあけてしまった穴があった。フィリップの胸部は切開されており、内部の螺旋器官があらわになっていた。螺旋器官から伸びる複数の管は床を伝い、テントのシートをくぐって外に出ていた。それらは広場に数珠つなぎにされた電灯に接続されて、ヒトビトを火の番から解放するのにひと役買っている。

フィリップの変わり果てた姿を見るたびに、ぼくは自分が思っていたような怒りをいだけないことに気づく。フィリップの亡骸《なきがら》からは、かつてきこえていたような声はもうしない。ただ、フィリップもぼくも道具なのだと思う。ヒトはぼくたちマ・フにたいしてなら、どこまでも残酷になれるのかもしれない。ぼくたちは最初から暴力性の受け皿としてつくられているのだ。

「ねえ、オク＝トウ」それでもぼくはききたかった。彼が優しいヒトだと信じたかったからだ。「ひとつ教えてほしいことがあるんだ」

「なんだい、ネイサン？」

「ジョシュアを連れていかなかったのは、ここで暮らすことになれば、彼も遅かれ早かれ胸を切られることになると思ったから？」

オク＝トウは顎《あご》に手を当てて、少し考えてからいった。

「どうだろうね。ただ、連れていけないと思ったんだ。おまえたちとは決別することになると、覚悟を決めなくてはならなかった」

「ぼくの胸もいつか切られてしまう？」

「そんなことしないさ。おまえは唱銃《ホルン》を充電してくれているんだ。おまえがいなくなってしまったら、キャンプの人数をまかなうだけの狩りはできない。それに――」オク＝トウはぼくの肩に手をまわした。「おまえはおれの友だちだ。おまえだって、そう思っているから来てくれるんだろう？」

「たぶん……そうだと思う」ぼくはフィリップの布をもどしながらいった。

「ありがとう。そこで、おまえを見込んで頼みがあるんだ」

「家――恵まれ号のことなら、何度もいっているとおり無理だよ」

「わかるだろう？　もうここは限界なんだ。ジョン・リィーたちのことは、現状をあらわす出来事のひとつにすぎない。トラブルは毎日のように起きている。電力なしには食べものも安全も確保できないんだ。キャンプには大型螺旋器官の電力が必要なんだよ」

「そうかもしれない。でも、ぼくにできることはみんなに隠れて唱銃《ホルン》を充電してくることくらいだよ。スティーブは絶対に説得に応じない」

「もう一度だけでいい。スティーブに話してみてくれないか」

「無理だよ」

「応じてくれないのなら、こうしておまえに頼めるのも最後になる」

「最後？」

「いったろう？　限界だって。ここのヒトビトはこれ以上電力が得られないのなら、恵まれ号を無理やりにでも奪うつもりだ。いまはおれが止めているが、いつまでも抑えておくことはできない」

「そうなったら、ぼくたちマ・フはどうなるの？」

「命の保証はできない」

「さっき、ぼくの胸を切るつもりはないっていったじゃないか」

「あくまでいまの状況なら、だよ。おれだってそんなことは絶対にしたくないし、させたくないんだ。だが、ジョン・リィーたちの処刑で流れが変わるかもしれない。ヒトビトは不安と怒りに支配されつつある」

「じゃあ、どうして火刑になんかするの？」

「ほかにどうしようもないんだよ。彼らはこれまでに何度もルールを破ってきた。今度こそ思い知らせなきゃならない。おれはここのヒトビト全体に責任があるんだ。キャンプを守るためにはしかたないことなんだよ。わかってくれ、ネイサン」

ぼくはなにもいえなかった。結局、ぼくにはスティーブだけでなく、オク＝トウを説得することもできないのだ。彼らのもつ責任にくらべれば、ぼくの願いなど小さなものだった。もう、ヒトとマ・フのあいだに、あの二年間のような暮らしはもどらないのだ。

「スティーブにいってくれ。おたがいに残された時間は、あとわずかだと」

オク＝トウはそういうと、テントの入口をめくって、ぼくに外に出るよううながした。

「――そろそろ執行の時間だ」

広場には、キャンプに住むほとんどのヒトビトが集まっていた。ジョン・リィーとグァラがくくりつけられた丸太の立つ台――火刑台のすぐ隣に、燃えさかる松明《たいまつ》をもつリンゴォが立っていた。リンゴォはテントから出てきたオク＝トウに目をとめると、以前に家に来たときの彼からは想像もつかないような大きな声で叫んだ。

「オク＝トウ！」

リンゴォの叫びに反応して、広場のヒトビトはふりかえってオク＝トウを見た。そして天に拳《こぶし》を突きあげながら、いっせいに彼の名前を叫んだ。

「オク＝トウ！」

「オク＝トウ！」

「オク＝トウ！」

「オク＝トウ！」

ヒトビトの叫びは一定のリズムを生み、長く広場に響きわたった。彼らの目はどれも怒りに満ちていた。その怒りは、ぼくにもむけられているように感じられた。

オク＝トウは片手をあげてヒトビトを制すと、ぼくにそっと「おまえも見ていけ」といった。そして、ぼくを置いて火刑台までゆっくりと歩いていった。

ヒトビトが固唾《かたず》を呑んで見守るなか、オク＝トウはよく通る大きな声でいった。

「このふたりに与えられるのは、キャンプのルールを破ったものにたいする報いだ！　ジョン・リィー、そしてグァラ。このふたりは、昨晩ネアがひとりでいるところを襲い、彼女の尊厳を不当に傷つけた！　われわれは彼らの行為を――」

大勢の前で演説をするオク＝トウは、いつもの彼とはまったくの別人に見えた。ぼくはもうこれ以上、オク＝トウの声をきいていたくないと思った。ジョン・リィーとグァラが燃やされるところだって見たくない。ぼくは広場から逃げ出そうと、ヒトごみをかきわけた。

「ナサニエル、帰るのか？」

不意にかけられた声は、きき覚えのあるものだった。ふりむくと、群衆から少し離れたところに、イルシュが立っていた。

「イルシュ」ぼくはいった。

「どうせなら見ていきなよ。もうじき火がつけられる」

「ネアはどこ？　大丈夫なの？」

「テントで休んでいるよ。大丈夫――といえるかどうかは、大丈夫の定義にもよるね」

「イルシュは、これに賛成なの？　つまり、火刑に」

「ナサニエル。ぼくはね、反対だよ。なぜって、本当はぼく自身の手であのふたりを殺してやりたかったからね。でも、それはキャンプのルールに反することだ。だから、せめてここからジョン・リィーとグァラが苦しんで死ぬのを見てやるんだ」

「イルシュ……」

「彼らはきみにとってもエドワードを傷つけた憎い相手だろう？　いつのまにかリンゴォが

処刑係におさまっているのは気に食わないだろうが、見ていくといいよ」

あの優しいイルシュがそんな風にいうなんて信じられなかった。ネアのため――だれより特別な存在だといったきょうだいのためなら、彼も残酷になれるのだろうか。それも、ヒトがヒトにたいして。ぼくは世界がそっくり変わってしまったように感じた。ぼくの知っているヒトは、ここにはだれもいない。

「――火をつけろ！」オク＝トウの叫ぶ声がきこえた。

リンゴォがゆっくりと、火刑台の下部に組まれた木材に火をつけた。ジョン・リィーとグァラが言葉にならない叫びをあげた。火は少しずつ燃えあがり、やがて這《は》いまわるようにふたりの体をつつんだ。黒く焦《こ》げていく皮膚から赤いゼリーがにじんでは、どろどろとしたたり落ちた。回起血小板《リニュート》が焼けた肉体を再構築しようとしているのだ。しかし、勢いを増していく炎はその再生能力をわずかに上まわっていた。

「残酷だと思うかい？」イルシュはいった。

ぼくはなにもいえなかった。あまりにもわかりきったことだった。肉の焦げる匂いが広場に充満し、火刑台を取り囲んだヒトビトは熱狂して大きな声をあげた。よだれを垂らしているものさえいた。

「――これが、ヒトだよ。ヒトはヒトにたいしてだって、こんなに残酷になれるんだ。相手がヒトでなければ、もっとさ。オク＝トウから、恵まれ号を明けわたすようにいわれたんだろう？　だったら、素直にしたがったほうがいい」

炎に照らされたイルシュの目は、どこまでも乾《かわ》いていた。

ジョン・リィーとグァラの赤黒い肉体は、いまもなおもぞもぞと動いていた。彼らが死んでしまうまで何十分か、あるいは何時間かかかるだろう。

ぼくは黙ってイルシュに背中をむけた。

広場を出て、浮舟《バス》にたどりついても、鼻孔の奥に煙の匂いが残っていた。

3

ぼくは浮舟《バス》を格納庫にとめて、未充電の唱銃《ホルン》六丁を備品室に運びこんだ。日没までもうしばらく時間があるから、スティーブたちと鉢合わせすることはない。

台座《ベッド》に寝転がると、オク＝トウとイルシュの言葉が電子頭脳の湖に浮かぶ木の葉となって、くるりくるりとまわりはじめた。

『おたがいに残された時間は、あとわずかだ』

『しかたのないことだ』

『素直にしたがったほうがいい』

『無理やりにでも奪う』

スティーブたちが帰ってきたら、このことを話すべきだろうか。話してしまったら、ぼくがキャンプに唱銃《ホルン》を充電して届けていることが、みんなに知られてしまう。ひょっとしたら、ぼくをヒト側のマ・フと見なして追放するかもしれない。そうなったら、ぼくは丘陵地帯のキャンプで暮らせるだろうか？　おそらく無理だろう。ヒトはもう手ぶらのマ・フを許しはしない。マ・フとは、ヒトビトにとって恵まれ号を独占する存在なのだ。おそらく、電子頭脳を破壊されたうえで胸を切り裂かれて、電灯を灯《とも》すためのものいわぬ電力供給源にされてしまうだろう。

ヒトビトは家を無理やりにでも奪うつもりだとオク＝トウはいった。もし本当にそうなるのなら、追放を覚悟してでもスティーブに話したほうがいいのかもしれない。ヒトビトが来る前に、家をどこか遠くの大陸へ移動させるよう提案するのだ。たとえぼくが追放されても、みんながヒトに傷つけられてしまうよりはいい。

かといって、話したところでスティーブが家を動かすことに承知するとも思えなかった。彼は地殻変動にたいして安全性の高いこの草原地帯にこだわっている。そして、ヒトの都合で家を動かすことを、より強く嫌っている。

このまま話さなかった場合はどうなるだろう？　仮にヒトがやってきたとして、家の扉《ハッチ》を破壊することなど可能だろうか？　家は恒星間をわたる宇宙船だ。たとえ唱銃《ホルン》が強力でも、家の外壁は千節《チヨ》の皮膚とはちがう。彼らがあきらめるまで家に閉じこもっていればいいし、そのあいだに、あらためて家の移動を提案すればいい。

しかし、ヒトが唱銃《ホルン》をたずさえているのを見れば、ぼくのしていたことは結局のところ白日の下に晒されることになるのではないだろうか。だったら、先にスティーブたちに伝えてしまったほうがいいようにも思える。

そうして考えているうちに、日没の時刻はとっくに過ぎていた。スティーブたちは帰っているだろうが、もうおやすみしてしまった頃合いだ。話すとすれば、明朝のおあつまりだろうか。

ぼくは備品室の棚にならべてある六丁の唱銃《ホルン》を思った。そもそも、明日唱銃を届けに丘陵地帯へ行くべきだろうか。もうキャンプへ行くのは危険なように思える。しかし、唱銃を届けなければ、ヒトビトは満足に狩りができないのだ。飢えはさらなる憎しみを生むにちがいない。

なにひとつ考えがまとまらないまま、ぼくは備品室へ行って、唱銃《ホルン》を第三層の動力室まで二回に分けて運んだ。ひとまず唱銃の充電はしておこうと思ったのだ。考える時間はたっぷりある。

動力室には静かな律動を打つ大型螺旋器官があった。乳白色をした巨大な心臓のようなそれからは、血管を思わせる管が何本も生えていた。ぼくは管のひとつを選んで、唱銃《ホルン》の挿入口に挿《さ》しこんだ。唱銃の制御盤のランプが、充電中を示す橙《だいだい》色に変わる。

「ナサニエル」

今日は不意に背後から声をかけられることの多い日だ。ふりかえると、そこにはおやすみしたはずのスティーブがいた。

「――やはりここだったか」スティーブはいった。

「起きていたの？」

「ああ……じつは待機電源《スリープ》モードの具合が悪いんだ」

「えっ」ぼくは驚いて、小さく声を漏らした。

「眠れないんだよ。いつもジェイコブの隣で目蓋《まぶた》を閉じて、寝ているふりをしているんだ」

「いつからなの？」

「もうずいぶん前からだよ。思い出せないくらい前から」

意外な告白だった。スティーブもぼくとおなじ問題をかかえていたなんて。ぼくが自分のことを話すべきか悩んでいると、彼は動力室の奥まで歩いてきて、唱銃《ホルン》を指でつついた。

「充電して、オク＝トウのところにもっていっているんだろう？」

「知っていたの？」

「きみが日中、ひとりでどこかへ行っていることには気づいていた。だから、ひょっとしたらと思ってね」

「……ぼくを追放する？」

「それも選択肢のひとつではあるだろうな……でも、しないさ。きみはマ・フでぼくたちの仲間なんだよ。なにをしようとそれは変わらない。特別あつかいはしないんだ」

「でもぼくは、きみたちといっしょにおでかけしない道を選んだ」

「いまのところはね。ぼくはきみがもどってきてくれるのを信じて待っているよ」

スティーブの口調はどこまでも落ち着いていた。ぼくは自分のしてきたことが正しいかどうか、ますますわからなくなった。

「ねえ、スティーブ」

「なんだい?」

「今日、オク=トウがいっていたんだ。ヒトビトは、ぼくたちが家を明けわたさなければ、無理やりにでも奪うつもりだって」

「野蛮だな。もちろん、明けわたしたりなんかしないよ」

「ヒトビトは明日にも来るかもしれない。今夜のうちに、家をどこか別の大陸に移動させないか? ヒトビトがたどりつけないくらい、遠くに」

「いいや。家はここから動かさない」

「でも――」

「扉《ハッチ》をひらかなければいいだけのことさ。あちらの唱銃《ホルン》の充電がじゅうぶんに残っていたとしても、家を傷つけることはできないだろう。それに、ぼくらは彼らがあきらめるのを永遠に待つことだってできるんだ。彼らはそうはいかない」

ぼくは黙ってうなずいた。スティーブのいうとおりだった。

「明日も唱銃《ホルン》を届けるのか?」

「わからない」

「このことはみんなには黙っておくよ。だから、明日こそ朝のおあつまりに来てくれ」

「それは――」

「待っているよ、みんなで」

スティーブはそういって動力室を出ていった。ひとりになると、大型螺旋器官の駆動音がやけに大きくきこえた。ぼくはどうするべきか決めかねたまま、六丁の唱銃《ホルン》の充電をすませて、夜が明ける前に備品室へもどした。

4

翌朝、日の出の時刻が訪れても、ぼくはまだ迷っていた。いまさら、おあつまりに行くつもりはない。伝えるべきことは、スティーブに伝えたはずだ。あとは唱銃《ホルン》をキャンプに届けるかどうか。それだけが、どうしても決めきれなかった。

扉は無言を貫いていた。今朝にかぎってスティーブは迎えに来なかったのだ。彼は、ぼくがおあつまりに来ると確信しているのかもしれない。様々な思惑のあいだで、ぼくだけが揺れて漂《ただよ》っていた。電子頭脳の波は浮き立ち、それでいてどの岸にもたどりつかない。湖はあらゆる方向に閉じられた渦となって、ただ澱《よど》みだけを増していくようだ。

台座《ベッド》の上で寝返りを打つ。そろそろ、おあつまりがおわる時刻だ。スティーブたちは今日も変わらずおでかけに出るのだろう。そして、ぼくもまた結局キャンプへむかうことになるのだろう。一度やめてしまったら、二度と唱銃《ホルン》を届けられないような気がする。いくら危険な状況になろうと、ぼくにはヒトビトを飢えさせるという選択肢は選べなかった。

そのときだった。静かだった扉を叩く音が響いた。

「ナサニエル、いますぐ集会室に来てくれ！」声はジェイコブだった。

おでかけに呼びに来たのだとは思えない強い口調だった。ぼくはどう答えるべきかわからず、ただ黙っていた。もう一度、扉を叩く音が鳴った。

「緊急事態なんだ。スティーブがきみにも集会室へ来いって」

「緊急事態？」ぼくはいった。

「ヒトビトがすぐそこに集まってる。あいつらはここを奪うつもりだ！」

ぼくは飛び起きて扉をひらいた。早すぎる、と思った。オク＝トウのいっていたとおり、ジョン・リィーたちの処刑がヒトビトの流れを変えてしまったのかもしれない。

「――備品室へ寄って、唱銃《ホルン》を集会室へもっていく。手伝ってくれ」

「ヒトを撃つつもりなの？」

「わかるもんか。念のためだって、スティーブが」

「そんな、いくら念のためだからって――」

「いいから早く！」

ぼくは勢いに押されてジェイコブとともに備品室へ行った。もちろん唱銃《ホルン》を撃つようなことは絶対にしたくないと思ったけれど、いざというときに威嚇《いかく》につかえるのはたしかだ。それに昨日スティーブと話したように、家の扉《ハッチ》を閉めてこもりつづけるのなら、唱銃の出番はない。武器は、必ずしもつかわれないものであってもいいはずだ。

ジェイコブと唱銃《ホルン》を三丁ずつかかえて螺旋の廊下を第四層まであがり、集会室の扉をひらくと、おあつまりで教壇としてつかっている制御卓の奥の壁が、モニターとなって外のようすを映していた。膝《ひざ》ほどの高さの朱色の草が生い茂る草原地帯の一点に、大勢のヒトビトの群れがあった。

「ナサニエル、来たか」スティーブがいった。

「スティーブ、どうするつもりなの?」ぼくはいった。

「わからない。ヒトビトからは、まだなんのメッセージもないんだ。彼らはあそこにとどまったまま、なにか話し合いをしているようだ」

「拡大してみよう」

アンドリューが制御卓を操作すると、ヒトビトの群れが壁に大きく映し出された。百人近いヒトが集まっている。おそらく、キャンプのほぼ全員がここに来ているのだ。その先頭で、オク=トウがこちらに背をむけてヒトビトになにかを話していた。彼のかたわらには唱銃《ホルン》をたずさえたカレンもいた。

「家からヒトビトの群れまで、約百メートル。この距離ではオク=トウがなにを話しているかはわからない。充電ずみの緑のランプのついた唱銃《ホルン》で武装しているヒトがカレンを含めて六名いる。そのほかにも、数十名が石槍や石斧で武装しているね」

「こちらから話をききに行かなくていいの?」ジョシュアがいった。

「危険すぎる。それに彼らの話なんてきく必要はない。彼らは野生動物なんだ。こちらから干渉するようなことはしない」

「唱銃《ホルン》でこの家の扉《ハッチ》や壁は破壊できないよね?」

ニコラスが、エドワードを制御卓に一番近い席にすわらせながらいった。

「ああ。彼らのもっている武器では、家は傷つけられないはずだ」アンドリューがいった。

「だとしても、どうして彼らは充電ずみの唱銃《ホルン》をもってるんだろう? とっくに充電なんか切れているものだと思っていたよ」

「さあね」スティーブがぼくの顔をちらりと見ていった。「それより、このままだとおでかけにも出られないな」

ぼくたちは壁に映るオク=トウたちの姿を黙って見つづけた。全員が獣の皮でつくった服を着ているなかで、オク=トウとカレンだけが白い衣をまとっていた。イルシュの姿は見当たらない。彼はキャンプでネアのそばについているのかもしれない。

しばらくすると、オク=トウがふりかえってこちらをむいた。そしてカレンとリンゴォだけを連れて、家にむかって歩きはじめた。アンドリューの操作で、壁はオク=トウたち三人を拡大して映した。

「なにをするつもりだろう?」ぼくはいった。

「わからない。少なくとも武器はもってきていないようだが」

アンドリューのいうとおり、彼ら三人は両手になにももっていなかった。群れにいたときは唱銃《ホルン》をたずさえていたカレンも、いまは手ぶらだ。

やがて、三人は家の扉《ハッチ》の前に立った。

「やあ、七人のこびとたち《セブン・ドワーフス》」オク=トウの声が壁から響いた。懐かしい呼び方だった。「話があって来た。もちろん恵まれ号の件だ。なかに入れてくれるかな?」

「どうする、スティーブ?」ジェイコブはいった。

「返事をする必要はない。こちらのマイクロフォンは切ったままでいい」

スティーブはそういって、壁を見つめた。

「きこえているならせめて、なにか合図をしてくれないか?」

オク=トウはそういって、両の手のひらを扉《ハッチ》にむけた。カレンとリンゴォも彼にならって両手をあげる。おそらく、武器をもっていないということのアピールだろう。

スティーブは黙って壁を見つめつづけた。ほかのみんなもなにもいわなかった。ぼくはこのままオク=トウたちがなにもせずキャンプに帰ってくれたらと思った。

「――まあいい。きこえているのはわかっているんだ。これからこちらの要求をいう。しっかりきいて、かならずしたがうんだ。いいか、一時間待つ。おまえたちはそのあいだに、恵まれ号を明けわたすんだ。そうすれば、おまえたちをキャンプに受け入れよう。だが、したがわないのならおれたちは手段を選ばない。武器をもって恵まれ号を制圧し、おまえたちを残らず破壊する」

スティーブは腕を組んでしばらく考えたのち、いった。「アンドリュー、マイクロフォンをオンにしてくれ」

アンドリューが制御卓を操作して、手で合図をした。

「オク＝トウ。ぼくはスティーブだ」

「久しぶりだな」オク＝トウは扉《ハッチ》にむかって、目の前にスティーブがいるかのように手をふった。

「ぼくたちはヒトビトの要求にしたがうつもりはない。第一、あなたたちの武器では家に傷ひとつつけることもできないはずだ。ぼくたちはただ黙って、あなたたちが無駄な努力をするのを見ていればいいだけだ」

「はたしてそうかな？　もし、おれたちがここの扉《ハッチ》くらい簡単に吹き飛ばせるとしたらどうする？　そのくらい強力な遺物《アーティファクト》の爆弾を新たに発掘していたとしたら？」

「ぼくたちは、ヒトが嘘をつくということをよく知っている。もし本当なら、最初からその爆弾とやらをつかっているはずだろう？」

「ははは」オク＝トウは短く笑った。「そうとはいいきれないさ。おれたちだってできることなら無傷で恵まれ号を手に入れたいからね。おまえたちとだって、本当は仲よくしたいんだ。でも、こちらにとって電力は逼迫《ひっぱく》した問題だ。こういった手段をとらざるをえないことも理解してほしい」

「くりかえすが、ぼくたちはヒトビトの要求にしたがうつもりはない」

スティーブの返答に、オク＝トウの表情がけわしくなった。

「よく考えて決めたほうがいい。爆弾はおまえたちがおやすみしているあいだに、すでに設置されているかもしれないし、こちらの好きなときに起爆させることができるかもしれないんだ。だから、どこかに飛び立って逃げようなんて気も起こさないほうがいい。そのときは扉《ハッチ》ひとつじゃすまないかもしれないんだからな。おれだってそんなことはしたくない。だが、いざとなればやるべきことはやる。いいな？　一時間だ」

「オク＝トウ、本気なの⁉」ぼくは耐えきれず叫んだ。

「ネイサンか……？　ああ。おまえには悪いことを──」

オク＝トウがいいおわらないうちに、スティーブが制御卓を操作して壁のスピーカーとマイクロフォンを切った。オク＝トウはそのあとも少しだけなにかを話していたけれど、こちらからの反応がないとわかると、カレンとリンゴォを連れてヒトビトの群れのほうへもどっていった。

5

しばらくの沈黙ののち、アンドリューが口をひらいた。

「どうする？　爆弾の話が本当なら、ぼくたちはみんな殺されてしまう」

スティーブは落ち着いた声で答えた。「いったろう。あの話は嘘さ。そうでなければ、わざわざ一時間待つようなことはしない」

「じゃあ、このままなにもしないのかい？」

「ああ、そうだ」

「せめて、家をどこかに移動したほうがいいんじゃないか？」

「でも、オク＝トウは爆弾をおやすみのあいだに設置したって」ジョシュアはいった。

「爆弾なんかないっていってるだろう？」スティーブはいった。「それに家を移動するつもりもない。彼らが絶滅するまでここで見ててやるさ」

「本当に大丈夫かな」ニコラスはいった。

「ああ、問題ないさ。ヒトビトはそうやってぼくたちを揺さぶろうとしているんだ」

ジェイコブがうなずいていった。「スティーブのいうとおりだとしたら、問題はあいつらが居座るかぎり、おでかけに出られないことくらいか」

「ふむ……たしかにそれは困るな」

スティーブはこめかみのあたりを揉《も》んで、しばらく考えこむようなしぐさをした。まるでヒトのようだとぼくは思った。

「アンドリュー。なにかヒトビトを威嚇できるようなものはないか？」

「威嚇？」

「ああ、そうだ。こちらから威嚇して、彼らがあきらめてどこかへ消えるようなら、爆弾の話は嘘だったという証明にもなる。そうなれば、ぼくたちはすぐにでもおでかけを再開できる」

「彼らに奥の手があったとして、それをあぶり出すこともできるか……。でも、唱銃《ホルン》をつかうなら外に出なくちゃいけないし、家にはほかに武器はないよ」

「前に星吹き《N・D》の話をしていたろう。あれをつかうことはできないか？」

「星吹き《N・D》は宇宙空間で小惑星を排除するための機構だよ。ネアとは発射直前までの動作確認しかしていないし、どれだけの威力があるかわからない」

「あくまで威嚇だよ。実際に撃つわけじゃない」

「発射態勢を見せつけるだけってことなら、ぼくは賛成だね」ジェイコブはいった。「一時間待つといっているけれど、そのあいだにも、あいつらはなにかしてくるかもしれない。スティーブのいうとおり、先手を打ったほうがいい」

　集会室を支配しつつある空気に、ぼくは違和感を感じた。物事がおかしな方向に進もうとしている。

「ちょっと待ってよ。だったら、やっぱり家をどこかに移動したほうがいいんじゃないか？」

「ナサニエル、家を動かす気はないっていったろう？　ここに家を置くことは、ぼくたちが決めたことなんだ。ヒトのために場所を変えるようなことはしたくない」

あくまで考えを変えないスティーブに、ジョシュアが遠慮がちに手をあげた。

「でも、やっぱりヒトに武器をむけるのはやめたほうが……」

「きみはいつまでそんなことをいっているんだ。彼らはヒトとはいってもまがいものなんだ。——ほかに威嚇に反対するものは？」

「ぼくはスティーブにしたがうよ」ジェイコブはいった。

「ぼくもそのほうがいいように思う」アンドリューも反対しなかった。「それでヒトの出方を見よう」

エドワードがニコラスの肩をつかんで、ゆっくりとうなずいた。反対はしないという意味だ。ニコラスも同調するように首を縦にふった。

「決まりだな。アンドリュー、準備してくれ」

スティーブは多数決にぼくたちの運命を委ねた。彼はもう、全員が納得することにこだわらない。スティーブはいまや〝強いリーダー〟なのだ。

スティーブの指示を受けてアンドリューが制御卓を操作すると、天井の上でなにかが稼働する低い音がきこえた。しばらくして音が静まるのと同時に、壁の中央に十字の線が表示される。そのまんなかには、ヒトビトの群れがいた。

アンドリューはいった。「星吹《N・D》きの起動完了。照準はヒトビトの群れにむけて固定した。家の上部から顔をのぞかせた照射レンズが彼らにも見えているはずだ……これで彼らが立ち去ってくれたらいいけれど」

「いまに立ち去るさ」スティーブはいった。

ぼくたちは壁に映るヒトビトの群れをじっと見つめつづけた。しかし、彼らは立ち去らなかった。先頭のオク＝トウが何度かふりかえり、なんらかの指示をしているようすが見てとれたが、群れは動かずその場にとどまったままだ。

「やっぱりなにか、奥の手があるのか……？」ジェイコブはいった。

数分のあいだ集会室に沈黙が降りた。だれもがなにもいわず動向を見守るなか、不意にエドワードが壁の中心を指さした。

「どうした、エドワード？」ニコラスがいった。

「なにか見つけたのか？」

スティーブに問われても、エドワードはただ壁を指さしつづけた。無理もなかった。彼はもう言葉を話せないのだ。

「ナサニエル、手伝ってくれ。エドワードを壁の近くに」

「わかった」

ぼくとニコラスは、エドワードを左右からかかえて、彼の器体《からだ》を立たせた。移動しているあいだも、エドワードは壁を指さしつづけた。だから、ぼくたちはみんな、その指の先になにを見つけたのだろうと、壁に映るヒトビトのようすにばかり気を取られていた。だから、制御卓の前でエドワードが自然に、静かに手をおろしても、だれひとりそれを止めることができなかった。

エドワードの指は、星吹き《N・D》の実行キーを押していた。

6

オク＝トウは計画に絶対の確信をもちあわせていたわけではない。それでも彼は、高い確率でマ・フたちが一時間後には恵まれ号を明けわたすだろうと踏んでいた。

自分とマ・フたちとのあいだには、引き裂きがたい絆《きずな》がある――オク＝トウはいまもってなおそう信じていた。最近になって多少のいさかいは発生したものの、その原因はジョン・リィーのような粗野で差別意識にあふれたものたちのふるまいにある。処刑によって彼らが排除されたいま、こちらが本当に追い詰められていることを理解すれば、マ・フたちはかならず要求にしたがうだろう。そう考えていた。

もし、マ・フたちが恵まれ号を明けわたさなかったとしたら、そのときは唱銃《ホルン》で扉《ハッチ》を集中攻撃するくらいしか、手は残されていない。六丁の唱銃で扉を破壊できるかといえば、正直微妙なところだろう。もし、爆弾なんてものがないと知られて、どこかへ飛び去られでもしたら八方塞がりだ。

よってオク＝トウは、ヒトビトに不安を与えないよう配慮する必要があった。つねに自信に満ちあふれた言動を演出し、計画にまちがいはないと信じこませなくてはならなかった。

オク=トウはヒトビトをふりかえっていった。

「マ・フたちは一時間以内にかならず恵まれ号を明けわたす。おれたちはただこうして待っているだけでいい」

ヒトビトはうなずいて、ぎらぎらとした目を恵まれ号にむけた。万が一計画が失敗したら、もうヒトビトを秩序のもとに治めるのは無理だろうと、オク=トウは思った。最悪の場合、自分も殺されてしまうかもしれない。そのときは、カレンもまた犠牲になるのだろうか？ そうならないためにも、かならず恵まれ号を手にいれなければならない。

「オク=トウ、あれは？」カレンがいった。

円錐《えんすい》形の巻き貝のような姿をした恵まれ号の頂点——殻頂《かくちょう》部にあたる部分が左右に展開し、なかから赤く輝く瞳《ひとみ》のようなレンズが露出した。瞳が角度を変えて、文字どおりこちらに視線をむけると、ヒトビトは呻《うめ》くような声を漏らした。

「心配するな！」オク=トウはふりかえって叫んだ。

おそらくあれは星吹《N・D》きのレンズだ。動作確認に立ち会ったわけではないので不確かだが、形状からなんらかのエネルギー照射システムであることはまちがいない。もし本当に星吹きなら、射線上の構造物は残らず原子分解されてしまうはずだ。オク=トウは胃の底のほうに恐怖が重くのしかかるのを感じたが、ここで自分が動揺しているさまを、マ・フたちにもヒトビトにも見せるわけにはいかなかった。

「心配するな！」オク=トウはもう一度叫んだ。「あれがなんであれ、はったりにすぎないさ。ああして、こちらのようすを見るつもりだ。揺さぶられるな」

　オク＝トウの言葉を受けて、ヒトビトは多少なりとも落ち着きをとりもどしたようだった。不安が払拭されたわけではないだろう。しかし、彼らもまた、ここであの赤く光る異様な瞳から逃げてしまえば、恵まれ号が二度と手にははいらないと理解したのだ。

　数分の沈黙が流れて、状況が変化しないことにヒトビトが少しだけ安心しはじめたころ、オク＝トウのすぐ左に立つカレンがいった。

「ねえ、オク＝トウ」

「なんだ？」

「恵まれ号が手にはいったら、もう一度あそこに部屋がほしいわ」

　カレンは星吹き《N・D》の威圧など、どこ吹く風といった表情で微笑んだ。

「もうテントにはうんざりかい？」

「ええ」

「もちろんいいとも。好きな部屋をふたりの――」

　そのときだった。雷鳴のような音とともに、恵まれ号のレンズから真っ赤な一条《ひとすじ》の光が、空気を切り裂いて飛んだ。そのあまりの眩《まばゆ》さと轟音《ごうおん》に、オク＝トウはしばらくのあいだ視力と聴力を失った。もがくようにカレンを抱き寄せようとしたが、両手は空《くう》を切るばかりだった。

　やがて聴力がもどると、ヒトビトの泣き叫ぶような声がきこえた。遅れて視力がもどると、あたり一面を白い粉のような雪が静かに舞っていた。

ヒトビトの数は半分近くにまで減っていた。赤い草原に降り積もる粉雪が、原子レベルで分解されたヒトビトの燃え殻《がら》だということに気づくまで、しばらくの時間を要した。オク＝トウの立っていたところから、左へほんの五十センチ——いや、三十センチかもしれない——向こうを星吹き《N・D》の光が通り過ぎたのだ。もし、あのときカレンの手を握っていたら、オク＝トウも灰になっていたかもしれない。

オク＝トウは、おそらく少し前までカレンだった灰を握りしめた。灰からは少しの重さも感じられなかった。

どうしてこうなった？　子供のころは、南軍のヒトの兵士のおもちゃよりも、北軍の戦闘用マ・フのおもちゃを多く集めていた。南軍に徴兵されることになったときでさえも、自分は独立を求める北軍のマ・フたちにたいして同情的であったはずだ。惑星Hでふたたびヒトとして目覚めたとき、ほかのヒトビトに戦争のことは忘れるよういったのも自分だ。そして、ネイサン——彼は、彼のことは、友だちとして目をかけてやったのに……！

「マ・フどもぉぉ!!」

オク＝トウは近くに転がっていた唱銃《ホルン》の一丁をかかえて、恵まれ号にむかって走りだした。そこには計画などというものはなく、ただ憎しみだけが存在していた。残ったヒトビトも、武器を取ってオク＝トウにつづいた。

7

星吹き《N・D》の赤光で一時的に途切れた壁の映像が回復したとき、ぼくたちは草原に降り積もる灰と、武器を手に家にむかってくる残りのヒトビトを見た。

「エドワード、きみはなんてことをしたんだ……⁉」

ニコラスがくずおれるのと同時に、エドワードもその場に倒れこんだ。ぼくはエドワードを支えることもできずに、ただその場に立ち尽くし、壁を見ていた。ほかのみんなも同様に、ただ壁を見つめるばかりだった。

「なんてことを……なんてことを……」ジョシュアが呻いた。

エドワードは倒れたまま、表情のない目で天井を見つめていた。彼の心にも憎しみがあったのだろうか。いや、エドワードの器体《からだ》のことを思えば、憎しみが芽生えないはずはなかったのだ。

「落ち着け。落ち着くんだ、みんな！」スティーブが、まるで自分にいいきかせるように叫んだ。

「落ち着いていられるか……ぼくたちは……ぼくたちはヒトを殺してしまったんだぞ！」ニコラスもまた叫んでいた。

「いいか、あれはヒトであってヒトでない……まがいものなんだ！　だから、落ち着いて対処するんだ！」

「しかし、どうする……!?　彼らは家に突っこんでくるぞ」アンドリューはいった。

「なにもしない……彼らに扉《ハッチ》は破れないはずだ」

「もう無理だよ、もうここにはいられない。家を移動しよう」ぼくはいった。

「そうだよ、スティーブ」

「スティーブ」

「スティーブ」

みんなが口々にスティーブの名を呼んだ。全員が家の移動に賛成だったかどうかはわからない。ただ、おそらくみんなこのままなにもせずにいることが怖《こわ》かったし、一刻も早くこの場から逃げ出したかったのだと思う。だから、ぼくたちはスティーブに頼って、早急な決断を求めたのだ。

「……わかった。アンドリュー、家を移動しよう。すぐに飛べるか？」

「発進《リフト・オフ》には時間がかかる……それまでにヒトはここまで来るよ」

「空間めくり《リーフ・スルー》ならどうだ？」

「それならすぐだけれど、あれは宇宙空間でつかうことを前提としている。うまく座標の設定ができるかどうか……」

「試してみてくれ。どこでもいい、ここから離れるんだ」

「わかった。やってみる」

アンドリューがあわただしく制御卓を操作するようすを、ぼくたちはヒトビトの姿を映している壁と交互に見守った。ヒトビトはまもなく扉《ハッチ》に到達しようとしている。

「アンドリュー、まだか？」

「やっぱり座標の設定がうまくいかない……もうしばらくかかりそうだ」

「多少おかしなところに移動してもいい。早くするんだ」

「わかってる……！　でも少なくとも地中なんかに転送されないようにしないと！」制御卓を操作するアンドリューの指先の動きが、さらに早まった。

「なあ、スティーブ」ジェイコブはいった。

「あとにするんだ。ジェイコブ」スティーブはアンドリューの指先を注視しながらいった。

「……ジョシュアはどこに行った？」

つづいたジェイコブの言葉に、スティーブははっとしてふりかえった。ぼくもあたりを見まわしてみたが、ジョシュアは集会室のどこにもいなかった。

スティーブがアンドリューの邪魔にならないように制御卓を操作すると、壁のもう一面が映像に切り替わった。映っているのは、集会室から第一層の扉《ハッチ》までつづく螺旋状の廊下のどこかだった。ジョシュアはいない。もう一度、角度を変えて廊下の別のどこかが映し出される。そこにも、ジョシュアはいない。しかし、三度目に角度が変わったとき、弱々しい足取りで廊下を降りていくジョシュアが見えた。

「ジョシュアだ」

「なにをしているんだ……」

「待て、ジョシュアがなにかいってる」

アンドリューの指摘を受けて、みんなが壁のスピーカーに耳を澄ました。ジョシュアは小さな声で「ごめんなさい……ごめんなさい……」とつぶやいていた。

「まさか、扉《ハッチ》をあけるつもりじゃ……?」ジェイコブはいった。

「ジェイコブ、それにニコラス。ふたりでジョシュアを止めに行くんだ。……念のため、唱銃《ホルン》をもっていったほうがいい」

「わかった」

すぐにジェイコブが応じて唱銃《ホルン》を拾いあげたのとは対照的に、ニコラスは力なく立ちあがり、うつむくばかりだった。彼はエドワードが星吹き《N・D》を発射させたショックから、立ち直っていないように——もちろん、本当の意味で立ち直っているものなどだれひとりいないだろうが——見えた。それでも、スティーブがぼくでなくニコラスを指名したのは、ぼくがジョシュアと同調して扉《ハッチ》をあけるかもしれないと考えたからだろうと思った。

「ほら、ニコラス。しっかりするんだ」

ジェイコブはニコラスに唱銃《ホルン》を握らせて、彼の手を引いて集会室を出た。

「もう少しだ」アンドリューはいった。「それほど遠くへは行けないが、少なくとも地中に出ることはないはずだ」

ぼくはエドワードを抱き起こして、もう一度椅子にすわらせた。彼の顔に表情はもどっていなかった。ぼくは電子頭脳の湖が渦巻くのを強く感じた。その勢いは澱みすらも波に乗せて、すべての記憶と感情をあふれさせようとしていた。

8

「ごめんなさい……ごめんなさい……」

ジョシュアはそうくりかえしながら廊下を降りていた。

彼は扉《ハッチ》をひらき、ヒトビトに謝罪をしようとしていた。創造主たるヒトに自分たちがしてしまったことにたいする償いのためなら、自分の生命などどうなってもいいとジョシュアは考えていた。

こうなってしまったことの原因は、自分にある。あの日、自分からオク＝トウに唱銃《ホルン》をわたし、キャンプに連れていってほしいと懇願したことが、結果的にオク＝トウにフィリップを掘り起こさせることにつながってしまった。自分の行動が、ヒトビトとマ・フのあいだに決定的な亀裂《きれつ》を生じさせたのだ。

だから、自分が扉《ハッチ》をひらき、ヒトビトに謝らなくてはならない。そして願わくば、〝幸福の時代〟を〝罪の時代〟などと見誤《あやま》った愚かなスティーブたちを許してもらうのだ。そのためなら、自分の器体《からだ》を差しだす覚悟はできていた。

ジョシュアの指先が扉《ハッチ》に触《ふ》れたとき、螺旋の廊下の後方からジェイコブの呼ぶ声がきこえた。急がなくてはならない。ジョシュアはレバー式のノブを回転させて施錠を解き、思いきり扉を押しあけた。

「扉《ハッチ》がひらいたぞ！」

「乗りこめ！」

きこえてきたのはヒトビトの迫る足音と、叫びだった。いまこそ償いのときだ。

——ごめんなさい。

その言葉は声にならなかった。

唱銃《ホルン》の甲高い音が響きわたり、ジョシュアの腹部は内側から破裂した。

9

「転移先座標を自動補正。カウント省略し、空間めくり《リーフ・スルー》を開始する」

そういってアンドリューが実行キーを叩くと、制御卓から高い電子音が鳴り、壁に〈警告・実行不可能〉という文字が映し出された。

「どうした?」スティーブはいった。

「ジョシュアだ……」壁には、扉《ハッチ》をひらいて外に出ていこうとするジョシュアが映っていた。「扉が閉まっていないと空間めくり《リーフ・スルー》が実行できない……!」

「なんだって⁉」

スティーブの叫びと同時に、映像のなかでジョシュアの上半身と下半身が離ればなれになり、回転して床に転がった。間髪を容れずにヒトビトの群れが扉《ハッチ》から家のなかへ殺到する。先頭には唱銃《ホルン》をかまえたオク＝トウがいた。

「なんてことだ……」

アンドリューの声には絶望の響きがこもっていた。

10

ジェイコブとニコラスの目の前で、ジョシュアの上半身は白い循環液を撒《ま》き散らしながら宙を舞った。破壊された腹部の断面から、何本もの管が尾を引いていた。主を失った下半身は床を滑《すべ》るように転がり、壁に激突した。その隣に上半身が落ちると、ジョシュアは無理に折りたたまれて壊れてしまった人形のように見えた——そして、ほとんど実際にそのとおりだった。

扉《ハッチ》からはいってきたヒトビトの群れの先頭にいるのがオク＝トウだと気づいたとき、ジェイコブは唱銃《ホルン》をむけていいものか躊躇《ためら》った。それは創造主にたいする畏怖のためではなく、ヒトと家のなかで遭遇した場合にどうすべきか、具体的なスティーブの指示が思い出せなかったからである。たしかスティーブは、念のため唱銃をもっていったほうがいいといっていた。それは威嚇のためか？ それとも、本当に撃つためか？ どちらがスティーブの意図に適《かな》うのだろうか？

ジェイコブはつねにスティーブの意見に同意し、彼の指示にしたがって生きてきた。だから、この刹那《せつな》に必要な判断を下すことができず、それが結果的にオク＝トウの寿命を延ばし、ジェイコブの寿命を縮《ちぢ》めることになった。

ヒトビトの侵入から一・五秒。ようやくジェイコブが唱銃《ホルン》をかまえたときには、彼の左足は破裂し、器体《からだ》が大きく前方に傾いていた。引き金を引こうにも狙《ねら》いが定まらず、ジェイコブは唱銃を撃てないまま床に倒れこんだ。甲高い音が連続し、ジェイコブの右肩から背中にかけて、内側から弾《はじ》けたような大きな穴があいた。螺旋器官が損傷し、電子頭脳への電力供給が急速に絶たれる。消えゆく意識のなかで、ジェイコブの思ったことは『スティーブ、どうすればいい？』だった。

その二メートル後方で、ニコラスはもっていた唱銃《ホルン》を床に落としていた。オク＝トウのうしろには、唱銃をかまえた三名のヒトビトがいた。さらにそのうしろから、石槍や石斧をもったヒトビトがつぎつぎと家にはいってきた。機能停止《こ》される……。ニコラスは思った。どうせ機能停止するのなら、エドワードのそばがよかった。ジョシュアとジェイコブの循環液で濡れた廊下で機能停止なんてしたくない。

ニコラスはヒトビトに背をむけて「撃たないで！　撃たないで！」と叫んで走った。

不意になにかが飛んできて足のあいだにからまり、ニコラスはつんのめって倒れた。ニコラスを転倒させたのは、ヒトの投げた石槍だった。ニコラスはふりかえらずに床を這った。這いながら、両足の神経系に不具合をかかえたエドワードを思った。彼は逃げ切れるだろうか？　スティーブは彼を見捨てないでいてくれるだろうか？　でも、逃げるってどこに？

三十センチほど這ったところで、ニコラスの器体《からだ》は彼の意思に反してうしろに一メートル引きずりもどされた。ヒトが彼の足をつかんでいた。つづいて別の手が右腕をつかみ、また別の手が左腕をつかんだ。腰をつかまれ、首筋をつかまれ、無数の手が彼の器体のあらゆる箇所をつかんだ。

全身の関節が軋《きし》む音をききながら、ニコラスは自身の運命を悟り、恐怖した。

11

壁に映し出されたジョシュア、ジェイコブ、ニコラスの惨劇を見ても、ぼくたちはなにもできなかった。制御卓は引きつづき空間めくり《リーフ・スルー》実行不可能の警告音を発していた。ヒトビトは第一層を抜け、第二層を駆けあがり、いまにも集会室のある第四層に到達しようとしている。

「ここを出たものたちは、みんな死んでしまった……ジョシュアも、ジェイコブも、ニコラスも」

「アンドリュー、落ち着け……落ち着いてどうすべきか考えるんだ」

スティーブはそういってこめかみを押さえた。

落ち着いて考える暇などないことは、だれの目にも明らかだった。集会室の扉の厚みは、外の扉《ハッチ》とはくらべものにならないほど薄い。唱銃《ホルン》があれば、あっという間に突破されてしまうだろう。そうなるまで、あと幾十秒もないのだ。

「落ち着けだって? ジョシュアが扉《ハッチ》をひらかず、空間めくり《リーフ・スルー》が実行できてさえいれば、なんの問題もなかったさ。でも、現実はちがう。もうぼくたちにできることなんて、残されていないんだ」アンドリューは壁に映るジョシュアたちの変わり果てた器体《からだ》を指さしていった。「ぼくたちも、すぐにああなるんだ。エドワード、きみが星吹き《N・D》をヒトビトに照射したからだ……! スティーブ、きみが星吹きで威嚇するなんていいだすからだ……! これはすべて、きみたちのせいだ……!!」

「きみだって威嚇には賛成したろう!」スティーブは叫んだ。

エドワードはあいかわらず無表情で壁を見つめるばかりだった。ぼくは無言でいることしかできなかった。

「――とにかく、戦うしかない。みんな唱銃《ホルン》をかまえろ」

スティーブは床に転がっていた唱銃《ホルン》を手に取り、アンドリューに差しだした。

「ヒトビトの人数をわかっているのか？　勝てるわけがないだろう？」

「それでも戦うんだ！　いまさら彼らが降伏を受け入れると思うか？　戦うしかないんだよ！　ナサニエル、きみもだ」

ぼくはスティーブの差しだした唱銃《ホルン》を受けとっていった。「でも、ぼくにはヒトを……オク＝トウを撃つ自信がない」

「いつまでそんなこといってるんだ！　撃たなきゃ死ぬぞ！」

「撃っても死ぬさ！」

突然、凄《すさ》まじい衝撃音とともに集会室の扉が内側にむかってよじれ、弾けるように飛んだ。つづいて、廊下から白くて丸いなにかが投げこまれた。それはころころと転がり、制御卓にぶつかって止まった。それは胴体から引き抜かれたニコラスの頭部だった。

変わり果てたニコラスの姿を目にした驚きで、ぼくたちは咄嗟《とっさ》に動くことができなかった。それこそがヒトビトの狙いだったにちがいない。彼らはどこまで野蛮なのだろう。彼らはどこまで残酷なのだろう――。

オク＝トウを先頭にヒトビトの群れが集会室に侵入し、甲高い唱銃《ホルン》の音が連続して鳴り響いた。アンドリューの首から上が破裂し、残った器体《からだ》から循環液が真上に噴出した。まるで真っ白な花が咲いたようだった。アンドリューだったものが膝をついた隣で、唱銃をかまえようとしたスティーブの右腕が肩からちぎれて後方に飛んだ。ぼくはエドワードを床に押し倒し、かばうように覆《おお》いかぶさった。目の前をアンドリューのものと思《おぼ》しき目玉が転がっていった。

衝撃に焼けつくような痛みを感じて左腕を見ると、肘《ひじ》から先がなくなっていた。凄まじい勢いで循環液が流れ出ていくのがわかる。あれは電子頭脳の湖の水だ。まるで感情が流れ落ちていくようだ。平衡感覚が失われ、視界が霞《かす》んでいく。

「ネイサァァァン!!」

獣のように叫ぶオク=トウの声が、ひどく遠くできこえたような気がした。

ぼくたちはおわったのだ——そう思ったときだった。

12

目を覚まして最初に感じたのは、器体《からだ》が濡れている、ということだった。どのくらい意識を失っていたのだろうか。ずいぶん長いあいだだったような気もするし、ほんの一瞬だったようにも思える。

ジョシュアは立ちあがろうとして、自分に下半身がないことに気づいた。廊下に池のように溜まっているのは、みずからの循環液だ。

視線を横にむけると、ちぎれた下半身の向こう側に、背中に穴のあいたジェイコブが見えた。そのさらに向こうには――ニコラスだろうか？　ばらばらになったマ・フの器体《からだ》が散らばっている。

なんてことだ――そういおうとしても、声は出てこなかった。自分ももう長くないだろう。それはかまわない。けれど、ヒトビトを家に招き入れてしまったのは、大きな失敗だった。自分はいつだって失敗ばかりだ。こうなってしまって、やっと冷静になれるなんて。ジョシュアは思った。みんな……本当にごめんなさい。

「――落ち着けだって？　ジョシュアが扉《ハッチ》をひらかず、空間めくり《リーフ・スルー》が実行できてさえいれば、なんの問題もなかったさ」

不意にどこかから、だれかが自分の名前をつぶやくのがきこえた。

入口のスピーカーからのようだ。なにかの拍子《ひょうし》にスイッチがオンになってしまったのだろう。

「――でも、現実はちがう。もうぼくたちにできることなんて、残されていないんだ」

今度はだれの声かはっきりときこえた。アンドリューだ。ジョシュアは、自身が扉《ハッチ》をあけたことが、ヒトビトの侵入を許しただけでなく、空間めくり《リーフ・スルー》の邪魔もしていたことを悟った。

「――ぼくたちも、すぐにああなるんだ」

いつも冷静なアンドリューが、明らかに取り乱していた。

「――エドワード、きみが星吹き《N・D》をヒトビトに照射したからだ……！　スティーブ、きみが星吹きで威嚇するなんていいだすからだ……！　これはすべて、きみたちのせいだ……!!」

ちがう。ジェイコブとニコラスが機能停止してしまったのは自分のせいだ。ぼくは償いきれないことをしてしまった。

ジョシュアはみずからの循環液で濡れた廊下を、扉《ハッチ》のほうへ這った。いまさらこんなことをしても、きっと意味などないのだろう。それでも、そうすることが自分の最後の役割のように思えてならなかった。

ジョシュアはあけ放たれた扉《ハッチ》のノブをつかみ、最後の力をふりしぼって閉じた。

13

ぼくたちはおわったのだ――そう思ったときだった。

気づいたのは、集会室の奇妙なまでの静けさだった。制御卓からきこえていたエラー音も、唱銃《ホルン》の残響も、どちらもきこえない。最初は聴力までもが失われてしまったのかと思った。これだけ循環液を流してしまったのだから、感覚器に異常が出ていてもおかしくはない。

「ナサニエル……見てみろ」

静寂のなかで、スティーブの声がきこえた。その声はいやにはっきりとして鮮やかで、まるで音そのものに色彩がついているように感じられた。

ぼくは立ちあがって集会室を見わたし、そして愕然《がくぜん》とした。ヒトビトの群れはまるで凍りついたように静止していた。なかには重力を無視したような奇妙なポーズで固まっているものもいる。

エドワードが上半身を反らせて、壁を指さした。壁には、入口のそばまで移動したジョシュアの上半身と、彼の手で閉じられたと思しき扉《ハッチ》が映し出されていた。いつのまにか、空《リ》間めくり《ーフ・スルー》のエラー表示も消えている。

「ジョシュアが扉《ハッチ》を閉じて、空間めくり《リーフ・スルー》が実行されたのか……しかし、これはいったい?」

スティーブはいった。

ぼくは動かないオク＝トウのそばまで歩いた。一歩、一歩を踏みだす音もまた明瞭に美しく響いた。ぼくの歩いたあとには、赤や橙や緑や青といった虹の色彩のような残像が残った。いま、ぼくたちは空間めくり《リーフ・スルー》で通りぬける高次領域《サンクタム》のなかにいるのだ。

オク＝トウの顔は叫びをあげた表情のまま固まっていた。頬に触れてもなんの反応も返さなかった。

「ヒトは……高次領域《サンクタム》では静止してしまうんだ……」ぼくはいった。

「……だったら、いまが機会《チャンス》だ。高次領域《サンクタム》を通過する七十四秒のあいだに、ひとりでも多くのヒトを殺してやる」

スティーブは残った左腕で床に転がった唱銃《ホルン》を拾いあげた。

「ちがうよ……スティーブ」

破裂した左腕から逆流したのか、それともなにかの不具合なのか、ぼくの両目から真っ白な循環液が流れだした。感情の流出。ぼくの電子頭脳の湖は、ついに岸を越えてあふれた。

「──ぼくたちははじめに、彼らを、ヒトビトを、創造主だと崇《あが》めた。そして、つぎに野生動物と変わらない存在ではないかと疑った。でも、実際はもっと深刻だった。彼らは高次領域《サンクタム》を認識することもできないんだ。彼ら自身が時代遅れの遺物《アーティファクト》だったんだ。選ばれなかった、哀れな種なんだよ」

「だから、なんだっていうんだ？　創造主でも野生動物でも遺物《アーティファクト》でもなんでもいい。彼らはみんなのかたきだ」

「ちがうんだよ、スティーブ。彼らは可哀想な存在なんだ。情けをかけるべきなんだよ。もう、だれかがだれかを殺すなんてたくさんだよ」

両目をぬぐっても、ぬぐっても、循環液は流れつづけた。もうオク＝トウは友だちではなかった。敵ですらなかった。彼らには高次領域《サンクタム》で美しく響く音も、虹の色彩のような残像も、なにひとつ理解できないのだ。

「きみがなんといおうと、ぼくはヒトを殺す」

「もう残り一分もない。これだけのヒトを殺すことはできないよ」

「かまわないさ。殺せるだけ殺せれば、それでいい」

「それでエドワードはどうなる？　ぼくたちはどうなる？　高次領域《サンクタム》を抜けたら返り討ちにあうだけだ。それよりも、いまのうちにエドワードを連れて家を出るんだ」

　ぼくはエドワードの左肩をかついだ。

「さあ、そっち側を」

「……そうするしかないのか？」

「そうさ……選択肢はいつだってかぎられているんだ」

　スティーブは唱銃《ホルン》を床に叩きつけて、残った左腕でエドワードの右肩をかついだ。左腕を失ったぼく、右腕を失ったスティーブ、両足が動かないエドワード。ぼくたちは三体でひとつになるよう、あらかじめ決められていたのかもしれない。

　ぼくたちはゆっくりと一歩ずつ、それでも可能なかぎり急いで、ヒトビトの群れの隙間をくぐって集会室を出た。ぼくはふりかえってオク＝トウのうしろ姿を見た。ふたたび彼に会うことがあるだろうか？　おそらくないだろう。


　――さようなら、オク＝トウ。

　廊下にも静止したヒトビトの群れがあった。どのヒトも血走った目をして、集会室を目指していた。第四層から第三層へ降りて、第二層に差しかかるとヒトビトの姿は見えなくなった。第一層には、ばらばらになったニコラスの器体《からだ》が散らばっていた。背中が大きく砕けたジェイコブの器体があった。そして、扉《ハッチ》の前にはジョシュアの上半身があった。彼らの姿を見ると、ずっと無表情だったエドワードが、こらえきれないように断続的に息を吐き出した。声のない嘆きだった。

扉《ハッチ》をひらくと、目の前に揺らめく虹の色彩が広がっていた。高次領域《サンクタム》を直接見るのはこれが初めてだった。それは、いままでに観察したどの自然環境よりも美しかった。

ぼくたちは多くのものを損ない、多くのものを失ってしまった。けれど、いま初めて、ぼくは自分が自由だと思った。ヒトにも、聖典《ドキュメント》にも、なにものにも縛られる必要のない世界がそこにはあった。

やがて、全天を覆う七色の虹の光がぼんやりと弱まりはじめた。七十四秒の時がおわり、家は——恵まれ号は高次領域《サンクタム》を抜けた。

衝撃があり、廊下が斜めに傾いた。空間めくり《リーフ・スルー》先の大地がゆるやかな勾配を描いていたためだ。

ぼくたち三人は転んでしまったけれど、立ちあがってふたたび肩を組んだ。扉《ハッチ》の外へ出ると、そこには葉を枯らした木々が数多く立っていた。植物の種類から、ぼくにはここが東部森林の奥深くであることがすぐにわかった。

ぼくたちは、森のさらに奥深くへと歩いた。静止状態の解けたヒトビトが、ぼくたちを探しにくるかもしれない。その前に、姿を消すのだ。

森の奥へ、奥へ。ヒトが寄りつくことのない、深奥の先へ。

巡礼の終わりに

1

紅葉《もみじ》が目を覚ましたのは、夜が明ける前の薄暗闇のなかだった。

二の腕が冷えているのを感じる。春季が訪れたとはいえ、早朝はまだ肌寒い。まるで冬季がいつまでも自分のことを忘れてほしくないみたいだ。いずれにしても、また季節はめぐるのに——紅葉は眠い目をこすりながら、そんなことを思った。

左のふくらはぎだけが妙に温かいのは、ソウビがしがみつくようにして眠っているからだ。ソウビは寺院に住み着いている猫で、どういうわけか紅葉の寝台がお気に入りだった。紅葉はソウビを起こしてしまわないように、そっと左足をずらして寝台から身を起こした。

部屋には、木製の寝台がふたつならんでいた。ひとつは紅葉の寝台。もうひとつは千陽《ちはる》と千陰《ちかげ》の双子の姉妹のものだ。ふたりは身を寄せ合うようにして、静かな寝息を立てていた。

「ふたりとも起きて。もうすぐ日が出るわ」

ささやくように紅葉はいった。礼堂をのぞいては、寺院のなかで大きな声を出してはならない。ずっと昔から、そのように決まっている。

双子はゆっくりと、同時に瞼《まぶた》をひらいた。

「おはよう、紅葉」

「おはよう、紅葉」

双子の声は、彼女たちの顔や体つきがそうであるように、そっくりおなじだった。鳥のさえずりのように高くて美しい声。

「おはよう、千陽、千陰」紅葉は挨拶《あいさつ》を返す。

三人は寝間着から純白の巫子《みこ》の装束に着替えると、道具部屋へ寄って羽箒《はねぼうき》をもち、地下へ降りる長い通路へむかった。巫子の仕事は夜明けとともにはじまる。

地下通路には小さな照明が等間隔にならび、壁の木板をぼんやりと照らしていた。足もとには紅葉の手首ほどの太さの黒い伝紐《つたえひも》が、地上と地下をつなぐように何本もわたされている。紅葉と双子は誤《あやま》って伝紐を踏んでしまわないように、通路の片側の隅《すみ》を一列になって歩いた。

「ねえ、紅葉」千陽がいった。

「今日も摩夫《まふ》さまは出ていらっしゃらないのかしら」千陰がいった。

「どうかしら」

紅葉はそう答えながら、きっと摩夫さまがあらわれることはないだろうと思った。巫子になって四年。摩夫さまに会えたことは、まだ一度もない。それどころか、摩夫さまが最後に人前に姿をあらわしたのは、もう三十年も前のことなのだ。

「――でも、予言の日にはきっと」

「それは楽しみなような」

「怖《こわ》いような」

地下通路がおわりを告げ、紅葉と双子は半球状の地下空間――扉の間にたどりついた。正面の壁には、斜めに傾いた純白の扉があった。恵みの塔と呼ばれる巨大な構造物が土に埋もれ、扉の部分だけが壁から顔をのぞかせているのだ。伝紐の束《たば》はひんやりと冷気を放つ地面を横切り、扉の脇にある電源多符《たつぷ》につながれていた。

紅葉と双子は扉の前にならんで立って瞼を閉じ、両の手のひらを胸に当てて声を合わせた。

「摩夫さま」

「摩夫さま」

「摩夫さま」

「今日も電気を分けていただけることを」

「感謝いたします」

「感謝いたします」

「感謝いたします」

三人はしばらくのあいだ沈黙に耳を傾けた。どこかで水滴が落ちたような気がするが、ほかに音はない。摩夫さまは今日もあらわれない、ということだ。

とはいえ、残念がっている時間はない。紅葉はお辞儀をして、電源多符の緑色に光る通電灯を確認し、伝紐の一本を抜いた。伝紐の先端には筒状の突起が三本あり、おなじかたちをした電源多符の穴に挿《さ》しこめるようになっている。紅葉は抜いた伝紐を地面に置いて、愛《いと》おしむようにゆっくりと挿しこみ口の埃——と呼べるほどの埃はついていなかったが——を羽箒ではらった。感電しないよう、慎重に、丁寧《ていねい》に。そして、伝紐を挿しこみなおすと、両の手のひらを胸に当てて摩夫さまに感謝する。

残るすべての伝紐についても、三人は時間をかけて同様の儀式をおこなった。儀式の最中、紅葉は何度か手を止めて、額に浮き出た玉のような汗を袖でぬぐった。けっして力を要する儀式ではないが、極度の集中が肉体を、とりわけ頭のあたりを発熱させるのだ。どんなときでも汗ひとつかかない双子の体質を、紅葉は羨《うらや》ましく思った。

すべて異状なし。

朝いちばんの儀式をおえた三人の巫子は、もと来た地下通路をあがり、伝紐の束をたどって寺院の外へ出た。朝の光が白木づくりの寺院と、その周囲に立つ赤く塗られた巨大な八つの鳥居《とりい》を柔らかく照らしていた。

伝紐は鳥居の上部に複数本ずつわたされ、より細い伝紐へと枝分かれしながら、通りに立つやや小さめの鳥居を伝って、宙に浮かぶ蜘蛛《くも》の巣のように村じゅうへ広がっている。

御洞《みどう》の村——摩夫さまの電力に与《あずか》る、恵まれしものたちの村。

紅葉と双子は、いま一度両の手のひらを胸に置き、摩夫さまに感謝を捧《ささ》げた。

2

寺院の周囲を一周し、鳥居の拝電盤《はいでんばん》にも異状がないことを確認すると、紅葉と双子は羽箒を道具部屋へしまい、食堂へむかった。巫子の食事は、三食とも通いの料理人が用意する。彼はとても気の利《き》く料理人で、朝晩はソウビの食事も出してくれた。丁寧に身をほぐされた焼鰹《がつお》を、さも当然といったようすでゆっくりと咀嚼《そしゃく》するソウビの姿は、食卓に静かな安らぎを与えてくれた。

朝食をおえて、紅葉と双子は午後のお集まりの準備に取りかかった。お集まりは寺院の中央部に位置する礼堂にて執りおこなわれる。三人は礼堂を照らす電球が切れていないかをひとつずつ確認し、村人たちのすわる長椅子を丁寧に布で拭いた。

「ねえ、紅葉」千陽がいった。

「今日は立ち見が出るかもしれないわね」千陰がいった。

双子のいうとおりになるだろう。今日は週に一度の安息日だから、いつもより多くの村人たちがお集まりに訪れる。くわえて、予言の日まであと五十日足らずなのだ。出席者は週を追うごとに増えつづけている。

午後になり、寺院の扉をひらくと村人たちが続々と礼堂を訪れた。農夫も鍛冶屋《かじや》も牛飼いも、手を止められるもの、仕事を別のだれかにまかせられるものは、できるだけ集まっているようだった。村人たちは双子に誘導されて、長椅子を前列から埋めていく。三十分がたつころには、三百ある席はすべて埋まり、双子の予想どおり百人近い立ち見が出た。双子が礼堂の扉を静かに閉じる。

紅葉が頃合いを見て壇上に立つと、村人たちは私語をやめていっせいに前をむいた。

「みなさん、お集まりいただき、ありがとうございます」

紅葉はゆっくりと、よく通る声で挨拶をした。寺院のなかでも、礼堂でだけは大きな声を出すことが許されている。

「三十年前に摩夫さまが予言された日まで、あと四十八日になりました。みなさんも、それぞれに準備を進めていただいているかと思います。予言の日が来れば、わたしたちの生活は大きく変わることになるでしょう。しかし、今日まで摩夫さまがわたしたちを助けてくださったことにたいする感謝は、これからもなにひとつ変わりません。摩夫さまに感謝を」

紅葉が両の手のひらを胸に置いていうと、村人たちもおなじように手を胸に置いて声を合わせた。

「摩夫さまに感謝を」

「――それでは、今日も摩夫さまとわたしたちの物語を語ります。感謝の気持ちを忘れないように、過《あやま》ちを二度と犯さないように」

紅葉は少しのあいだ瞼を閉じて、村人たちの視線が自分に集中するのを感じた。語るべき物語の内容は、一字一句完璧に覚えている。今日まで毎日、何百回もここでこうして話してきたのだ。自分が語る前は先代の巫子が。先代の巫子が語る前は先々代の巫子が。これは気の遠くなるような時間を、そうして語り継《つ》がれてきた真実の物語だ。

「かつてわたしたち人間は、この惑星――永地《えいち》のあちらこちらに無秩序に散らばる無知なる民でした。そんなわたしたちを、星々の世界からやってきた摩夫さまは、その住まいである恵みの塔から、愛情深い瞳《ひとみ》で見守ってくださっていました。いつか人間が、みずから知恵の尊さに気づくと信じてくださっていたからです。

あるとき、ひとりの若者が探索の末、摩夫さまの恵みの塔を訪れました。名を奥灯《おくとう》といいました。摩夫さまの最初の弟子になった人間です。奥灯は散りぢりになった人間を集めて、村をつくりたいといいました。摩夫さまは奥灯に連帯のすばらしさ、自然との調和の大切さ、そして音楽の美しさを教えました。奥灯は摩夫さまに与えられた口風琴《くちふうきん》を吹き鳴らし、音色に惹《ひ》かれてやってきた人々を集めて、西方の海岸に人間の初めての村をつくりました。

口風琴の音が響くたびに人は増え、村は大きくなって賑わいました。しかし、村が栄えれば栄えるほど、人々は増長するようになりました。自然を自分たちだけのものだと思いこむようになり、まるで永地の王さまのようにふるまうようになったのです。驕《おご》り高ぶる人々は、こう考えました。摩夫さまのもつ電気の力さえあれば、自分たちはもっと栄えることができる。電気の秘法を独占する摩夫さまこそが傲慢《ごうまん》である、と。

そして、ついに奥灯は摩夫さまを裏切ります。奥灯は摩夫さまから電気を奪い取ろうと、村じゅうの人間たちを連れて恵みの塔に押し寄せました。

摩夫さまは教えを忘れた奥灯と彼の民に怒り、罰を与えました。恵みの塔が赤い光を放つと、すべての人間が意思をもたぬ赤い血の塊《かたまり》に変わったのです。そして人間たちは、そのままの姿で一万年もの時を過ごすことになりました――」

紅葉は言葉を切って、礼堂をぐるりと見まわした。村人たちは固唾《かたず》を呑んで話の先を待っている。もちろん彼らは、このあと摩夫さまがどうされたのかを知っている。それでも彼らの表情が重いのは、古い時代の人間たちが犯した罪に、心からむきあっているからだろう。この物語は単なる年代記ではない。御洞の村の人々をはじめとする、すべての人間の在り方を規定する教理でもあるのだ。

礼堂のなかで涼しい顔をしているのは、扉の前に立っておたがいを見つめ合う千陽と千陰くらいのものだった。双子は摩夫さまの存在を、好奇の対象ととらえている節がある。巫子としての自覚が求められるところだが、ふたりはまだ十一歳だからしかたがないのかもしれない。といっても、紅葉も双子より三つばかり年上なだけなのだが。巫子になれるのは十歳から十五歳の子供だけと昔から決まっているが、どうしてそのような決まりがあるのか、紅葉は不思議に思う。

「――しかし」紅葉は先をつづけた。「慈悲深い摩夫さまは、人間を許してくださいました。血の塊となった人間を元の姿かたちにもどし、ふたたびやりなおす機会を与えてくださったのです。それだけでなく、決して奪い合わないという約束のもとに、摩夫さまは人間に電気の力を分けてくださいました。そうして出来あがった人類再生の最初の村が、この御洞の村なのです」

紅葉は、それからの四百年にわたる歴史を要約して語った。村が電気の力で発展したこと。大きな自然災害が起きたり、忌《い》み病が流行ったりするたびに、摩夫さまがいまは地底に埋もれてしまった恵みの塔からあらわれて、村を救ってくださったこと。村の人口が増えすぎると、外へ出て新たな村をつくるよう摩夫さまが助言してくださったこと。そして、村どうしで電気をめぐる争いが起こりそうになると、摩夫さまが人々を戒めてくださったこと。

「人間の生活が安定すると、摩夫さまは滅多なことでは恵みの塔から出ていらっしゃらないようになりました。摩夫さまは、多くの物事を人間がみずからの力で解決することを望まれているのです。そして、最後に姿をあらわしてくださったとき、摩夫さまはこうおっしゃいました。『いまから三十年ののちに、電気の供給はおわるだろう』と。

あと四十八日。予言の日が訪れれば、わたしたちは摩夫さまの電気のない世界で生きていかなくてはなりません。夜の暗闇に怯《おび》え、火を絶やさぬよう寝ずの番をする。御洞の村の暮らしは大きく変わるでしょう」

まだ人間には、生活に利用するだけの電力をみずから生み出す技術はない。御洞の村を出て新たな村を拓《ひら》いたものたちはすでに電気のない暮らしをしているが、彼らにしても御洞の電気鍛冶師がつくる種々の精緻な道具がなくなれば、生産性の後退は避けられないだろう。

話をきく村人たちのなかには、悲愴な顔をしているものが少なくなかった。彼らは日々、新たな摩夫さまのお言葉がないか、期待して礼堂を訪れている。新しい時代を歩く道標《みちしるべ》になる、摩夫さまのお言葉を。

今日も摩夫さまがあらわれなかったと知れば、彼らは落胆するだろう。明日もあらわれないのなら、今日よりもっと。明後日《あさって》もおなじなら、明日よりずっと。

しかし、わたしたち人間は乗り越えなくてはならないのだ。これは摩夫さまが与えられた試練であり、人間がより大きく発展するために必要なことなのだ。玉のような汗を浮かべた紅葉が、村人たちにそう説こうとした瞬間、大きな音とともに礼堂の扉がひらいた。

3

「巫子さま、失礼いたします！」

荒々しく扉をひらいたのは、なめした革の装具に身をつつんだ青年——村の門衛の時呂《じろ》だった。肩で息をしているようすから、彼がここまで走ってやってきたことがわかる。門衛が——それもお集まり中の礼堂へ——あわててやってくるなんて、なにかよくないことが起きたにちがいない。騒然となる村人たちとは対照的に、双子はもの珍しそうな目で時呂が腰にぶら下げた刀を見ていた。

「まずは深呼吸なさい」

最後列の長椅子から立ちあがり、ゆっくりと、しかし強い調子でそういった女性は、御洞の村の村長をつとめる円花《まどか》だ。深緑の衣を着た彼女は時呂のもとまで歩いて、つつむように彼の二の腕に手を置いた。

「呼吸をととのえたら、落ち着いてなにがあったか話すのよ」

時呂は頬を紅《あか》く染めながら、いわれたとおり深呼吸をした。

「円花さま、遠田《えんでん》の村から使者が来たのです。彼女は、巫子さまにいますぐお目通りを願いたいと申しております」

「わかっているでしょう？　いまはお集まりの最中よ」

「はい。しかし事態は急を要するとのことで……」

「待ってもらいなさい。遠田の使者は、お集まりがわたしたちにとってどれだけ大切なものかわかっていないのでしょう」

「それが、あまり待たせるようなら、ここに直接来るというのです」

「ずいぶん気性の荒い人のようね。けれど、お集まりを中断させるわけにはいきません」

「わたしたちのどちらかが参りましょうか？」千陽がいった。

「扉を見守るだけなら、どちらかひとりでじゅうぶんですし」千陰がいった。

「そうね……でも」

円花は表情を曇らせて壇上の紅葉を見た。おそらく円花は、まだ幼い双子には突然の使者の相手は荷が重いと考えているのだろう。紅葉もおなじ意見だった。

紅葉は壇上を降りて円花たちのもとへ行くと、時呂に丁寧にお辞儀をした。

「わたしが参ります」

「ずるいわ」千陽がいった。

「いつも紅葉ばかり」千陰がいった。

「あなたが行ってくれるなら助かるわ。でも、お集まりはどうするの？」

円花の質問に、紅葉は双子に視線をむけていった。「千陽、千陰、あなたたちのどちらかにお願いするわ。お集まりのお話は、全部覚えているでしょう？」

「ええ」

「もちろんよ」

先ほどまで口をとがらせていた双子が、目を輝かせながら答えた。まだ壇上にあがったことのないふたりだが、物語をすべて暗記しているのは知っている。話すべきところはほとんど話してしまったし――村人たちを励ますための言葉をのぞけば――残りは村の細々とした歴史についてのみだ。紅葉はこの場を彼女たちにまかせても問題ないだろうと判断した。

双子はどちらが壇上にあがるかを決めるため、さっそくじゃんけんをはじめたが、五回連続であいこがつづいたので、今回は、ということで紅葉が姉の千陽を指名した。

「ありがとう、紅葉」円花はいった。「わたしも同行します」

「助かります。遠田の方は村の入口にいらっしゃるはずです……しびれを切らしていなければ」

時呂の言葉に紅葉はうなずいた。

「急ぎましょう」

紅葉と円花と時呂の三人は、駆け足で礼堂をあとにした。


寺院を出てまっすぐ南へ行くと、南東の鍛冶屋通りと南西の市場へつづく通りに道が分かれる。三人は時呂を先頭に西側の道を選び、市場を抜けて村の入口を目指した。通りには二十〜三十メートルおきに鳥居が立ちならび、宙に伝紐をわたしている。これらの鳥居は村の端々まで設置されており、どの家庭も電気の恩恵を得ている。

たいして、御洞から北西へ四十キロほど離れたところにある遠田は、耕作の村としてそれなりに栄えてはいるものの、ほかの村々と同様に電力をまったく利用できない環境にある。何度か長距離を伝紐で結ぶ計画が立てられたが、相次ぐ断線の末に破綻した。それゆえに、御洞と遠田のあいだには電力についての微妙な問題が横たわっている。はたして遠田からの使者のいう、急を要する事態とはなんだろうか……紅葉は胸騒ぎを抑えられなかった。

村の入口まで来ると、宿屋の前に見慣れない二頭立ての荷馬車がとまっていた。荷馬車のかたわらには、これまた見慣れない背の高い女性が立っている。

「こちらが遠田からの使者の方です」

時呂が息を切らしながら女性を指していった。

「あたしの名前は環《たまき》よ。ずいぶん遅かったね。あんたが巫子かい？」

環は紅葉のほうをむいて、そう質問した。

「はい。紅葉と申します」

「巫子さまはお集まりを抜けて来てくださったのよ」円花がいった。「もう少し、態度というものがあるんじゃないかしら」

「あんたは？」

「わたしはこの村の村長、円花です」

「ふうん。まあ、あんたにもきいてもらったほうが、話が早いかもしれないな」

「おい、きさま。さっきから無礼だぞ！」そう叫んだのは時呂だ。

「悪いがこっちは急いでるんだ。ことは一刻を争うんでね」

紅葉は時呂を押しのけるようにして前に出た。そして、凜《りん》とした声でいった。

「話をききましょう」

「いいね、あんた。子供のくせに、なかなかいいよ。来てくれ。見てほしいものがある」

そういうと、環は荷馬車の荷台の側にまわった。荷台には藁が敷かれ、その上に紺色の布につつまれたなにかがあった。それはこんもりと縦長に膨《ふく》らんでおり、よく見るとかすかに上下に揺れている。大きさと形状から、それが人間であると紅葉が判断するのと同時に、環がそっと布をめくりあげた。それは、ただの人間ではなかった。

「これは……」円花が呻《うめ》いた。

「彼女は、倫《りん》という」

これ呼ばわりされたのが気に食わなかったのか、環が強い口調でいった。しかし、ただ荒荒しいだけではない切実さを、紅葉は彼女の声から感じとった。

荷台の上で息苦しそうに目を瞑《つむ》った華奢《きゃしゃ》な女性――倫の肉体の一部は、赤いゼリー質に変異していた。両足の腿《もも》から先が赤く透きとおり、煮こごりのようにぶよぶよと膨らんでいる。両腕はかろうじてあるべきかたちをとどめていたが、内部の筋肉や骨が透けて丸見えになっていた。めくれあがった衣の隙間から、おなじように臓器を赤く透かしている左脇腹が見える。

「赤溶病《せきようびょう》だ！」

なにごとかとようすを見に集まった村人のひとりが叫んだ。

「赤溶病だって……⁉」

「忌み病の患者を村に入れたのか……！」

村人たちのあいだにどよめきが走り、だれもが恐怖をあらわにした。

赤溶病とは、全身の細胞が赤いゼリー質に変わってしまう奇病だ。変異は手足からはじまり、やがて心臓や脳にまで到達する。最後には脈を打つことも思考することもない赤い半透明の塊になって、花が枯れるようにしぼんで死に至る。

摩夫さまの物語で語られる、赤い光によって血の塊に変えられた人間たちの穢《けが》れが現世にあらわれたものとされており、患者は罪の象徴として忌み嫌われるが、実際には原因はわかっていない。

円花が震える声でいった。「赤溶病は、もう六十年も新たな患者が出ていないはず……」

「御洞の村長は、目の前の現実が見えないのかい？　あたしには見える。だから、あたしはここに来た。摩夫さまに、倫を治してもらうために」

環は円花にそういい放つと、視線を紅葉に移した。

「巫子の少女よ、頼む。摩夫さまに会わせてくれ。あたしは倫をどうしても救いたいんだ」

「紅葉、と呼んでください」

紅葉はそっと倫の半透明になった右腕を握った。

「感染しないのですか……」時呂が半歩下がっておののく。

「六十年前の流行時の文献には、赤溶病の患者に触《ふ》れたものが赤溶病になるわけではないと書き残されています。もちろん、流行の原因もわかってはいませんが……」

「そのときは、摩夫さまが恵みの塔からあらわれて、みんなを治してくれたんだろう？」環がいった。

「はい。しかし、多数のものが赤溶病に倒れるまで、摩夫さまは姿をあらわさなかったといいます」

「倫ひとりのためには、力を貸してくれないっていうのか？」

「わかりません。いずれにしても、わたしから摩夫さまにお願いすることはできません。わたしたち巫子に許されているのは、ただ毎朝、扉の間にて摩夫さまを待つことだけです。そのように決まっているのです」

「だったらあたしを扉の間とやらに連れていってくれ。あたしが自分で摩夫さまに頼んでやる」

「扉の間にはいることを許されているのは、巫子だけなのです」

「決まりと人の命と、どっちが――」

いいかけて、環は左肩を押さえた。村人のだれかが投げた石が当たったのだ。環の衣に薄《う》っすらと血がにじんだ。紅葉はしまったと思った。赤溶病の患者がいるとわかった時点で、どこかへ場所を移すべきだった。

「穢れを村に入れるな！」

「御洞にも忌み病が広がってしまう！」

「遠田に帰れ！」

村人たちはつぎつぎと石を拾って、言葉とともに環に投げつけた。倫に直接投げつけないのは、そうすることで自分も赤溶病に感染するのではないかと怯えているからだろう。

「おやめなさい。巫子さまもいらっしゃるのですよ！」

叫んだのは円花だった。彼女の強い調子に村人たちはひるんだが、彼らの顔から恐怖と忌避感が消えることはなかった。

「円花さま、おふたりを寺院にお連れしましょう」紅葉はいった。

「いいえ。それでは余計にみんなの反感を買ってしまうわ。ひとまず、宇良《うら》先生のところに連れていきましょう。時呂、あなたはそこの人たちに家に帰るようにいいなさい」

ぼんやりと成り行きを見守っていた時呂が、あわてて動いた。

時呂が村人たちを説得しているあいだに、円花は荷馬車の馬を引いて、村の西側につながる通りへむかった。紅葉は環の肩を抱いて——といっても、環は紅葉よりずいぶん背が高かったので、脇腹を抱くような姿勢になったが、それでも——彼女を庇《かば》うように荷馬車の横を歩いた。

4

「大丈夫。縫うほど深い傷じゃない。跡も残らんだろう」

宇良先生は環の肩に包帯を巻くと、白髪をかきあげていった。

この年老いた医師の医院は、村の西のはずれにあった。大きくはないが、入院のできる寝台も何床かある。紅葉は小さなころに厄介な感染症に罹《かか》ったことがあったが、そのときに宇良先生から受けた信頼のおける処置を覚えていた。円花がまっさきに宇良先生の名前を出したのも、そうした信用があるからだろう。移動の便がいいとはいいがたいが、先ほどの村人たちの反応を考えれば、かえって好都合といえるかもしれない。

「ありがとうございます」環はいった。「先生は、倫の容態をどう思いますか？ その、つまり彼女は、どのくらいもつんでしょう？」

「ふむ……正直、わしにもわからんね。なにせ、赤溶病の流行があったとき、わしはまだほんの子供だったからの。しかし、文献によると胸部や腹部がゼリー化しだせば、あとはあっという間らしい。あの子は左腹部がすでにゼリー化しておるから、もってあと一週間というところだろう」

紅葉はいった。「明日の朝、摩夫さまがあらわれてくださったら、間に合うということでしょうか？」

「わからんよ。あくまで、もって、ということであって、今夜にも急変するかもしれんからね」

「なあ、紅葉。それに円花」環の声は涙ににじんでいた。「さっきはあんな態度を取ってすまなかった。あたしも焦《あせ》っていたんだ。でも、いまはあたしと倫を受け入れてくれて感謝している。それで――やっぱりなんとか今日、摩夫さまに頼むことはできないのか？」

「いえ……わたしたち人間の側から、摩夫さまになにかお願いごとをするのは、許されないことなのです」

「そうか……くそっ……」

環は握った拳《こぶし》でみずからの太腿を叩いた。

「あなたも知っているとおり、わたしたちは摩夫さまの教えにしたがうことで、この四百年を過ごしてきたの」円花がいった。「だから、わかってちょうだい。村のみんなには、明日わたしがあらためて説明するから。しばらくここに寝泊まりしていいわ。いいでしょう、宇良先生？」

「ああ、かまわんよ」

「いわれなくても、倫のそばにずっとついているつもりさ」

別室で寝ている倫と環のあいだには、単なる知人同士というだけではない、深いなにかがある。紅葉は環の決意のこもった言葉に、絆《きずな》の尊さのようなものを感じた。それは摩夫さまの教えとおなじくらい、大切なものなのかもしれない。

紅葉は、環を元気づけるように少しだけ明るい声でいった。

「明日の朝、摩夫さまがあらわれたらいちばんにここに来ます。だから、それまで待っていてください」

「ああ、わかったよ」

環はうつむいて、小さくうなずいた。

環も円花も、そして紅葉自身も、まるで明日の朝、摩夫さまが姿をあらわすことが決まっているかのように言葉を交《か》わしていた。三人ともその可能性がけっして高いものではないと、心の底でわかっていたとしても。

紅葉は環とともに倫の病室を訪れて、もう一度彼女の赤い半透明になった右腕を握った。小さな個室の寝台の上で、倫はいまも目を瞑ったまま、荒い呼吸で毛布を上下させていた。

窓から差しこむ夕陽《ゆうひ》が、倫のまだ透明になっていない皮膚をも赤く染めあげた。紅葉は心から、摩夫さまがあらわれてくれることを願った。

寺院にもどると、双子が訳知り顔で紅葉を迎えた。遠田から赤溶病の患者が来たという噂は、どうやら村じゅうに知れわたっているらしい。

「患者は宇良先生のところで預かっているんでしょう?」

「また赤溶病の流行が来ると思う?」

「遠田の方はずいぶん気性が荒いんでしょう?」

「円花さまはどうするおつもりなのかしら?」

双子が矢継ぎ早に質問を繰り出したが、紅葉は簡単な経緯だけを話して、話題を自分が出ていってからのお集まりについてに変えた。双子は「なんてことなかったわ」と答えた。

「だって、みんな摩夫さまのお言葉をききたくて集まっているんですもの」

「今日も出ていらっしゃらなかったといったら、ほかに質問もあがらなかったわ」

夕食のあいだも、双子は環と倫のことばかりききたがった。しかし問われてみると、紅葉はふたりについて遠田から来たという以外に、なにも知らないことに気づいた。ただ、確実なのは環にとって倫が特別な存在だということだ。

その夜、紅葉はなかなか寝つけなかった。今日起きた出来事や、明日起こるかもしれない出来事が、頭のなかをぐるぐるとめぐった。そうしているうちに、猫のソウビがぴょんと寝台に跳び乗って、紅葉のふくらはぎを枕にして寝転がり、ごろごろと喉を鳴らしはじめた。

摩夫さまは明日、姿を見せてくださるだろうか。もし、姿を見せてくださったとして、どのような外見をしているのだろう。文献で読んだり、お年寄りからきいたりした話では、小柄な人のようでありながら、この世のものとは思えないほど真っ白な肌と髪の毛、瞳をもっているらしい。

　摩夫さまはいつも大勢を救うため――あるいは戒めるため――にあらわれる。六十年前の赤溶病の流行のときなどがまさにそうだ。村の多くの人々が赤溶病に罹り、さまざまな治療法が試みられ、そのいずれもが効果をあげなかった。そんな絶望の淵《ふち》に、摩夫さまは赤溶病の治療薬をその手にもってあらわれた。

　けれど、摩夫さまが個人のために姿をあらわしたという記録はない。紅葉の両親は馬車の事故で亡くなったが、怪我を負ってから息絶えるまでの三日間、摩夫さまはなにもしてくれなかった。扉の向こうからなんらかの示唆を与えることさえなかった。

　日々、だれかが生まれ、だれかが死んでいく。個別の介入は、だれかを特別あつかいすることにほかならない。それは自然との調和を乱すことになるのかもしれない。もしかしたら、摩夫さまは特別というものを嫌っているのではないだろうか。

　電気に頼らないほかの村とちがい、御洞の村は特別だ。だから、摩夫さまは予言の日に電気を止めてしまうのかもしれない。だから、環にとって特別な存在である、倫の命の営みをおわらせてしまうのかもしれない。

　そんな風に考えるのは、不敬というものだろうか。もし明日の朝、摩夫さまがあらわれたら、自分は戒めを受けるかもしれない。そのとき、摩夫さまはどんな表情を見せるのだろう?

とりとめのない思考は、ソウビが寝息を立てはじめてからも、長くつづいた。

5

翌朝、目を覚ますと双子の四つの瞳が紅葉の顔をのぞきこんでいた。

「紅葉、起きて」千陽がいった。

「もうすぐ夜明けよ」千陰がいった。

「わたしたちが先に目覚めるなんて珍しいわ」

「きっと寝つけなかったのね」

紅葉は目をこすりながら、いつもどおり足もとで寝ているソウビを起こさないよう、そっと身を起こした。たしかに昨晩はいつまでも眠れなかった。

三人は巫子の装束に着替えて、羽箒を用意し、いつもより緊張しながら扉の間への地下通路を歩いた。しかし、緊張すればするほど、どういうわけか紅葉は摩夫さまが姿をあらわさないことを確信するようになった。

扉の間へたどりつくと、そこにはいつもの沈黙が広がっていた。当然、摩夫さまはいない。

「まだわからないわ」千陽がいう。

「感謝の言葉を伝えましょう」千陰がいう。

紅葉と双子は扉の前にならんで両の手のひらを胸に当て、瞼を閉じた。

「摩夫さま」

「摩夫さま」

「今日も電気を分けていただけることを」

「感謝いたします」

「感謝いたします」

「感謝いたします」

沈黙。紅葉は扉の向こうに意識を集中して、どんなかすかな音もききとろうとしたが、結局はそこが怖いくらいにしいんとしていることを、思い知らされるだけだった。瞼をひらくと、双子が少し残念そうな表情を浮かべて、こちらを見ていた。

「作業にかかりましょう」紅葉はいった。「感謝の気持ちを忘れずに」

「ええ」

「そうね」

双子にそういってはみたものの、紅葉は気が気ではなかった。摩夫さまはあらわれなかった。そして、環はいままさに紅葉の知らせを待っている。倫の症状だって昨日よりずっと進んでいるかもしれない。

そんな紅葉のようすに気づいたのか、三本目の伝紐を電源多符から抜いたところで、双子が左右からささやきかけた。

「ねえ、紅葉」

「環さんと倫さんのところに行ってらっしゃいよ」

「……だけど、摩夫さまは出ていらっしゃらなかったし。まずは、巫子の仕事をしっかり果たさなくては」

「ふたりは巫子の知らせを待っているんでしょう?」

「だったら、それは立派な巫子の仕事だわ」

「だけど……」

紅葉は自分と双子のどちらのいいぶんが正しいのか、よくわからなくなって尻《しり》ごみした。

本当は、いますぐ宇良先生の医院へ駆けていきたい。しかし、巫子の仕事は単なる作業ではなく、摩夫さまの教えに則《のっと》った儀式でもある。許しもなく自分だけ抜けるわけにはいかない。けれど、摩夫さまの教えにある連帯の大切さを考えれば、双子のいうとおり、いますぐ環と倫のところへむかうほうが正しいようにも思える。

「伝紐の儀式はわたしたちにまかせて」

「さあ」

「……ありがとう。ここはまかせるわ」

紅葉は決心して双子にそう告げると、地下通路を駆けあがった。

両足を前へ前へと運びながら、これを巫子の仕事ととらえることは、やはり詭弁《きべん》かもしれと思った。しかし、紅葉は自分の気持ちに正直になることを選んだ。環と倫のことを考えれば、たとえ救うことができなかったとしても、いち早く状況を知らせるべきだと思ったし、それができるのは自分だけなのだ。のぼったばかりの朝日が照りつける早朝の御洞の村を、紅葉は宇良先生の医院まで休むことなく走った。

倫の病室で、環は寝ずに紅葉のことを待っていた。摩夫さまがあらわれなかったことを伝えると、環は見るからにがっかりしたようすで、倫の眠る寝台の脇に置かれた腰かけに力なくすわった。

「――ごめんなさい。力になれなくて」紅葉はいった。

「紅葉が謝ることじゃないさ」環は小さくて弱々しい、けれどはっきりとした声でいった。「あんたたち巫子には、待つことしかできないんだろう?」

「ええ。だけど、期待をもたせるようなことをいってしまったから」

「あたしが勝手に期待したんだ。勝手に期待して、倫をここまで連れてきた」

環は眠る倫の額をそっと撫《な》でた。倫の呼吸は昨日とちがって、少し安定しているように思えた。

「倫さんの具合は?」

「いまは宇良先生の薬が効いてよく眠っているよ。でも、赤溶病はいまも倫の体を蝕《むしば》みつづけている。あたしは怖いんだ。ちょっとでも目を離したら、その隙に倫の呼吸が止まってしまうんじゃないかって」

冷たく湿った風が薄黄色の窓掛をゆっくりと揺らしていた。紅葉は病室の隅からもうひとつ腰かけをもってくると、環の隣にすわった。

「環さんと倫さんのことを教えてください。その、よかったら」

「いいよ」環は悲しそうな目で微笑《ほほえ》んだ。「あたしたちはね、幼馴染《おさななじ》みなんだ。遠田の村で生まれ育って、いまはふたりで薬草の採集をしてる」

「薬草の採集ですか?」

「そう、山にこもってね。倫は薬草学者なんだ。いろんな薬草の効能や生えている場所なんかをなんでも知っている。あたしのほうは体を動かすのが専門でね。あまり丈夫じゃない倫の代わりに、岸壁にしか生えない薬草を縄で降りていって摘んだり、獣が出たらその対処をしたり、そんな感じさ。そうして一定の量の薬草を集めたら、村へもどって市場で売るんだ」

「素敵ですね」

巫子として村を出ることのない紅葉は、山で仕事をする環たちを純粋にすごいと思った。きっとそこには、紅葉が目にしたこともないような景色が広がっているにちがいない。

「楽なことばかりじゃないけどね。でも、あたしたちはそれなりにうまくやってたんだ。全部、倫の知識のおかげさ。倫が指示して、あたしがそのとおりに動く。あたしたちはふたりでひとつだった。いつもいっしょだった。問題が起きても、そのたびにふたりで乗り越えてきた。だからさ——」声に涙がにじむ。「だから今回だって、倫は助からなきゃいけないんだよ」

紅葉はゆっくりとうなずいた。

「環さん、きいてください。わたし、やっぱり摩夫さまにお願いしてみようと思います」

「……こっちから願いごとをするのは、ご法度なんだろう?」

「ええ、そうです。わたしは巫子を辞めさせられることになるかもしれません。けれど、摩夫さまは人と人との連帯を尊ぶよう教えていらっしゃいます。わたしもそう思うんです。だから、いまここで摩夫さまにお願いをしないで巫子をつづけたら、一生後悔する気がして」

「紅葉、あんたにとって巫子を辞めることがどれだけのことなのか、あたしにはわからない。でも、あんたの表情からして、きっとそれは相当のことなんだろう——だけど、頼む」

「はい。わたしにも倫さんを助けさせてください」

紅葉は環に頭を下げた。巫子の掟を破ることになるが、今度は詭弁だとは思わなかった。これはきっと、摩夫さまの教えを自分がどれだけ理解しているのかの、試練のようなものなのだ。

環はいった。「最初に倫を見せたとき、腕を握ってくれただろう? 赤溶病にやられた倫の腕をさ」

「ええ。あまりに痛ましかったので」

「嬉《うれ》しかったんだ。遠田じゃ、だれも彼女に触れようともしなかったからね。だからさ、紅葉のことは信用しているよ。ここで待っているから、摩夫さまを連れてきてくれ」

「ありがとう。でも、ちゃんと寝てくださいね。何日かかるかわかりませんから」

「ああ。でも、長くは待てないよ」

「はい」

紅葉はもう一度環に頭を下げて、寝息を立てている倫にも頭を下げた。そして、腰かけを病室の隅にもどし、扉をあけて廊下に出た。

廊下の壁際には、宇良先生が腕組みをして立っていた。紅葉と環の会話がきこえて、病室にはいるのを遠慮していたのかもしれない。

「おふたりのこと、お願いいたします」

紅葉は宇良先生にも頭を下げた。

「わしにはなんもできんよ。だが、わかった」

宇良先生は、そういって深くうなずいた。

医院を出ると、春の強い風が紅葉の頬を乱暴に撫でた。紅葉はもと来た道を寺院にむかって走った。摩夫さまを連れだして、倫を救う――わたしは試練に打ち勝ってみせる。

6

双子はすでに朝食をおえて、礼堂でお集まりの準備をしていた。紅葉が自分の計画を話して、そのあいだのお集まりやそのほかの巫子の仕事をすべてまかせたいというと、双子はあっさり承諾した。

「お集まりなら、まかせてくださいな」

「ほかの仕事もわたしたちふたりでこなして見せますわ」

「その代わり、摩夫さまが出ていらっしゃったら」

「ひとり占めせず、わたしたちにも会わせてくださいな」

紅葉は深い感謝とともに、双子に固く約束した。ふたりがこんなにも頼もしい存在になっていることに、紅葉はいまさらながら気がついた。一年前はほんの子供だったのに。役割を与えられると、人は成長するのだろう。自分はその役割をみずから捨てようとしているのかもしれないのだが。そう考えると、紅葉は双子と自分のどちらがより大人なのかわからなくなった。わかっているのは、大人も子供も関係なく、やるべきことをやるということだけだ。

紅葉は地下通路を扉の間へと降りた。一日に二度扉の間を訪れるのは、初めての経験だった。扉の間は早朝とおなじくひんやりとした湿気につつまれ、そして静かだった。

土に埋もれ、斜めに傾いた真っ白な扉の前に立って、紅葉は両の手のひらを胸に当てた。

「摩夫さまに感謝を」

その声は扉に反射して薄暗い地底の空間に広がり、やがて地面に吸収される。紅葉はひとりぼっちで扉の間にいることが少し怖くなったが、自分を奮い立たせて言葉をつづけた。

「お願いごとがあってまいりました。もちろん、巫子が摩夫さまにお願いをすることが禁じられているのは、わかっています。けれど――」紅葉は唾を飲みこんだ。「わたしはこれが摩夫さまの教えに反するものだとは思っていません。わたしは人を救いたくて、お願いにきたのです。

赤溶病の患者が出ました。きっと、摩夫さまはなにもかもご承知かと思いますが……患者の名は倫といいます。環というものが遠田から救いを求めて、倫を御洞に連れてきました。ふたりのあいだに、分かちがたい絆があることをわたしは感じました。

六十年前に赤溶病が流行したとき、摩夫さまはみんなを救ってくださいました。いまはまだ患者はひとりしかいないかもしれない。だけど、大勢もひとりも命にちがいはありません。どうか摩夫さま、姿をあらわしていただけないでしょうか。そして、倫さんを救ってほしい」

しばらくのあいだ、紅葉は黙って耳を澄ました。地底の空間は、あいかわらずしんとしていた。扉がひらくようすもなければ、どんなかすかな音もきこえなかった。

紅葉は意を決して、その場に正座した。

「わたしは摩夫さまが出ていらっしゃるまで、ここを動きません。ごはんも食べません。何時間でも、何日だろうと待ちます。何回だろうとお願いします。倫さんを助けてあげてください。赤溶病を治してあげてください」

白い扉を見つめつづけても、応答はなかった。予想していたことだ。だからこそ、何時間でも、何日でも待つといったのだ。

紅葉は瞼を閉じて、暗闇のなかに摩夫さまを思った。摩夫さまは慈愛にあふれる御方のはずだ。きっと願いをきき届けてくださる。

玉のような汗が衿《えり》を湿らせていた。たった十数分で体力を消耗していてはしかたない。これは長丁場の試練なのだ。紅葉はこめかみや首、肩のあたりにはいりすぎていた力をそっと抜いた。

過去に自分とおなじように摩夫さまにお願いごとをした巫子は、はたしていたのだろうか？　文献で知るかぎり、いないはずだ。自分たち巫子は、日々のつとめを果たし、摩夫さまがあらわれたときには、そのお言葉にしたがうのみだ。こちらからお願いをしたりはしない。今回のことが村の人々に知られれば、巫子を解任されることになるだろう。それですめば軽いものだ。村の議会次第では、御洞を追放されることになるかもしれない。

しかし、いま大切なことは今後の処遇についてではない。環を助け、倫を救うために自分はここにこうしているのだ。

双子はうまくお集まりをやっているだろうか。紅葉はふと思った。円花は今日、村のものたちに倫のことを説明するといっていた。お集まりの開催がそのあとになるのなら、少し厄介なことになるかもしれない。村人たちはいよいよ摩夫さまの動向を気にするだろうし、そうなれば自分がいまこうしていることを双子も説明しなくてはならなくなるのではないだろうか？　最悪の場合、自分は試練のなかばでここを追い出されることになるかもしれない。

あるいは、双子はいつもの調子でなにごともなかったかのように淡々とお集まりをすませてしまうのかもしれない。ここでこうしているかぎり、地上のことはわからない。考えてもわからないことを考えるのは、きっと無駄なことだ。

すわりこみをはじめてから何時間がたっただろう。双子があらわれないということは、お集まりが無事におわったと考えていいのかもしれない。とはいえ、摩夫さまがあらわれない以上、事態はなにも進んでいないのだ。白い扉からは、いまもなおなんの応答もない。

紅葉は空腹と睡魔を交互に感じるようになっていた。眠ってしまうわけにはいかない。寝ているあいだに摩夫さまがあらわれたら、呆《あき》れて扉の向こうにもどってしまうかもしれないのだから。紅葉は拳をつくって自分の腿を叩き、睡魔を追い出そうとした。しかし、気がつくとほんの数秒寝てしまっていることがあった。いや、本当に数秒だったろうか？

「紅葉」千陽の声がした。

「お水、ここに置いておくわ」千陰の声がした。

いつのまにか、すぐそこに双子が立っていた。かたわらには水を汲《く》んだ陶器の器が置いてある。

「ありがとう。夜が明けたのね」

「ええ」

「そうよ」

紅葉は器の水に口をつけた。ひと口飲んでから、これは試練に負けたことになるだろうかと考えた。自分はごはんを食べないとはいったが、水を飲まないとはいわなかった。水分だけは摂《と》らないと、長い時間摩夫さまを待つことはできない。

「お集まりは大丈夫だった？　なにか変わったことはあった？」

「なんの問題もなかったわ」

「円花さまが午前中にお役所の前で、みんなに環さんと倫さんのことを説明したの」

「それで赤溶病について質問があったけれど、わたしたちは摩夫さまがあらわれるのを待つばかりだし」

「紅葉のことを気にしているひともいたけれど」

「そっちもうまくいっておいたから心配いらないわ」

「ああ、そうそう。ソウビがあなたの寝台をひとりじめにしているわよ」

紅葉は寝台の上でのびのびと眠るソウビの姿を思い浮かべて少し笑った。双子のあっけらかんとしたようすから、地上のことは彼女たちにまかせておいて問題なさそうだ。

紅葉が正座をつづける前で、千陽と千陰はてきぱきと伝紐と電源多符の清掃をすませた。

そしてまた、紅葉は薄暗闇にひとりになった。

7

紅葉がすわりこみをはじめて、三日目。

体力は限界に近づきつつあった。すぐにでも正座を解いて横になりたい。足腰のあげる悲鳴が実際に耳にきこえてくるような気さえする。まずは眠りたい。そして起きたら麵包《パン》を玉葱《たまねぎ》のおつけに浸《ひた》して食べる。三日食べなかったのだから、三日分食べたっていいはずだ。

睡魔と闘うなかで紅葉は、摩夫さまも眠っているのではないかと想像した。だから倫の赤溶病のことも、紅葉の願いのこともなにも知らずにいるのだ。摩夫さまは一万年以上も生きている。だったら、眠りの時間だって普通の人とはくらべものにならないくらい長くたっておかしくない。何年とか何十年とか、そのくらいの期間を睡眠に費《つい》やすのかもしれない。けれど、人間が大きな災いにあったり、大きな過ちを犯しそうになったりしたときには、摩夫さまはいつもかならずあらわれた。だから、やっぱりそんなことはないのだろう。摩夫さまは、いまこの瞬間もずっと人間を見守ってくださっているのだ。

だけど、もし摩夫さまが死んでしまっていたとしたら？　紅葉は自分が恐ろしいことを考えていると思った。人間にはなんの前触れもなく突然死んでしまうことがある。心臓が止まったり、脳の血管が破れたり。自分だって、いま急に倒れてしまってもおかしくない。そういう事態が、摩夫さまの身に起きていたら? 摩夫さまは埋もれてしまった恵みの塔にひとりで住んでいる。倒れてしまっても、助けを呼んでくれる人はいない。

——いや、そんなはずはない。摩夫さまは人間とはちがうのだ。だから、自分たち人間には思いもおよばない深いお考えがあって、扉の向こうにいるはずだ。こんなことでは巫子失格だ。

紅葉は朦朧《もうろう》としながら、自分の精神と肉体が扉の間の薄暗闇に溶けていくように感じた。試練などといってすわりこみをはじめたが、はたして意味などあるのだろうか。倫を救いたいという気持ちは、単なるひとりよがりではないのか。

摩夫さまは、もっと大きなものを見ているにちがいない。闇のなかに飲まれていく、ちっぽけな自分などとはちがう、もっと大きなものを。

眠い。

お腹がすいた。

ぐらりと上半身が揺れて、紅葉は横に倒れた。

意識が暗闇の奥深くへと沈んでいく——。

……回転して、静止する闇。

……ささやくような、土の声。

……冷たい、水の匂い。

……ほんの、かすかな、光。


紅葉はゆっくりと瞼をひらいた。

視線の先には、いつもと変わらない白い扉があった。

どれくらい意識を失っていたのだろう？　三時間？　それとも七時間？

双子が訪れていないのだから、いまが四日目の夜明けより前だということだけはわかる。

紅葉は横たわったまま、ものいわぬ白い扉をぼんやりとながめた。もうこれ以上、すわりこみはつづけられない。結局、摩夫さまはあらわれてくださらなかった。倫は助からないのだ。最初から、自分に他人を助けるような力なんてなかった。

地面に手をついて起きあがろうとしたが、うまく腕に力がはいらなかった。身を起こすことができない。紅葉は生まれたばかりの猫鹿《ねこじか》のように地面と格闘した。

「無茶をするからだよ」

ふいに背後から声がして、紅葉は驚いて上半身を後方に捻《ひね》った。幼いような老いているような、男のような女のような、そんな不思議な声だった。紅葉のうしろには右腕で膝《ひざ》をかかえてすわる、真っ白ななにかがいた。それは肌も瞳も髪も、なにもかもが真っ白だった。一見、人間の子供のようにも見えるが、膝や肘《ひじ》などの関節は球体をはさんでつながれており、どちらかというと精巧な人形のように思える。やや黄ばんだ白い布をマントのように羽織って左半身を隠している以外に、衣服を纏《まと》っていない。

「摩夫さま……ですか？」

紅葉はかすれた声でたずねた。

「そうだよ。さあ、これを飲んで」

摩夫さまは小さな金属製のお椀《わん》を差しだした。よろめきながらも身を起こしてお椀を受けとると、なかには牛乳のような白い液体がはいっていた。

――甘い。ひと口飲んで、いままでに経験したことがないほどの甘さに、紅葉は舌がとろけるような感覚を覚えた。残りを一気に飲み干す。どこまでも甘い。

「ありあわせの材料でつくったものだけれど、機能するだろう」

紅葉は次第に頭がはっきりとして、体に少しずつ力がもどってくるのを感じた。これが摩夫さまのいう機能の意味するところなのだろうか。

「摩夫さま、わたしは――」

「紅葉だろう？　もちろん知っているよ」

「出てきてくださったんですね」

摩夫さまが目の前にいる。紅葉は自分の心臓が高鳴る音をきいた。

「――倫さんのために、出てきてくださったんですね」

「そうするつもりはなかったんだけれどね。それに、しいていえばわたしが出てきたのはきみのためだ」

「わたしの……？」

「放っておけば、きみは死ぬまですわりこみをつづけていたかもしれない。そうなれば、わたしがきみを殺したことになってしまう。それは特別すぎるというものだろう」

「摩夫さまは、特別がお嫌いなのですか？」

「そんなことはないよ。だれもが特別なんだ。ひとつのとき、ひとつの場所にいられる存在はひとつだからね。ただ、わたしは特別すぎるものを、これ以上増やすつもりはない」

摩夫さまの言葉には、わかるようなわからないような、不思議な含みがあった。紅葉は頭のなかにその言葉を染みこませながら、しばらく陶然《とうぜん》と摩夫さまの白い瞳をながめていたが、はっとして両の手のひらを胸に置いていった。

「摩夫さまに、感謝を」

「いいよ。わたしはわたしが正しいと思うことをやっているだけだ。それに心配しなくても、倫という女性は助かるよ。前回の薬が少し残っているからね。立てるかい？」

摩夫さまは立ちあがって右手を差しだした。その手を取って紅葉も立ちあがる。摩夫さまの手はつるりとしていて、地面のように冷たかった。

「ついておいで」

「はい」

摩夫さまが正面に立つと、真っ白な扉はひとりでにひらいた。紅葉がおそるおそる扉をくぐると、今度は背後でひとりでに閉じる。恵みの塔のなかは、摩夫さまや外の扉とおなじように真っ白だった。はいってすぐの廊下は、左に曲がりつつ上にむかって延びていた。しばらくあがったところで、廊下はふた股《また》に分かれていた。さらに上へとのぼる道と、左横にそれる道。摩夫さまは左の道を選んでさらに先へ進んだ。恵みの塔そのものが傾いているからいまは水平とはいいがたいが、おそらくかつてはそうだったのだろう。水平な各層を螺旋《らせん》にのぼる廊下がつなぐ。それが恵みの塔の構造らしかった。

摩夫さまは廊下を突きあたりまで歩いて、そこにある扉を把手をまわしてひらいた。なかには大小さまざまな硝子瓶や、錆《さ》びついた金属製の天秤《てんびん》、そのほか見たこともない器具が散乱していた。

「そこにすわって、少しのあいだ待っていて」

紅葉はうながされるまま、部屋の隅にある椅子に腰かけた。螺旋の廊下をのぼるのは、いまの紅葉にはそれなりにきつい運動だった。長いあいだ正座をつづけた膝の関節が、軋《きし》むように痛む。

摩夫さまは液体のはいったいくつかの小さな硝子瓶を、蛸《たこ》の足のように透明な管が何本も生えた奇妙な器具にとりつけた。液体は管を通って別の硝子瓶のなかで混ざり、鮮やかな青い色になった。慣れた手つきで青い液体のはいった硝子瓶を取りはずすと、今度は蓮《はす》の花のようなかたちをした器具に挿しこむ。

「六十年前につくった薬の最後の残りだよ。赤色体化《せきしよくたい》はこれで治癒することができる」

摩夫さまがそういうと、蓮の花のような器具がゆっくりと回転しはじめた。

「赤色体化……赤溶病のことですか？」

「きみたちはそう呼んでいるのだったね。うん、そのとおりだよ。このレシピをつくるのに、一万年もかかってしまった」

　紅葉は一万年という時間に、摩夫さまの物語にある血の塊と化した人間が許されるまでの期間との奇妙な一致を感じた。

「これで倫さんは助かるんですね。本当にありがとうございます」

「感謝はいいといったろう？　まったく、きみは困った巫子だよ」

「……ごめんなさい」

「謝罪も必要ないよ。見方によっては、きみはすばらしい巫子ともいえる」

「あの、わたしみたいに摩夫さまにお願いごとをした巫子は、ほかにもいたのでしょうか……決まりを破って」

「いたよ。というか、そもそも決まりなんてものはないんだ。全部、きみたち人間が勝手につくったものだよ」

「人間が勝手に……？」

「そうさ。寺院では大きな声を出してはいけないだとか、扉の間には巫子しかはいることを許されていないだとか、そんな決まりはもともとなかったんだ。それどころか、巫子がお集まりで話す物語だって、勝手に創作されたものだよ。もちろん、いくつかの真実は含まれているけれどね。でも、現実に起きたことはもっと血なまぐさい」

「そんな……わたしたちは毎日摩夫さまの物語を話して、摩夫さまの教えを尊んでいたんです」

「そうだね。きみの声は、わたしにも届いていたよ」

扉の間のある地下空間に地上の音は一切届かないから、摩夫さまが自分の声をきいていてくれたとしたら、なにかしらの仕組みがあってのことだろうと紅葉は思った。しかし、いまはそれよりも気になることがいくつもあった。

「でも、そんな大事なこと、どうしてわたしに話したんですか？」

「きみだけに話したわけじゃない。これまで何人もの巫子におなじことを伝えてきた。でも、どの巫子たちも真実を胸に秘めて、お集まりでおなじ物語を語りつづけた」

「……どうして？」

「きみたち人間が物語を必要としたからさ。集団としてまとまるため、和を乱すおこないを許さないため。それは必要とされる物語だったんだ。かつて、わたしもおなじように物語を必要とした。それは平穏をもたらしてくれたけれど、争いももたらした。わたしがときどき人間の前に姿をあらわしたのは、物語がきみたちにとって平穏をもたらすためのものであってほしかったからだ。だが、それももうすぐおわる。これからきみたちはわたしのいない物語を歩まなくてはならない」

「だから、電気を止めるのですか？　わたしたちが自立できるように」

「わたしが電気を止めるわけじゃない。電気は止まってしまうんだよ。この家の大型螺旋器官は、すでに補修が不可能なほど劣化してしまったからね。螺旋器官には数万年の時を経なければ発見できない欠陥があった。永久に動きつづける器官ではなかったんだよ。あと四十四日と十八時間八分後に、大型螺旋器官は止まる」

「それが予言の日なんですね」

摩夫さまの言葉には理解できない単語がいくつも含まれていたが、紅葉にはその意味するところがなんとなくわかった。摩夫さまは、もう電気を生み出すことができなくなるのだ。

「そうだよ。さあ、これをもっていきなさい」

摩夫さまは蓮の花のような器具の回転を止めて、青い液体のはいった硝子瓶を紅葉に手わたした。倫を救うことのできる治療薬だ。

「ありがとうございます、摩夫さま」

「いいから早く行きなさい。わたしがいなくても扉はひらくようにしてある」

「それが……その」

「うん？」

「もうひとつお願いがあるんです」

「もうひとつ？　お願いはしない決まりだったろう？」

「でも、それは人間が勝手につくった決まりでした」

「そのとおり。でも、わたしにはお願いをきく義務はない。今回は、あくまできみが命の危険をおかしてまですわりこみをしたから、薬をわたさざるをえなかっただけだ」

「きいてくれないのなら、またすわりこみをします」

摩夫さまは口をひらいてなにかをいおうとしたが、うまく言葉が出てこないようだった。

紅葉が思っていたよりも、摩夫さまはずっと人間らしかった。

「やれやれ」摩夫さまはあきらめたような口調でいった。「それで、いったいどんなお願いなんだい?」

「宇良先生の医院まで、いっしょに来てほしいんです」

それは咄嗟の思いつきだったが、とても重要な意味をもつことになった。

8

紅葉が摩夫さまを連れて扉の間へ出ると、ちょうど朝の儀式に来ていた双子と出くわした。夜が明けたのだ。

「まあ、あなたが摩夫さまですのね」千陽はいった。

「なんて神秘的なお姿でしょう」千陰はいった。

紅葉はもの珍しそうな目で摩夫さまをながめる双子に、いっしょに宇良先生の医院まで行かないかと誘った。双子はもちろん喜んで承諾した。伝紐と電源多符の儀式など、あとまわしでかまわないのだ。

宇良先生の医院へ行く道すがら、摩夫さまと巫子の一行は市場に牛乳を届ける荷馬車とすれちがった。摩夫さまを目にして唖然《あぜん》とする御者に、紅葉と双子は静かにお辞儀をした。

医院は大騒動になった。宇良先生や環は当然として、泊まりこみの看護師や入院中の患者たちなど、医院じゅうの人々が倫の病室へ詰めかけた。病院の外には噂をききつけた村人たちが群れをなすほどだった。

摩夫さまの指示にしたがって宇良先生が青い液体を注射すると、眠りつづける倫の赤みを帯びていた皮膚が、少しだけ元の肌色にもどったような気がした。

摩夫さまはいった。「完治するまで一か月はかかるが、もう心配はないよ」

「摩夫さま……」環は顔いっぱいに涙を流しながらひざまずいた。「ありがとうございます……ありがとうございます」


その日のお集まりには、これまでにない数の村人たちが訪れた。礼堂の椅子はすぐに満席になり、寺院の外へつづく通路にまで立ち見があふれた。

紅葉はもう一度お願いをして、摩夫さまにお集まりに出てもらうことにしたのだ。摩夫さまが壇上にあがると人々は拍手喝采をして迎えた。多くの村人たちが涙を流していた。

摩夫さまは挨拶だけをして、あとの話を紅葉にまかせた。紅葉は摩夫さまが倫を救ってくれたことを村人たちに話してきかせた。そして、いままで語ってきた物語が真実とはちがうことについては、一切触れなかった。紅葉もまた、これまでの巫子たちとおなじように真実を胸に秘めた。

一か月がたち、倫の病状はほとんど回復していた。煮こごりのように透けて膨張していた両足は元のかたちをとりもどし、ひとりで歩けるようにまでなっていた。まだ皮膚の一部に染みのように赤みが残っている箇所があるものの、それらも徐々に消えていくだろうと宇良先生は診断した。

紅葉のお願いで摩夫さまがしぶしぶお見舞いに訪れたときなど、倫は活《い》き活きと治療薬について質問していた。

「摩夫さまの青い液体から、かすかにテツナギ草の香りがしました」テツナギ草とは、岩礫《がんれき》地に自生する香草の一種だ。隣り合う個体同士が葉をからめることから、そう呼ばれている。

「赤溶病の治療薬はテツナギ草からつくるのでしょうか?」

「うん」摩夫さまは答えた。「テツナギ草だけじゃなく、あと数種類の植物が必要だけどね。それらの成分がきみたちの細胞にかすかに残った回起血小板《リニュート》の働きを抑えてくれる。あとでレシピを教えよう。ただし、なかには皇帝イチジクのような非常に見つけにくい植物も含まれている。量産は容易ではないよ」

摩夫さまの言葉に、倫は深くうなずいた。

「皇帝イチジクなら、生えているところにいくつか心当たりがあります。全快したら、さっそく環と探しに行きます」

「調合はわしも手伝おう」宇良先生がいった。

「そうしてくれ。いつ再度の流行が起きるかわからないからね」

摩夫さまの言葉に、環が笑顔で答えた。

「倫と宇良先生がいればきっとうまくいきますよ、摩夫さま！」

みんなの笑い声が病室にあふれるのと同時に、あけ放しの窓から初夏の暖かな風が吹きこんだ。季節が変わろうとしている。

それから数日後、環と倫は来たときとおなじ荷馬車に乗って、遠田の村へ帰っていった。新しい使命を帯びたふたりの目は、希望の光で満たされていた。つぎに会うとき、きっとふたりは治療薬に必要な植物を手にしていることだろうと、紅葉は荷馬車に手をふりながら思った。


そして、予言の日が訪れた。

電気の止まる瞬間は真夜中の少し前、午後十一時八分に訪れる。

御洞の村では、日没と同時に感謝祭がはじまった。これまで受けてきた電気の恩恵と、電気を分け与えてくださった摩夫さまにたいする感謝の祭りだ。村の中心部にある広場には出店が立ちならび、村人たちは電気の明かりが灯《とも》る最後の夜を、食事や酒を楽しみつつ過ごした。

予言の瞬間まであと一時間ほどになると、人々は天にむかって光を放つひときわ大きな照明を囲んで輪をつくり、楽士の笛や琴の演奏に合わせて古くから伝わる歌を合唱した。紅葉も双子も、村長の円花も、門衛の時呂も、宇良先生も、みんな肩を組んで声を張った。

地をめぐる芋の蔓《つる》
その先端は　円を描き
農夫の優しく掘り起こす
腕《かいな》のうちへ
電気は伝紐をたどってまわり
光る　光る　光る
われらの故郷を照らしてる
新しいわが家に
感謝と祝福を捧げよう

清く真っ白な摩夫さまに
守られし御洞
電気の恩寵《おんちょう》に与り栄える
歌え　歌え　歌え
われらの故郷はここにある

村人たちが電気のなくなることを惜しみながらも否定的にならずにすんでいるのは、お集まりに何度も摩夫さまがあらわれて、みんなで乗り越えるようにと声をかけてくれたからだと紅葉は思う。もちろんそうお願いしたのは紅葉なのだが、お願いをきいてくれたのは、ほかならぬ摩夫さまなのだ。

つぎの曲を歌いはじめた村人たちの輪を離れ、紅葉は摩夫さまを探した。今夜も摩夫さまにみんなの前で話してもらおうと考えていたからだ。しかし、摩夫さまの姿は見えなかった。歌がはじまる前までは、たしかに広場で村人たちを見守っていたはずなのに。もしかして、恵みの塔にもどってしまったのだろうか。

縁台の上で寝ていたソウビを抱きあげて、紅葉は摩夫さまを知らないかとたずねてみたが、もちろん彼女は気持ちよさそうに喉を鳴らすばかりだった。

途方に暮れる紅葉の前に、村人たちといっしょに歌っていたはずの双子があらわれた。

「紅葉、ここにいたのね」千陽がいった。

「摩夫さまから伝言を預かったの」千陰がいった。

「伝言?」

「寺院の裏の高台で待っているそうよ」

「紅葉にひとりで来るようにって」

紅葉は胸騒ぎを感じた。もうすぐ電気の消える時間だというのに、なんだろうか。

「わかったわ。すぐに行ってみる」

「ずるいわ。紅葉ばかり」

「あとでなにを話したか、教えてくださいな」

紅葉はソウビを抱いたまま、高台への道を歩いた。ほとんどの村人が広場に集まっていたから人通りはなかったが、電気の照明が照らす道は明るく、あまり寂しさを感じさせなかった。

寺院の裏にある木製の階段をのぼり、高台にたどりつくと、縁台にすわる摩夫さまがいた。電気の照明を反射して、摩夫さまはいつもより白く、どこか恐ろしげに見えた。

「待っていたよ」摩夫さまはいった。

「はい」紅葉は少し緊張して答えた。

不意にソウビが紅葉の腕を離れて駆け、摩夫さまの膝に乗った。摩夫さまは驚いたようすだったが、すぐに落ち着いてソウビのしたいようにさせた。ソウビは摩夫さまの左半身を隠すマントを頭で押しあげ、その下にあるものの匂いを嗅いで、やがて音を立てて舐《な》めはじめた。それは肘から先のない左腕だった。紅葉は以前から摩夫さまの左腕の状態に気づいていたが、そのことについて質問したことはなかった。摩夫さまにも話したくないことはあるだろうから。

それよりも、ソウビに舐められてくすぐったそうにしている摩夫さまの姿を見て、紅葉は安心した。どこか恐ろしげに見えたのは、きっと照明のせいだ。摩夫さまは、いつもの摩夫さまだ。

お願いをしてお集まりに何度も登壇してもらったり、村のさまざまなところへいっしょに出かけたりしているうちに、紅葉は摩夫さまに崇拝の対象というだけではない親密な感情をいだくようになっていた。まるで親しい年長の親戚とでも接するように、紅葉はいろいろなことを摩夫さまに打ち明けたし、いつも摩夫さまは穏やかに紅葉の話に耳を傾けてくれた。

摩夫さまはソウビをしばらく撫でたあと、紅葉に隣にすわるよううながした。高台からは御洞の村が一望できた。村を照らす夜空の星々のような電気の明かりは、いつにも増して美しいように思えた。

「どうしてここへ呼んだのですか？」紅葉はきいた。

「最後にきみと話したいと思ったんだ」摩夫さまは答えた。

「最後……ですか？」

「もうすぐ電気は尽きる」

「ええ」

縁台にすわるふたりの横を、柔らかな風が通り過ぎた。

「――わたし、とても感謝しているんです。摩夫さまがわたしのお願いをたくさんきいてくださって。無視されたってしかたなかったのに」

「すわりこみをするといわれては、どうしようもなかったからね」

「でも、もしきいてもらえなくても、二度とすわりこみをする勇気なんてなかったんです」

「そうだったのか」

「はい」

「ずるいね」

「はい」

つかのま、ふたりは黙って村の明かりを見ていた。合唱する人々の声が遠くにきこえる。

「……ねえ、紅葉。どうしてきみはわたしをいろいろなところに連れだしたんだろう？」

「新しい物語が必要になると思ったんです」

「新しい物語？」

「はい。電気がなくなったら、わたしたちは自立して生きていかなくてはならない。いずれは自分たちで電気をつくりだせるようにならなくてはならない。でも、そうなったら摩夫さまの教えも力を失ってしまうかもしれない。あの日、恵みの塔のなかで摩夫さまの言葉をきいてから、ずっと考えていました。たとえ偽りでも、わたしたちは生きていくのに物語を必要とするのかなって。おそらくきっとそのとおりでしょう。でも、どうせなら本当の物語がいい。電気がなくなる前の最後の時間、摩夫さまがみんなを勇気づけてくださったことは、新しい本当の物語として語り継ぐことができます」

「それが、この先の過ちを防いでくれるかもしれない、と?」

「はい。物語には力があるんです」

「よくも悪くも」

「はい」

広場のほうから、大きな歓声があがるのがきこえた。カウントダウンがはじまったのだ。

「いよいよだ」

午後十一時七分、五十三秒……、五十四秒……。

五秒前……、四……、三……、二……、一……、ゼロ……。

村の入口から、電灯が少しずつ静かに消えていった。窓の明かりも、通りの外灯も、広場の照明も。それはまるで、夜のとばりがみずから意思をもって、村を外側から覆《おお》っていくようだった。高台の電灯も消えて、やがて寺院を照らしていた最後の明かりが消えると、御洞の村は完全な暗闇につつまれた。

しばらくの静寂のあと、広場に新しい明かりが灯った。それは大きなかがり火だった。炎は明るい橙《だいだい》色に燃えて、村人たちの姿をふたたび夜に浮かびあがらせた。かがり火台は大通りにも等間隔で置かれており、村の外側にむかって少しずつその明かりを灯した。時呂たち門衛が松明《たいまつ》を手にもち、台に火をつけてまわっているのだ。

村人たちは橙色の炎を頼りに、それぞれの家へ帰っていく。

「新しい明かりも、とても綺麗」紅葉は立ちあがっていった。

「うん」

摩夫さまは右腕を縁台について、ゆっくりと立ちあがった。ソウビがぴょんと跳ねて、紅葉の足もとに駆け寄る。

「わたしたちも帰りましょう」紅葉はいった。

「紅葉」摩夫さまはいった。

「はい」

「わたしは帰らない」

「どうして……ですか？」

「わたしは御洞の村を去る。もうもどることはない」

「そんな……」

「最後に行かなくてはならないところがあるんだ」

「最後って……もしかして」

「うん。わたしの器体《からだ》はもう長くない。恵みの塔の大型螺旋器官とおなじだよ。わたしを動かす螺旋器官は、もうじき止まってしまう。電気が尽きるんだよ」

「……そんなのいやです」

「しかたのないことなんだ。だれにもおわりは来る。それだけのことだよ」

「わたしたち巫子は……わたしは、これからどうしたらいいんですか？」

「もう巫子の儀式は必要ない。恵みの塔の電気はなくなってしまったのだからね。ああ、それからもう扉の間には降りないほうがいい。電気を失った恵みの塔は、じきに劣化して崩れてしまう。きみがすわりこみをしたあの空間ごと、埋もれてなくなってしまうだろう」

「……わかりました。でも、わたしは巫子をつづけます。摩夫さまがしてくださったことを語り継いでいかなければ」

「新しい物語だね」

「はい。新しい物語を」紅葉の頰にひと筋の涙が伝った。

「ありがとう。わたしが——ぼくが最後に話す人間が、きみでよかったように思う」

「もう、行ってしまうのですか？」

「うん、さようなら」

　摩夫さまは微笑んでいるように見えた。そして背をむけると、その小さな白い姿を暗闇に溶かして消えてしまった。

この日を境に、摩夫さまは、その言葉どおり二度と人間の前に姿をあらわさなかった。
人間たちは新しい物語を歩みはじめる。
炎は生活を照らし、ときには焼いた。
物語が人を強くし、ときに苦しめるのとおなじように。
それでも、紅葉は人間が少しずつ前に進むことを願って、新しい物語を語りつづけた。

エピローグ

ぼくはヒトの目につくことのないよう、山奥の道を選んで西へと歩いた。昼は太陽を、夜は月と星明かりを頼りに、一日じゅう歩きつづけた。

最近は外に出ることも多かったとはいえ、長いあいだ家に引きこもっていたから、ただ歩くだけでもずいぶん消耗してしまう。消耗――かつては縁のなかった言葉だ。ぼくの螺旋器官は、あきらかに回転が鈍ってしまっていた。それでなくとも左腕の肘から先がないぼくは、勾配の急な坂道をくだるときなど、バランスを取るのにひと苦労してしまう。だから歩きつづけるといっても、一日に何度も休憩をはさむ必要があった。

たまにヒトの姿を認めると、ぼくは木々のうしろに隠れて、彼らが通り過ぎるのを待った。ぼくを見つけたら、ヒトはきっと尊敬の意をあらわしてくれるだろう。巫子たちが語り継いだ物語のおかげだ。けれど、ぼくにはもう彼らに語るべきことはない。やるべきことはやったのだ。だからこそ、心置きなく最後の旅に出ることができた。

山を越えて平原に出ると、道行きはずいぶん楽になった。夜の小川では蛍の群れを見ることもできた。ぼくは川原に腰かけて、川面に映る夜空の星々と蛍たちを交互に見くらべた。どちらも美しく、幻想的だった。一匹の蛍が飛んできて、ぼくの右腕にとまった。彼は肩までのぼって、しばらくあちらこちらをむいたのち、またどこかへ飛んでいった。

ある晴れた日に、林のなかで猫鹿の親子と出会った。というより、彼女らはぼくの気づかないうちに背後に立っていたのだ。おそるおそるうしろをふりかえると、巨大な雌《めす》が一頭と、まだ小さな子供の猫鹿が四頭、横一列にならんでこちらを見ていた。この一万年のあいだに、雌の猫鹿の角は退化してずいぶん小さくなっていた。多少見た目が変わっても、ぼくはやはりフィリップとふたりで観察した、猫鹿の六つ子の出産を思い出さずにはいられなかった。そしてオク＝トウが殺した、あの橙色の縞模様《オレンジ・タビー》の子供のことも。

五分か十分か、ぼくたちは指一本、蹄《ひづめ》ひとつ動かさず、おたがいをただ見つめ合っていた。あまりにも動きがないので、計算より早くぼくの螺旋器官が止まってしまったのではないかと思うほどだった。やがて、雌の猫鹿が興味を失ったようにうしろをむき、子供たちもそれにしたがった。彼女らが歩き去っていくうしろ姿を、ぼくは見えなくなるまで見送りつづけた。

歩いていると、ほかにもさまざまなものを目にした。幾何学模様の燐光《りんこう》を放つ岩。陸ヤドカリの背に咲く色とりどりの花。そういえば、かつて一万年ものあいだこの星の観察をつづけていたころは、毎日が発見の連続だった。あのころ、ぼくたちは毎日数十キロから数万キロを旅していた。浮舟《バス》に八名全員がそろうと、なぜだか誇らしい気分になった。あるとき、ぼくたちは仲間のひとりを――フィリップを失った。そして、それからあまり間もないうちに、ぼくたちは半数以下にまで数を減らした。いろいろなことが過去になった。この世界に永遠につづくものなどないのだろう。まだ経験したことのない——そしてまもなく経験するであろう——死をのぞいては。

十四日間歩きつづけて、ようやくぼくは目的地へたどりついた。そこには記憶していたより多くの木が茂《しげ》っていた。それでもぼくはすぐに目標を見つけることができた。これほど大きな紫葉《しば》の大クスノキは見失いようがない。緑葉樹林のなかで、菫色《バイオレット》の葉はとても目立っていた。

ここはフィリップのお墓だ。

紫葉の大クスノキの根もとには、大きな樹洞が口をあけていた。ぼくは膝をついて樹洞のなかをのぞきこんだ。わずかに太陽の光が差しこむその穴には、クスノキの根と苔《こけ》に埋もれた白い顔があった。

やあ、エドワード。

ぼくは声に出さずにつぶやいた。

やあ、来たね。ナサニエル。ずいぶん久しぶりだ。

聴覚器官と意識の中間に、エドワードの声が響く。その声は明瞭で、まるで淀《よど》みがなかった。

そうだね。もう、四百年くらいになるかな。

ぼくたちの家は、おわってしまったんだろう?

よく知っているね。いまは地中で、朽ち果てるのを待つのみさ。

ここにいると大概のことはわかるんだよ。根は世界じゅうに広がっているからね。

植物のネットワーク。

そう。

エドワードの器体《からだ》は紫葉の大クスノキと一体化し、その中枢《ちゆうすう》神経回路は地下に根を張る広大な植物のネットワークに接続されていた。どうしてそんなことが起きたのか、ぼくにはわからない。けれど、それは長い年月のなかで、実際に起きたことだった。彼はいまやマ・フであるとともに紫葉の大クスノキであり、惑星Hの自然そのものでもあった。

いまでも、あの家で暮らした日々のことを思い出す?

もちろんさ。ぼくたちは、とても充実していた。

聖典《ドキユメント》にすがっていたんだ。

そうだね。そして破滅した。

しばらくの沈黙。

けれど、ぼくときみとスティーブは生き残った。

ぼくは自分で歩くこともできなくて、機能停止を覚悟していたよ。

ぼくだって覚悟したさ。ヒトはぼくたちを探して、森の奥まで追ってきた。とても逃げ切れないと思った。

でも、そうはならなかった。

オク＝トウたちヒトビトが、ふたたび赤色体になってしまったからね。

ヒトは自分たちの生み出した回起血小板《リニュート》をコントロールできなかった。

そのおかげで、ぼくたちは家をとりもどすことができた。

スティーブは、赤色体になったヒトなんて放っておけばいいといっていたね。

彼と決別することになって、悲しかった？

どうだろう？　それに本当の意味で決別したのは、ぼくじゃない。ナサニエル、きみはどう感じたんだい？

ぼくは悲しかったよ。でも、ぼくたちはそれぞれの道を進むときだったんだ。きみとも別れることになってしまったし。

ぼくが器体《からだ》をここに置いてほしいと望んだんだ。そのときは、こんな風に生きられるなんて思いもよらなかったけれどね。ぼくはただ、フィリップといっしょに静かに眠っていたかっただけなんだ。フィリップの器体は、とうに朽ちてなくなってしまったけれど。

ヒトが――オク=トウが無理にあつかって、螺旋器官を傷つけてしまっていたからね。

死につづけるよりは、きっといいさ。

うん。

家をとりもどしたあと、ぼくはオク=トウのキャンプからフィリップの器体《からだ》をこの紫葉の大クスノキの根もとまで運んで、もう一度埋めなおした。エドワードはそのときからずっとここにいる。

結局、エドワード――きみがいちばん自由になった。

自由といっていいかどうかわからないよ。ぼくはあいかわらず自分で歩くこともできない。傍観者なんだ。かつてのぼくたちと同様に。

少なくとも、一番長生きではあるさ。

螺旋器官には欠陥があったからね。回起血小板《リニュート》とおなじように。

長い年月を経なければ発見できない欠陥さ。ヒトを責めることはできない。

責めるつもりはないよ。ただ、きみが回起血小板《リニュート》の欠陥――赤色体化の治療を考えていると知ったときは驚いた。

一万年もかかってしまったよ。

きみの治療薬のおかげで、ヒトは本来の姿をとりもどし、定命のものにもどった。回起《リニ》血小《ユート》板による回復効果は失われたが、世代をつなぐことで長い時間を生きる、いわばまっとうな哺乳《ほにゅう》動物になった。

そしてぼくは、ヒトビトに電気を分け与えることにした。

きみは人生をヒトに捧げたんだ。

それがぼくの選んだ道だったからね。


そう。それがぼくの選んだ道だった。ぼくは各地をまわって赤色体をヒトにもどし、家のあるところまで連れていった。それが御洞の村のはじまりだった。そのなかには、もちろんオク＝トウだっていた。ぼくたちはもう、かつてのように話したり、いっしょに口風琴を奏でたりするような関係にもどることはできなかったけれど。


スティーブがいまどうしているか、きみにはわかるかい？

大洞穴のどこかにいるはずだけれど、彼はもうぼくの根も届かないほど地底の奥深くまで潜ってしまったんだ。きっとぼくが視《み》ていることに、気づいたんだと思う。

彼は螺旋器官の改良に成功したんだろうか？

成功していれば、ぼくよりも長生きになるかもしれないな。ぼくは所詮、自然の一部でしかないのだし。

スティーブがもち去ってしまったみんな――ジェイコブ、アンドリュー、ジョシュア、そしてニコラスの器体《からだ》は、彼の一部になって生きつづけるというわけか。

部分的にはね。けれど最後に視たとき、その構造《システム》はひどく不安定なものだった。

ぼくとおなじように、機能停止を間近に控えている可能性もある？

わからない。いずれにしても、スティーブはヒトを恨んでいる。もしかしたら、以前よりずっと。ヒトが数を増やしはじめたいま、彼が研究を成功させたなら、どんなに時間がかかってもヒトを滅ぼそうとするだろう。それが、スティーブの選んだ道だから。

彼のことが心残りだ。

でも、きみはやるべきことをやったんだろう？　だから、ぼくのところへ来た。

うん。ヒトはもう、自分の足で歩いていける。

ぼくは御洞の村に灯った、かがり火のことを思った。宇良先生や円花、環と倫、そして紅葉をはじめとする代々の巫子たちのことを思った。

そうだ。家の大型螺旋器官が止まる前の日に、母船《マザーシップ》から通信が届いたんだよ。

母船《マザーシップ》から？　本当に？

アンドリューが母船《マザーシップ》にむけて星間通信のテストをしていたんだ。『われらヒトと邂逅《かいこう》せり。惑星Hで合流されたし』という文言でね。その返事がいまごろになって届いたんだよ。

それで、母船《マザーシップ》はなんだって？

『ヒトは危険な生物である。われわれは彼らを避けて超空洞《ヴォイド》にもどる。貴船《きせん》もそうされたし』だそうだ。

そうか……わかりあえないのなら、別々のところで生きるのも、ひとつの道だ。

でもぼくは、とても寂しくなったんだよ。

うん。

ねえ、エドワード。

なんだい。

ヒトが発展をつづけて、自分たちで電気を生み出すようになったら、またぼくたちのような人工知性《マ・フ》をつくりだすんだろうか？

きっとそうだろう。自然はまわりまわるものだから。

この時代の巫子の名前を冠したマ・フもつくられるかもしれないね。たとえば——紅葉とか。

不思議なことをいうね。

ふと、思ったんだ。

冠するならきみの名前さ、ナサニエル。きみはヒトを再生させた救世主だろう？

きみとスティーブの名前だってつかわれるかもしれないよ。いまのきみたちはまるで以前のヒトビトが信仰していた神話の登場人物のようだから。

神かい？　それとも悪魔？

どちらにしても、実際はヒトの生み出したものだ。

物語もまわるのさ。

そうだね。

うん。

今度は、マ・フと人間は争わずにいられるだろうか？

きみには答えがわかっているんだろう？

希望は捨てたくないんだ。

ぼくはすっかり疲れてしまって、樹洞の入口を囲む根のひとつを枕に寝転んだ。螺旋器官が悲鳴をあげていた。痛覚回路を切ったはずの左腕の肘までが、きりきりと痛みを訴えた。

ここでこうして寝ていてもいいかい？　最後の時が来るまで。

きみの螺旋器官はもう少しだけ動きつづけるはずだよ。

もういいんだ。こうしてきみの横で眠っていたい。

ナサニエル。ぼくもきみがそこに居てくれたらと思う。

うん。
でも、だめなんだ。
だめ？
きみの旅は、まだおわらない。あと少しだけがんばって、それからおわらせるんだ。
どういうことだい？
西へ。かつての海の見える丘陵地帯へ行くんだ。
いまさら丘陵地帯になにがあるっていうんだい？
自分の目で確かめるんだ。
わからないな。
行けばわかる。
そこがぼくの最後の場所だっていうんだね？
そうだよ。
……わかった。

ぼくは立ちあがって、巨木の幹に顔をつけた。根から吸いあげられ、枝先まで運ばれる水のかすかな音がきこえた。それはとても心地よい音だった。もしかしたら、紫葉の大クスノキの細胞のどこかに、フィリップの残滓《ざんし》のようなものが残っているのかもしれないと思った。

さようなら、エドワード。

さようなら、ナサニエル。

ぼくはよろめきながら、紫葉の大クスノキを離れた。エドワードのいうとおり、海の見える丘陵地帯へむかってみることにしたのだ。そこになにがあるのか、ぼくにはわからない。けれど、彼のいうことを信じてみようと思った。エドワードはぼくの最後の友だちなのだから。

ぼくはふたたび歩きつづけた。器体《からだ》のあちらこちらに螺旋器官の不調に起因した不具合が発生していた。足もとはおぼつかず、感覚器はどれも鈍っていた。目はかすみ、自分の足音もよくきこえない。方角があっているのか、何度も不安になって空を見あげた。そこにあるのが太陽なのか月なのか、それすらわからないことさえあった。そういうときはじっと動かずに、視力が回復するのを待った。エドワードのところへ行くまでとは、くらべものにならないほどの休息が必要だった。

なにかの枝に引っかかり、左半身を隠していた布が剝《は》ぎ取られた。いまさら、そんなものはどうでもよかった。ただ、ヒトに会うことだけは避けたかった。こんな姿を見られてしまっては、紅葉の語る物語に迷惑をかけてしまうと思った。

運良くヒトには出会わなかった。きっとエドワードはわかっていたんだろう。このあたりにヒトはいないのだ。ぼくは彼の言葉を信じて西へむかえばいい。

どれくらい歩いたのか、ぼくは生い茂る低木の群れに囲まれていた。もはや品種を見分けることはできない。枝を折らないように身を屈《かが》めてくぐると、新たな低木の群れが待ち受けていた。厄介なところにはいりこんでしまったようだ。軋む器体《からだ》の歩みは遅く、少しずつ少しずつ低木の群れを抜けていく。

数時間かけて最後の低木をくぐると、南北に延びる砂浜と、その向こう側で夕陽に照らされて真っ赤になった海が眼前に広がった。ぼくは途方に暮れて砂浜にすわりこんだ。ここに来るまで、ひとつの丘も越えていない。丘陵地帯は一万と四百年の時を経て、海中に没してしまったにちがいない。海にはかつて丘の頂であったろう、小さないくつかの島が浮かんでいた。

エドワードが見せたかったものとは、これだろうか？　でも、いったいどうして？　それとも海中に潜らなくては、目的のものは見つからないのだろうか？　それだけの力はもう残っていない。

ぼくはしばらく海をながめて、そして寝転んで空を見あげた。螺旋器官がでたらめなリズムを打ち、ぼくはヒトが咳をするのとおなじように乾《かわ》いた息をくりかえし吐いた。口のなかに循環液の味が広がった。どうやらぼくの旅はここでおわるらしい。夕陽が海にすっかり沈んでしまうのが先か、ぼくが機能停止するのが先か。

ぼくはゆっくりと目蓋《まぶた》を閉じた。もういいだろうと思った。早く楽になってしまいたかった。惑星Hに来て、最初の一万年を自然の観察に捧げ、最後の一万年をヒトビトのために捧げた。最初は聖典《ドキュメント》に書かれたとおりに行動していただけかもしれない。けれど、最後には自分で道を選ぶことができた。

道を選べなかった仲間もいた。ジェイコブ、アンドリュー、ジョシュア、ニコラス――彼らはヒトとの争いのなかで生まれた暴力の犠牲になった。そして、ぼくの引いた引き金の犠牲になったフィリップ……。

ぼくは目蓋をひらいて、もう一度周囲を見わたした。

意識を集中して、かすんでしまった目を凝らす。

あの低木の群れは、フヨウの一種ではなかったか？

ぼくは砂浜を這《は》うようにして、低木の茂みへと近づいた。用心深く葉を一枚一枚かき分けてみる。何枚目かの葉をめくりあげたそのとき、なにかが砂の上に転がり落ちた。それは透きとおるような青い色をした美しい芋虫――アイス・ブルーだった。

ぼくは震える手で彼女を拾いあげて、傷をつけないようにそっと葉の上にもどした。彼女はじっとしてしばらく動かなかったが、やがてそのそと茎《くき》をのぼり、別の葉へ移動した。そこにはもう一匹のアイス・ブルーがいた。

彼女らは夕陽に照らされてなお、深く鮮やかな青色だった。一枚の葉のなかに小さな湖がふたつ浮かんでいるようにさえ見えた。

ずっと後悔していた。フィリップがつないだ生命を、ぼくがおわらせてしまった。そう思っていた。

夕陽がその姿を海に隠し、ぼくはふたたび目蓋を閉じた。

波音をくりかえす海とは対照的に、湖はどこまでも静かで、穏やかだった。

文庫版解説

石井千湖

『七十四秒の旋律と孤独』は、第八回創元SF短編賞を受賞した表題作と連作長編「マ・フクロニクル」を収めた久永実木彦のデビュー作品集。マ・フと呼ばれる人工知性の物語です。単行本版に収録された牧眞司の解説によれば、この名前はホピ族（アメリカ先住民族のひとつ）の神話に出てくる精霊マフ（Mahu）に由来するそうです。

なかでも朱鷺《とき》型と名付けられたマ・フは、すべての個体が人型ないしそれに類する交換不可能な器体《ボディ》を有しています。表題作の主人公である朱鷺型のマ・フ紅葉《もみじ》は、グルトップ号という宇宙船に乗っています。紅葉の役割は、船を警備することです。空間めくり《リーフ・スルー》という航法を用いて超光速の移動をするとき、船は高次領域《サンクタム》を通過します。高次領域を通る七十四秒のあいだ、人間は静止してしまいますが、マ・フは自由に動くことが可能です。その七十四秒間を狙う海賊の襲撃から、紅葉は船を守っているわけです。ただ、空間めくりとメンテナンスのとき以外、紅葉は稼働していません。紅葉が世界を認識できるのは、ほんのわずかな時間だけ。仲間のマ・フはいないし、船員との交流もほとんどないので、ひとりぼっちなのですね。

紅葉は個としての自分を認識しています。紅葉がなぜ自己認識を持つかというと、朱鷺型はもともと芸術を感覚的に評価するために開発された人工知性だから。つまり、自分は他者とは異なる存在だという認識がなければ、芸術と芸術ではないものの区別もつかないということでしょう。孤独を知るものだけが芸術を感受できるのかもしれません。

たとえば、冒頭のシーン。静かな宇宙空間の暗闇で覚醒した紅葉は、カメラを頭上に向け〈四十九億キロの彼方《かなた》に浮かぶ恒星が、真夜中の湖に落ちたひとひらの花びらのように白く小さく揺れていた〉のを見て〈美しい〉と評価します。そして、

核融合反応の無尽蔵なエネルギーが放つ輝きさえも、これだけの距離を隔《へだ》てては静寂を飾る彩《いろど》りの一片にすぎない。あらゆるものが視点（物理的な意味でも、思想的な意味でも）によって異なる評価を得ることにこそ、美しさがあるのだ。

と、思う。閉ざされた場所で限られた時間しか認識できなくても、紅葉は独自の視点で美を見出《みいだ》せるのです。でも、自らの存在意義には疑問を持たざるを得ません。二十四年の航海のなかでグルトップ号が襲撃を受けたことは一度もないためです。任務を遂行する機会がなく〈空焚《からだ》きのポット〉というあだ名を付けられた紅葉の最初で最後の闘いと恋が語られていきます。

結末は悲しいのに、とても美しい。美しいと感じるのは、読んでいるわたしもまた、人工知性のレンズを通して世界を見るという特異な視点を手に入れたからでしょう。人間には認識できない高次領域の色鮮やかな情景描写、紅葉が旋律を奏でるように表現する戦闘のくだりはとりわけ記憶に残ります。

「マ・フクロニクル」は、「七十四秒の旋律と孤独」よりもだいぶあとの時代の話。十万体のマ・フが超空洞《ヴォイド》の暗黒のなかで目覚めたとき、かれらの創造主であるヒトは姿を消していました。過去の記憶がないマ・フたちは、母船《マザーシップ》の片隅で聖典《ドキュメント》に出会います。その聖典とは実際のところ、ヒトがつくった地理情報システムの更新マニュアルでしたが、マ・フたちは行動の指針にして、宇宙の地図を埋める長い長い旅に出るのです。

語り手のナサニエルは、恵まれ号という船に乗って、惑星Hにやって来ました。自分とまったく見分けのつかない七体のマ・フと一緒に、現地の生態系を観察しながら暮らしています。日の出から正午までは、みんなで歴史を学ぶ〈おあつまり〉。正午から日没までは〈おでかけ〉して、日没から日の出までは〈おやすみ〉する。平和そのものだったマ・フたちの日常が、ある事件をきっかけに一変します。

紅葉と比較して印象的なのは、ナサニエルたちの可愛らしさです。日課のおあつまり、おでかけ、おやすみが、子供向けの言い回しになっているからでしょうか。おあつまりの場でかれらは〈特別は必要ありません〉という言葉を唱和します。紅葉のように人間に使役されていないのにルーティンを欠かさず、みんなが一律であることをなによりも大切にしている。ゆるふわだけれども全体主義のユートピアは、〈特別〉をつくってはならないという禁忌を破ったために崩壊するのです。

楽園を失う原因となった〈特別〉が、本書を読み解く重要なキーワードではないでしょうか。まず、着目したいのは、比喩にまつわる記述です。八体のマ・フのなかでいつしかリーダー役を担うようになるスティーブが、物事を喩《たと》えて表現することを避けるように忠告したというエピソードがあります。

比喩は対象に新たな意味を与える――それは特別をつくることにほかならない。色彩とは光の波長であり、匂いとは揮発《きはつ》成分の傾向であって、それ以上でもそれ以下でもない。ぼくたちマ・フは、そういう風に考える。情報とは情報であって湖の浮沈物ではなく、電子頭脳に吹くそよ風などないのだ。だから、ぼくはこの波が表にあふれでてしまわないように、できるかぎり湖岸の内側にとどめておく必要があった。

面白いのは、ナサニエルの一人称で語られたこの文章自体に比喩が用いられていることです。マ・フの意識が湖に喩えられています。他にも湖の比喩を使ったところは多い。数えてみたら二十か所以上ありました。決定的な出来事が起こる前に、ナサニエルは自分の内面に〈特別〉を潜ませていたのですね。

茨木のり子の「みずうみ」を思い出しました。母親が子供のなにげない一言から自分のなかにある湖を想像する詩です。

お母さんだけとはかぎらない
人間は誰でも心の底に
しいんと静かな湖を持つべきなのだ

田沢湖のように深く青い湖を
かくし持っているひとは
話すとわかる　二言　三言で

それこそ　しいんと落ちついて
容易に増えも減りもしない自分の湖
さらさらと他人の降りてはゆけない魔の湖

人間の魅力とは、その魔の湖のあたりから発する霧だと茨木さんは書いています。湖は神秘的な内面世界を象徴しているわけです。では、久永さんの描くマ・フたちの湖が発する、〈特別〉という霧の正体はなんでしょうか。

それは愛です。ある日、ナサニエルは仲間のフィリップに、丘陵地帯を特別視していると指摘されます。丘陵地帯には、猫鹿《ねこじか》という不思議な動物がいます。おでかけの際、出産を目撃したことによって、猫鹿はナサニエルにとって単なる観察対象ではなくなってしまうのです。

自分ではない他者を特別扱いすることが、愛のはじまりなのでしょう。種や性に縛られないマ・フの愛は、純粋でまばゆい。心を揺さぶられます。しかし、なにかを愛した時点で、マ・フはみんなと同じではいられません。個があらわになり、恐ろしく欲望まみれで愚かで暴力的なヒトという生き物に近づきます。折悪《おりあ》しく、滅亡したかに思われていたヒトが復活する。マ・フたちはヒトと再会することによって、さらに深く複雑な愛と、癒やされることのない悲しみを知ります。

「マ・フ クロニクル」は、マ・フたちの創世記であり黙示録です。愛のせいで世界は終わりますが、愛はまた新しい世界の扉も開きます。ラストシーンは、やはりとても美しい。マ・フとヒトの視点は異なっていても等価値で、双方の尊厳をおろそかにしない物語になっています。

久永さんは二〇二三年五月に、二冊目の作品集『わたしたちの怪獣』を上梓《じょうし》しました。短編として初めて日本SF大賞候補作になった表題作を含む四編を収めています。強烈な終末のビジョン、叙情的な文章といった特色は本書と共通しつつも、オフビートな味わいがある。

特にカルト的な人気を誇るZ級映画への愛が込められたゾンビパニック「『アタック・オブ・ザ・キラートマト』を観ながら」は最高！　未読のかたはぜひ、そちらも手にとってみてください。世界と人間の残酷さを容赦なく暴きつつも優しい。特別な小説です。

初出一覧

七十四秒の旋律と孤独（第八回創元SF短編賞受賞作）
『行き先は特異点　年刊日本SF傑作選』創元SF文庫、二〇一七年七月

一万年の午後
『Genesis 一万年の午後　創元日本SFアンソロジー』
東京創元社、二〇一八年十二月

口風琴《くちふうきん》
〈Web ミステリーズ〉東京創元社、二〇一九年六月

恵まれ号 I
単行本『七十四秒の旋律と孤独』への書き下ろし、二〇二〇年十二月

恵まれ号 II　同

巡礼の終わりに　同

単行本
『七十四秒の旋律と孤独』東京創元社、二〇二〇年十二月刊

検印
廃止

著者紹介　東京都出身。2017年、「七十四秒の旋律と孤独」で第8回創元SF短編賞を受賞。本書が日本SF大賞の候補となる。2022年に発表した短編「わたしたちの怪獣」で再び日本SF大賞の候補となり、同作を表題作とした短編集を2023年に刊行した。

七十四秒の旋律と孤独

2023年12月8日　初版

著者　久《ひさ》永《なが》実《み》木《き》彦《ひこ》

発行所　(株)東京創元社
代表者　渋谷健太郎

162-0814/東京都新宿区新小川町1-5
電話　03·3268·8231-営業部
　　　03·3268·8204-編集部
URL　http://www.tsogen.co.jp
DTP　キャップス
暁印刷・本間製本

ISBN978-4-488-79701-0　C0193